쇠못살인자

로베르트 반 훌릭 장편소설

쇠못 살인자

The Chinese Nail Murders

(명판관 디 공 시리즈)

황금가지

THE CHINESE NAIL MURDERS
by Robert Hans Van Gulik

Copyright © 1961 by Robert Hans Van Gulik
All rights reserved.

Korean Translation Copyright © 2004, 2012 by Minumin

This Korean edition is published by arrangement with
Thomas M. van Gulik, Amsterdam, The Netherlands.

이 책의 한국어판 저작권은 Thomas M. van Gulik과
독점 계약한 ㈜민음인에 있습니다.
저작권법에 의해 한국 내에서 보호를 받는 저작물이므로 무단 전재와 무단 복제를 금합니다.

차례

베이저우 전도 6

쇠못 살인자 9

이 책에 대하여 265

지은이의 말 281

베이저우 전도

1. 관아
2. 옛 훈련원 터
3. 고루(鼓樓)
4. 추 저택
5. 쿠오 한약방
6. 군신각(軍神閣)
7. 군 창고
8. 판펑 골동품상
9. 예 지물포
10. 종루(鐘樓)
11. 도신각(都神閣)
12. 루 숨집
13. 란타오쿠이의 집
14. 온천장
15. 상설 시장
16. 공자 사당
17. 랴오 저택
18. 큰길
19. 약산(藥山)
20. 묘지

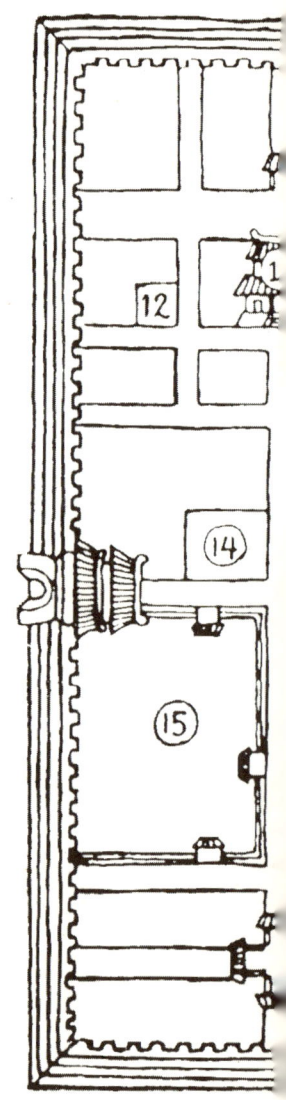

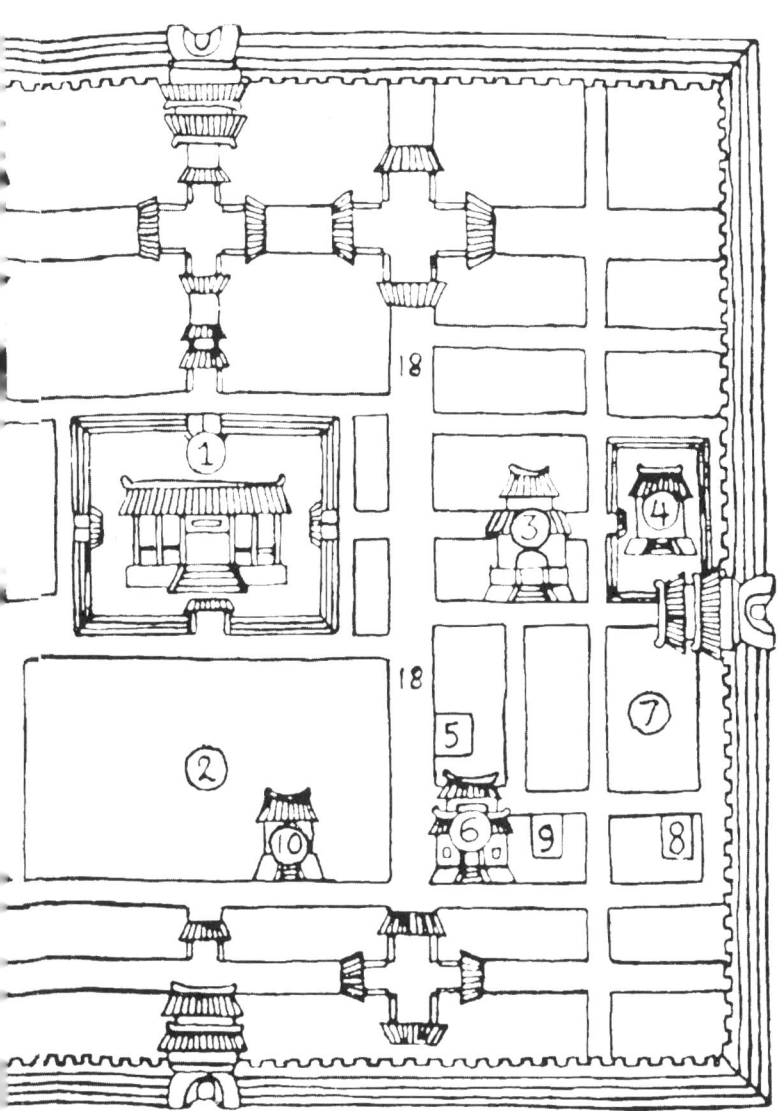

정원 누각 예기치 않았던
디 공, 참혹한 살인을 보고받다.

디 공은 증오와 기만과 의혹의 거품이 이는
거센 파도에 맞서야 하리니,
건널 수 있는 다리는 오직 하나요,
그 폭은 검의 양날처럼 곧고도 좁다.
걸음을 멈추고 가슴에 귀 기울이면
결코 헛발을 내딛지는 않으리니,
비록 언제나 싸늘하고 멀리 있지만
영원불변의 길잡이 별인 정의에만 오직 유념하라.

지난밤 나는 정원 누각에 홀로 앉아 서늘한 밤바람을 쐬고 있었다. 밤이 깊어 부인들은 다들 처소로 물러간 지 오래였다. 저녁 내내 서동(書童)은 내 지시에 따라 필요한 책을 서가에서 뽑아 오거나 요긴한 대목을 필사(筆寫)하면서 꽁무니가 닳도록 부산히 움직여야만 했다.

익히 알고들 있겠지만, 나는 여가 시간을 우리 위대한 명나라의 범죄 수사 개론서를 집필하는 데 모조리 쏟아 붓고 있다. 그에 곁들여 과거 뛰어난 수사관들의 일대기를 수록한 열전도 준비하고 있다. 현재 나는 칠백 년 전에 살았던 유명한 정치인 디런지에의 전기를 집필하고 있다. 관도에 막 올라 지방 수령으로 봉직하던 시절부터 벌써 까다로운 범죄 사건을 수도 없이 해결한 바 있는 디런지에를 후세인들은 대개 '디 공(公)'이라고 부르고 있다. 디 공은 중국의 찬란한 과거에 살았던 명수사관이었다.

하품을 하는 서동에게 그만 물러가라 이르고서, 나는 북쪽 변방의 베이저우(北州)에서 도독(都督) 밑의 현령(縣令)으로 있는 형님에게 장문의 편지를 썼다. 형님은 이태 전 그곳으로 부임하여 내 관할에 있는 이곳 옆 골목의 옛집을 떠나셨다. 편지에다가 나는 "베이저우는 디 공이 조정 고관으로 영전하기 이전에 지방관으로 마지막 봉직했던 곳임을 알게 되었습니다. 사정이 그러하니 동생을 위해 베이저우의 관청 기록을 뒤져 보아 주시지요."라고 썼다. 디 공이 해결한 범죄와 관련된 흥미로운 자료가 나오리라는 기대에서였다. 형님이 최선을 다하리라는 것을 나는 믿어 의심치 않았다. 우리는 형제간의 우애가 남달리 두터웠기 때문이다.

편지를 다 쓰고 나니 서재가 너무 덥다는 느낌이 들었다. 나는 연못 위로 서늘한 바람이 부는 정원으로 걸어 나왔다. 잠자리에 들기 전에, 바나나나무 몇 그루를 모아 심은 정원 한 귀퉁이에다 지은 작은 누각에 잠시 앉아 있을 생각이었다. 굳이 잠을 일찍 자야

할 이유가 없었다. 솔직히 말해서 얼마 전 셋째 부인을 맞아들이는 과정에서 소소한 갈등이 있었다. 셋째 부인은 어여쁘고 교양도 상당하다. 왜 첫째 부인과 둘째 부인이 그 여자를 보자마자 반감을 품었고, 내가 그 여자와 잠자리에 들 때마다 시샘을 하는 것인지 나는 도저히 이해할 수가 없었다. 우여곡절 끝에 잠은 첫째 부인의 처소에서 자기로 약속했다. 그러니 굳이 그곳에 빨리 가고 싶지 않은 것이 나의 솔직한 심정이다.

편안한 대나무 의자에 앉아 학익선을 느긋하게 부치면서 나는 은은한 달빛에 젖은 시원한 정원을 응시하고 있었다. 작은 뒷문이 스르르 열린 것은 그때였다. 형님이 그리로 걸어 들어오셨다. 그 순간 나의 놀라움과 반가움이 얼마나 컸는지는 필설로 형언하기 어렵다!

나는 자리를 박차고 일어나 허겁지겁 정원으로 달려 내려가 형님을 맞이했다. 나는 반가운 목소리로 말했다.

"어쩐 일이세요? 왜 남쪽으로 오신다고 진작에 알려주지 않으셨어요?"

"그럴 겨를이 없었다. 나도 갑작스럽게 떠나야 했거든. 늦은 시간이라서 미안하다만, 우선 네 얼굴이라도 보고 싶더구나."

나는 다정하게 형님의 팔을 잡고 누각으로 안내했다. 형님의 옷소매는 축축하고 차가웠다. 나는 형님에게 의자를 내드리고 맞은편 의자에 앉아 형님의 얼굴을 가만히 들여다보았다. 많이 여위어 있었다. 얼굴은 파리했고 퀭한 눈은 약간 들어가 있었다.

나는 걱정스럽게 입을 열었다.

"달빛 탓인지는 모르겠지만, 병색이 완연하시네요. 베이저우에

정원 누각의 해후

서 이곳까지 오시는 길이 몹시 힘드셨나 보지요?"

형님이 조용히 말씀하셨다.

"아닌 게 아니라 힘들더구나. 나흘 전에는 도착할 것으로 예상했다만, 안개가 웬만큼 짙어야 말이지."

형님은 수수한 흰 도포에서 마른 진흙을 툭툭 털어 낸 다음 말을 이으셨다.

"너도 알겠지만 요사이 내 몸이 말이 아니다. 여기가 빠개질듯이 욱씬거린다."

형님은 살며시 정수리를 짚으셨다.

"통증이 눈알 뒤까지 후비고 내려와. 어떤 때는 오한까지 겹치고 말이야."

나는 위로를 건네었다.

"고향 땅은 더우니까 형님 신기에 좋을 겁니다. 내일이라도 용한 의원한테 진맥을 받아 보기로 하시지요. 자, 베이저우 소식이나 원없이 들려주세요."

형님은 그곳에서 자신이 맡은 일을 자세히 들려주셨다. 상관인 도독과는 무난한 사이인 것 같았다. 그러나 사생활 얘기로 넘어가자 형님 얼굴에 근심이 떠올랐다. 첫째 형수가 요사이 조금 이상한 행동을 보인다는 것이었다. 당신을 대하는 태도가 달라졌는데 그 이유를 알 수 없다고 말씀하셨다. 형님은 이 일과 당신의 갑작스러운 출발 사이에 약간 관련이 있다는 암시를 나에게 주셨다. 형님은 몸을 심하게 떨기 시작하셨다. 그래서 나는 형님을 괴로움에 빠뜨렸을 것이 분명한 그 문제가 무엇인지 더 이상 캐묻지 않았다. 관심을 다른 데로 돌리기 위해 나는 방금 쓴 편지를 거론하면서 디 공 이야기를 꺼냈다.

형님이 응수하셨다.

"베이저우에서는 아직도 디 공이 재임할 당시에 해결했다는, 하마터면 미궁에 빠질 뻔했던 세 가지 의혹에 얽힌 신묘한 이야기를 하지. 숱한 시대에 걸쳐 입에서 입으로 전해진 데다 지금도 찻집에서 곧잘 이야기되곤 하니까. 물론 거기에는 과장도 적잖게 섞여 있겠지만 말이야."

나는 들떠서 말했다.

"아직 자정이 조금 지났을 뿐입니다. 너무 피곤하지만 않으시다면 그 이야기를 들려주실 수 없을까요?"

형님의 수척한 얼굴이 고통으로 일그러졌다. 내가 불찰을 깨닫고 재빨리 사과를 하려니까 형님은 손을 내저으며 나를 말리셨다.

형님은 무겁게 입을 여셨다.

"그 기묘한 이야기를 들어 두는 것이 필경 너한테도 도움이 될 것이다. 나만 하더라도 진작에 그 이야기에 관심을 기울였더라면 일이 그렇게까지 심각해지지는 않았을 터이고……."

형님은 말꼬리를 흐리더니 정수리를 다시 가볍게 만졌다. 그러고는 말을 이었다.

"너도 물론 디 공이 살았던 시대에 우리가 달단(韃靼, 타타르족)을 성공리에 토벌한 이후 중국의 북쪽 국경선이 사상 처음으로 멀리 베이저우 너머의 초원까지 올라갔다는 사실을 알고 있을 테지. 현재 베이저우는 번화한 인구 과밀 지역으로 교역이 활발한 중국 북부 지방의 중심지다. 그러나 그 당시만 하더라도 다소 고립된 지역이어서 인구도 적은 데다가 그나마 달단인의 피가 섞인 집안이 많고 야만적 주술에 의한 별스러운 의식을 그때까지도 몰래들 치르고 있었다. 더 북쪽으로 올라가면 웬로 장군이 이끄는 북로군이 달단족의 내습으로부터 당나라를 지키기 위해 주둔하고 있었지."

이런 시대 배경 얘기로 운을 뗀 다음, 형님은 놀랍기 그지없는 이야기를 시작하셨다. 사경(四更)을 알리는 소리가 나자 그제야 형님은 자리를 털고 일어나 그만 가 보아야겠다고 말씀하셨다.

나는 형님을 집까지 모셔다 드리고 싶었다. 형님은 이제 눈에 띄게 부들부들 몸을 떨었고, 가냘프게 흘러나오는 탁한 음성은 내 귀로는 도저히 알아들을 수 없을 지경이었다. 그런데도 형님은 한사코 내가 따라나서는 것을 막으셨다. 우리는 정원 입구에서 헤어질 수밖에 없었다.

나는 정신이 말똥말똥해졌다. 그래서 서재로 돌아가, 형님이 들려준 기괴한 이야기를 허둥지둥 적어 내려갔다. 붉은 햇살이 하늘을 물들인 새벽녘이 되어서야 나는 붓을 놓고 툇마루로 나가 긴 대나무 의자에 몸을 뉘었다.

눈을 떠 보니 점심때가 다가오고 있었다. 나는 서동을 시켜 식사를 툇마루로 가져오게 했다. 첫째 부인이 온다는 전갈을 받았지만 이번만큼은 가벼운 마음으로 즐겁게 식사를 했다. 지난밤 자기 처소로 오지 않은 데 대해 마누라가 불만을 늘어놓으면 한마디로 일축하고 형이 갑자기 오는 바람에 어쩔 수 없었다고 둘러댈 참이었다. 약이 오른 마누라를 그런 식으로 요리하고 형님 댁으로 가서 한가하게 담소나 나눌 생각이었다. 형님도 그때쯤은 기운을 차리셨을 테니 도대체 왜 베이저우를 떠났는지 나에게 말해 주실 것이고, 나는 나대로 형님한테 들은 옛날 이야기 중에서 석연치 않았던 대목에 관해 몇 가지 질문을 던질 생각이었다.

그러나 내가 젓가락을 놓았을 때 청지기가 달려와, 베이저우에서 특별 전령이 도착했다고 전했다. 청지기는 도독이 내 앞으로 보낸 편지를 내밀었다. 놀랍게도 그 편지에는 나흘 전 자정 무렵에 형님이 갑자기 사망했다는 내용이 적혀 있었다.

디 공은 집무실에서 두꺼운 담요를 덮고 의자에 앉아 있었다. 귀덮개가 달린 낡은 방한모를 쓰고 있었지만 썰렁한 방 안의 외풍을 막아 내기에는 부족했다.

책상 앞머리의 걸상에 앉아 있는 늙수그레한 두 형리를 향해 디 공이 입을 열었다.

"문 틈새로 바람이 들어오는군."

성긴 수염을 기른 늙은이가 대꾸했다.

"북쪽 사막에서 막 바로 불어오는 바람입니다. 아랫것을 시켜서 화로에다 숯을 더 넣도록 이르겠습니다."

늙은이가 자리에서 일어나 비실비실 문 쪽으로 다가서자 디 공은 인상을 쓰면서 다른 형리한테 말을 걸었다.

"타오간, 자네는 북풍한설이 아무렇지도 않은 모양이야."

디 공이 말을 건 말라깽이 사내는, 염소 가죽으로 지었지만 이제는 하도 헝겊 조각을 대고 기워서 누더기가 된 방한복의 낙낙한 소매 안으로 손을 더 깊숙이 찔러 넣었다. 사내는 쓴웃음을 지으며 말했다.

"추운 땅, 더운 땅, 마른 땅, 질은 땅을 가리지 않고 이 나이가 되도록 제국 방방곡곡 노구를 이끌고 떠돌아다닌 이 몸은 아무런 상관이 없습니다요. 게다가 달단인의 이 훌륭한 방한복이 있지 않습니까. 이래 봬도 값비싼 모피보다 열배 백배 낫습지요!"

디 공은 저토록 남루한 의복도 찾아보기 어려울 것이라고 속으로 생각했다. 그러나 이 영리한 늙은 형리에게 수전노 기질이 있다는 사실을 그는 알고 있었다. 타오간은 원래 뜨내기 사기꾼이었다. 아홉 해 전 한위안(漢原)에서 수령으로 봉직하던 무렵 디 공은 난처한 상황에 처한 그를 빼내 주었다. 그러자 이 사기꾼은 개과천선하여 디 공에게 자기를 거두어 달라고 매달렸다. 그 이후로 암흑가의 속사정에 밝은 타오간의 폭넓은 지식과 대인 관계는 지능범을 추적하는 데 더없이 요긴하게 쓰였다.

앞서 방문을 나섰던 홍 수형리는 잡부에게 시뻘건 숯을 한 통 가득 들리게 한 채 나타났다. 홍은 책상 옆에 있는 커다란 청동 화로에다 숯을 쏟아 부었다. 그러고는 자기 자리로 돌아와서 앙상한 두 손을 문지르며 말했다.

"문제는 이 방이 너무 크다 이 말씀입니다. 저희가 언제 서른평짜리 방에서 일을 해 봤어야지요."

디 공은 세월이 흘러 거무죽죽해진, 높다란 천장을 받치고 있는 육중한 나무 기둥과 그 맞은편에 두꺼운 기름종이를 바른 널찍한 창을 바라보았다. 기름종이에는 바깥 뜨락에 쌓인 하얀 눈이 희미하게 내비쳤다.

"잊은 모양인데, 수형리, 삼 년 전까지만 하더라도 이 관아는 북로군 사령부였네. 아마 무관은 답답한 것을 딱 질색으로 여기는 모양이야."

타오간이 끼어들었다.

"제 버릇 남 주겠습니까? 지금도 팔백 리 북쪽의 얼어붙은 사막 한가운데에 떡 버티고 앉은 모습이 눈앞에 선합니다."

홍 수형리도 나섰다.

"제 생각으로는 이부(吏部)에서는 정세가 어떻게 돌아가는지도 모르는 것 같습니다. 어르신을 이곳으로 보낼 때 조정에서는 베이저우가 아직도 변방에 있다고 생각했던 게 분명하다고 불초는 확신합니다."

디 공이 씁쓸하게 웃었다.

"그 말도 일리가 있어. 윗분께서 나에게 임명장을 건네면서, 예는 깍듯이 갖추었지만 어찌 보면 건성으로 하신 말씀이 있지. 그 양반 왈 '란펑(蘭封)에서 그랬던 것처럼 야만족의 패악을 잘 다스릴 것으로 믿겠노라.' 라는 거야. 내가 있는 이 베이저우와 변방의 야만족과는 자그마치 천 리나 떨어져 있고 그 사이에는 우리 쪽 십만 병사가 버티고 있는데 말씀이야!"

늙은 수형리는 화난 듯이 수염을 쥐어뜯었다. 그는 자리에서 일어나 방 한구석에서 끓고 있는 찻주전자 쪽으로 갔다. 홍 수형리는 디 공의 집안에서 잔뼈가 굵은 사람으로 디 공이 어렸을 때부터 그를 보살펴 왔다. 열두 해 전 디 공이 지방관으로 처음 보직을 받았을 때 홍은 노구를 이끌고 따라나서겠다고 우겼다. 디 공은 그를 수형리로 임명하여 공식 직책을 주었다. 늙은 홍은 디 공과 그 가족을 헌신적으로 보필했으며 믿음직한 조언자이기도 한, 디 공에게는 더없이 소중한 존재였다. 디 공은 홍과는 무슨 문제든지 터놓고 이야기할 수 있었다.

디 공은 뜨거운 차가 든 커다란 사발을 홍의 손에서 고맙게 건네받았다. 그러고는 사발을 두 손으로 감싸 따스한 온기를 느끼면서 입을 열었다.

"좌우지간 불평만 하고 있을 때는 아니야. 이곳 주민은 억세고 정직하며 부지런해. 우리가 이곳에 온 지 넉 달이 되었지만 판에 박힌 행정 업무를 제외하고는 기껏해야 폭행 구타 사건 몇 건밖에 없었고 그나마도 마충, 차오타이가 순식간에 해결했으니까 말이야! 솔직히 말해서 이 지역으로 흘러든 북로군의 낙오병이나 탈영병을 처리하는 데야 군 기찰대를 따라갈 수가 없지. 그 사람들 덕을 많이 봤어."

디 공은 긴 수염을 천천히 쓰다듬으며 말을 이었다.

"하긴 열흘 전 랴오리엔팡 소저가 실종된 사건을 아직 해결 못했구먼."

"어제 소저의 애비 되는 랴오 행회장을 만났습니다. 리엔팡의 행방을 아직도 모르느냐고 재차 묻더군입쇼."

타오간이 말했다.

디공은 찻잔을 내려놓고 짙은 눈썹을 찌푸리면서 말했다.

"시장도 조사했겠다, 인상착의를 작성하여 성 안의 모든 군사 및 행정 기관에다 뿌렸겠다, 우리로서는 할 만큼 했어."

타오간이 고개를 끄덕였다.

"랴오리엔팡 소저의 실종 사건이 이런 난리법석을 피울 만한 가치가 있는 일인지 저로서는 의문입니다. 저는 지금도 그 여자가 숨겨 둔 애인과 야반도주했다고 봅니다. 머지 않아 여자는 얼굴이 벌겋게 달아오른 남편과 함께 피둥피둥한 젖먹이를 안고 나타날 겁니다. 그러고는 애비한테 제발 한번만 봐달라고 애걸복걸하겠지요."

"그렇지만 문제는 그 소저에게 정혼한 사내가 있었다는 점이야."

홍 수형리가 한마디 던졌다. 타오간은 가소롭다는 듯이 웃었다. 디 공이 끼어들었다.

"나 역시 정황으로 보아 야반도주 쪽으로 보아야 하지 않을까 하는 생각이네. 소저는 보모와 함께 장터로 가서 바글거리는 인파에 섞여서 달단 인의 곰이 재주 부리는 걸 구경하고 있었지. 그런데 갑자기 종적을 감춘 게야. 백주에, 그것도 사람들이 많은 장터에서 젊은 여자를 납치할 수는 없거든. 자의로 사라진 거라고 봐야지."

멀리서 청동 징의 둔중한 소리가 들렸다. 디 공이 일어섰다.

"오전 심리가 시작되는군. 여하튼 오늘 랴오 소저 실종 사건의 수사 기록을 다시 한번 훑어보겠네. 실종 사건은 좌우지간 골치 아파. 차라리 살인 사건이 깨끗하지."

홍 수형리의 도움을 받아 의관을 차려 입으면서 디 공은 한마디 덧붙였다.

"마중과 차오타이는 아직 사냥에서 안 돌아온 모양인데 웬일인가?"

홍이 답변에 나섰다.

"어젯밤 두 사람은 동트기 전에 그 늑대를 잡으러 나섰다가 오전 심리에 맞춰 돌아오겠다고 했습니다."

한숨을 내쉬면서 디 공은 따뜻한 털모를 벗고 대신 공식 석상에서 써야 하는 검은 비단 모자를 썼다. 그가 문으로 막 다가서려는데 포두가 들어왔다. 그는 다급한 목소리로 말했다.

"사람들이 술렁거리고 있습니다! 오늘 아침 남쪽 구역에서 한 여자의 참혹한 시신이 발견되었습니다!"

디 공은 걸음을 멈추었다. 홍 수형리를 돌아보면서 무겁게 말했다.

"조금 전에 내가 한 말은 어리석기 그지없었네. 실종은 얕잡아 볼 것이 아니야."

타오간이 걱정스러운 얼굴로 말했다.

"죽은 여자가 랴오리엔팡 소저가 아니어야 할 텐데요."

디 공은 잠자코 있었다. 집무실과 동헌 후문을 연결하는 복도를 가로지르면서 그는 포두에게 물었다.

"마중과 차오타이를 보았는가?"

"조금 전에 돌아왔습지요. 한데, 장터 담당 포리가 이리로 쪼르르 달려와서 하는 말이 술도가에서 심한 싸움이 벌어졌다는 겁니다. 하도 다급히 도움을 요청하는 바람에 두 형리가 오던 걸음으로 되돌아 나갔습지요."

디 공은 고개를 끄덕였다. 그는 문을 열고 휘장을 젖힌 다음 동헌으로 들어갔다.

지물상이 골동품상을 고발하고
디 공은 범죄 현장으로 간다.

단상에 놓인 높은 판관석에 앉아 디 공은 사람들로 바글거리는 동헌을 둘러보았다. 백 명도 넘는 사람들이 모여 있었다.
포졸 여섯이 셋씩 두 줄로 재판대 앞에 서 있었고 포두는 그 옆에 있었다. 홍 수형리는 여느 때처럼 디 공이 앉아 있는 의자 뒤에 버티고 있었고 타오간은 디 공이 차지한 책상 옆에 서 있었다. 타오간 옆의 낮은 책상에서는 선임 기사관(記事官)가 붓을 챙기고 있었다.
디 공이 경당목(惊堂木, 재판봉)을 막 들어 올리는데 모피로 지은 깔끔한 도포를 차려입은 두 남자가 동헌 입구에 모습을 나타냈다. 그들은 사람들을 뚫고 들어오느라 용을 썼다. 사람들은 너도나도 두 남자에게 말을 붙여 성가시게 했다. 디 공이 포두에게 신호를 보내자 포두는 재빨리 사람들 틈으로 비집고 들어가 새로 나타난 두 사람을 재판대 앞으로 데리고 왔다. 디 공은 경당목을 탕탕 두드렸다.

"정숙!"

디 공이 큰 소리로 말했다.

갑자기 장내는 찬물을 끼얹은 듯 조용해졌다. 사람들의 시선은 이제 단상 앞의 돌바닥에 무릎을 꿇고 앉은 두 남자에게 일제히 쏠렸다. 둘 가운데 연장자는 흰 수염을 뾰족하게 기른 호리호리한 사내로 찌들고 수척해 보였다. 다른 남자는 몸집이 우람했는데 둥글고 넓적한 얼굴에다 피둥피둥 살이 오른 턱을 성긴 구레나룻이 감싸고 있었다.

디 공이 개정을 선언했다.

"베이저우 관아의 오전 심리를 선언한다. 관원들은 호명에 답하라."

관리들의 응답을 차례로 듣고 나서 디 공은 앞으로 몸을 내밀었다.

"본 관아에 청원을 낸 그대 두 사람은 누구인가?"

연장자가 공손히 입을 열었다.

"소인은 예핀이라고 하옵니다. 지물포를 하고 있습지요. 제 옆은 가게 일을 돕고 있는 아우 예타이옵습니다. 다름이 아니옵고, 처남인 골동품상 판펑이 누이를 참혹하게 죽였습니다. 나으리, 부디 굽어살피셔서……."

디 공이 남자의 말을 끊었다.

"판펑이라는 자는 어디 있는가?"

"어제 이곳을 빠져나갔습니다. 나으리, 바라옵건대……."

디 공이 잘라 말했다.

"모든 일에는 순서가 있는 법이다. 먼저 언제 어떻게 시신을 발견했는지 진술해 보아라!"

예편이 입을 열었다.

"오늘 아침 일찍, 여기 있는 소인의 동생이 판의 집에 갔습지요. 문을 여러 번 두드렸는데도 아무 응답이 없더랍니다. 무언가 불길한 일이 생기지 않았을까, 두려운 마음이 들더랍니다. 그 시간에 판펑 부부는 늘 집에 붙어 있곤 했으니까 말입니다. 해서 동생은 집으로 달려와서……."

디 공이 가로막았다.

"잠깐! 판펑 부부가 외출하는 모습을 보았는지 이웃에 먼저 물어보는 것이 순서였을 터인데?"

"집이 워낙 외딴 데라서 말입니다요, 나으리. 판펑이 사는 집 양옆에는 사람이 안 살고 있습지요."

"계속해라!"

"소인은 동생과 함께 그리로 가 보았습니다. 저희 집에서 두 거리만 지나면 갈 수 있지요. 다시 문을 두드리고 소리를 질렀지만 인기척이 없었습니다. 소인은 그 집을 손바닥 들여다보듯 훤히 꿰고 있는지라 재빨리 담벽을 돌았습지요. 담을 타고 넘어 뒤란으로 갔습니다. 침실 창문 둘이 모두 활짝 열려 있더군요. 소인은 동생의 무등을 타고 올라가 방 안을 들여다보았습니다. 그 참상은……."

감정이 북받쳐 올라 예편의 목소리가 잠겼다. 추운 날이었지만 그의 이마에서는 땀이 주르르 흘러내리고 있었다. 예편은 가까스로 진정을 되찾고 하던 말을 이어나갔다.

"벽에 붙은 온돌 침대 위에 피투성이가 된 누이의 시신이 알몸

예 형제의 고발

으로 누워 있는 게 아니겠습니까, 나으리! 저는 비명을 질렀습니다. 쇠창살을 놓치고 그만 땅바닥을 나뒹굴었습니다."

디 공은 경당목을 탕탕 두드렸다.

"고소인은 흥분하지 말고 조리에 닿게 말을 하도록 하라!"

디 공이 일침을 놓았다.

"창문을 통해서 피투성이가 된 누이의 시신을 보았다고 했는데, 무얼 보고 누이가 죽었다고 생각했느냐?"

예가 더듬거리며 말했다.

"나으리! 머리가 없었습니다요!"

꽉 찬 동헌에 일순 침묵이 감돌았다.

디 공은 의자 등에 몸을 기대고 긴 수염을 어루만지다가 입을 열었다.

"계속하도록, 포리한테 달려갔다는 데까지 말했다."

예핀이 한결 가라앉은 음성으로 말을 이었다.

"길모퉁이에서 포리를 만났습니다. 자초지종을 털어놓고 살인범은 판펑일 가능성이 높다는 말도 덧붙였습지요. 문을 부수고 들어갈 수 있게 허락해 달라는 요청도 했고요. 그런데 카오 포리 입에서 나온 말을 듣고 저희는 억장이 무너지는 것 같았습니다. 어제 정오 무렵에 판펑이 가죽 자루를 들고 어디론가 달려가는 것을 보았다는 게 아니겠습니까. 카오 포리가 어딜 가느냐니까 이삼 일 다녀올 곳이 있다고 했다더군요. 그 죽일 놈이 소인의 누이동생을 죽이고 내뺀 것입니다. 나으리! 부디 굽어살피셔서 그 잔악한 살인마를 붙잡아 억울하게 죽은 불쌍한 누이의 원수를 갚아 주시기 바라옵니다."

"카오 포리는 어디 있느냐?"

예가 울먹였다.

"소인은 카오 포리에게 관아까지 같이 오자고 사정했습니다, 나으리. 하지만 범죄 현장을 훼손하는 사람이 없도록 지켜야 한다면서 거절했습니다요."

디 공은 고개를 끄덕이더니 홍 수형리에게 소곤거렸다.

"드디어 제대로 일할 줄 아는 포리가 나타났구먼."

그러고는 예핀에게 다시 말했다.

"이제 기사관이 네 고발 내용을 크게 읽어 줄 것이다. 내용에 이상이 없거든 동생과 함께 거기다 손도장을 찍도록 하라."

선임 서기를 진술서를 낭독했고 예핀 형제는 내용에 이의를 제기하지 않았다. 그들이 서류에 손도장을 찍고 나자 디 공이 입을 열었다.

"나는 즉시 포리들과 함께 사건 현장으로 가겠다. 너희 형제도 그곳에 함께 가자. 떠나기 전에 판펑의 인상 착의를 서기에게 소상히 알리도록 하라. 인근 관아와 군에 수배장을 돌려야 하니까. 판펑은 떠난 지 하룻밤에 안 되었고 길도 험하다. 조만간 붙잡히고 말 거다. 너희 누이를 죽인 살인범을 정의의 심판대에 세울 터이니 안심하도록 하라."

디 공은 경당목을 두드려 폐정을 알렸다.

집무실로 돌아온 디 공은 화로 옆에 섰다. 화롯불을 쬐면서 홍 수형리와 타오간에게 말했다.

"예핀이 판펑의 인상착의 진술을 끝낼 때까지 여기서 기다리세."

홍 수형리가 한마디했다.

"머리가 잘렸다는 게 아무래도 이상합니다."
타오간이 나섰다.
"햇빛이 잘 안 드는 침침한 방이라서 예핀이 잘못 보았는지도 모르지요. 이불 귀퉁이 같은 데 여자의 머리가 덮였을 수도 있고요."
"곧 진상을 알게 되겠지."
디 공이 말했다.
판펑의 인상착의가 담긴 수배서가 도착했다. 디 공은 벽보에다 필요한 글귀를 재빨리 적어 넣고 가장 가까운 군 기찰대 대장 앞으로 보내는 편지를 썼다. 그러고는 서기에게 명령했다.
"이 건을 당장 처리하도록!"
안뜰에는 디 공의 거대한 가마가 대기하고 있었다. 가마에 오른 디 공은 홍 수형리와 타오간을 옆자리에 태웠다. 앞에 넷, 뒤에 넷 모두 포졸 여덟이 그 뒤를 따랐다.
도시를 남북으로 가로지르는 큰길로 들어서자 앞서가던 포졸 둘이 작은 청동 징을 치면서 목청껏 고함을 질러 댔다.
"물러서라! 물러서라! 현령 어른 납신다!"
큰길 좌우로 가게가 쭉 늘어서 있었고 오가는 사람이 눈에 많이 띄었다. 행렬이 다가서면 사람들은 길을 비켜주었다.
군신각(軍神閣) 앞을 지나 일행이 두세 번 길을 도니까 길고 곧은 길이 나타났다. 길 왼쪽에는 높은 담이 길게 이어져 있었는데 담 중간중간에 좁은 문이 나 있었다. 디 공 일행은 사람들이 몰려 웅성대고 있는 세 번째 문 앞에서 행렬을 멈추었다.
가마꾼이 가마를 낮추자 정직하고 영리해 보이는 한 사내가 앞으로 다가와서 자기 소개를 했다. 남동 구역을 관할하는 카오였다.

카오는 가마에서 내리는 디 공을 공손히 부축했다.

길 좌우를 두리번거리더니 디 공이 한마디했다.

"사람 구경하기가 힘든 동네로군."

포리가 답변에 나섰다.

"몇 해 전 북로군이 아직 이곳에 주둔하고 있었을 때 길 맞은편 창고가 군수 물자 저장고로 쓰였습니다. 길 이쪽에는 집이 여덟 채 있었는데 간부 숙소로 사용했습니다. 지금 창고는 텅텅 비어 있고 장교 숙소에는 몇 집이 들어와 살고 있는데 판펑 부부네도 그중 한 집입니다."

타오간이 고개를 가로저었다.

"도대체 이해가 안 갑니다. 골동품상이 왜 하필 이런 외진 데다 점포를 냈을까요? 이런 데서는 값비싼 골동품은커녕 콩깻묵조차 팔아먹기 어려울 터인데요?"

디 공이 동조했다.

"글쎄 말이야. 자네는 어찌 생각하는가, 포리?"

"판펑은 고객의 집까지 물건을 배달하곤 했습니다."

카오 포리가 대답했다. 매서운 바람이 거리에 휘몰아쳤다.

"안으로 들어가자."

디 공이 떨면서 말했다.

일행의 눈에 처음 들어온 것은 몇 채의 단층 건물에 둘러싸인 휑뎅그렁한 안뜰이었다.

카오 포리가 설명에 나섰다.

"이곳에서는 세 집에 하나씩 정원을 쓰게 되어 있습니다. 가운데 집이 판펑의 집인데 다른 두 집은 얼마 전부터 비어 있습니다."

일행은 정원을 곧바로 가로질러 문으로 들어갔다. 싸구려 목재 식탁과 의자 몇 개만 덩그러니 놓여 있는 커다란 방이 나타났다. 포리는 일행을 좀 더 작은 두 번째 정원으로 데리고 갔다. 정원 한복판에는 우물이 있고 돌의자도 눈에 띄었다. 맞은편 문 세 짝을 가리키면서 포리가 말했다.

"가운데 문이 침실입니다. 왼쪽 문이 판평의 점포고요. 점포 뒤에 주방이 딸려 있지요. 오른쪽 문은 창고입니다."

침실 문이 조금 열려 있는 것을 보고 디 공이 재빨리 물었다.

"저 안에 누가 들어갔나?"

카오 포리가 말했다.

"아닙니다, 나으리. 대문을 부수고 들어온 이후로는 현장을 보존하려고 정원에서 한 발짝도 더 들어가지 못하도록 단단히 막아 놓았습니다."

디 공은 가상하다는 듯 고개를 끄덕였다. 침실로 들어가니 방의 왼쪽 거의 절반을 널찍한 온돌 침대가 차지하고 있었고 그 위에 두꺼운 솜이불이 깔려 있었다. 이불 위로는 벌거벗은 여자의 시체가 보였다. 시체는 똑바로 누워 있었다. 두 손을 앞으로 포개고 뻣뻣한 두 다리는 길게 뻗은 채였다. 목덜미 끝에는 떨어져 나간 살점이 흉하게 엉겨붙어 있었다. 시체와 이불을 온통 물들인 피는 이미 말라붙어 있었다.

디 공은 너무 끔찍한 장면이라 고개를 돌렸다. 뒷벽에 난 두 창문 사이에 화장대가 놓여 있었다. 화장대 거울에 내걸린 수건 한 장이 열린 창문으로 들어온 매운 바람에 날려 펄럭였다.

"문을 닫고 안으로 들어오게!"

디 공이 홍 수형리와 타오간에게 지시했다. 그러고는 포리에게 덧붙였다.

"밖을 단단히 지키고 아무도 들여보내지 말게. 예 형제가 도착하거든 기다리라고 이르고."

포리가 문을 닫고 나가자 디 공은 방 안을 찬찬히 살폈다. 온돌 침대의 맞은편에는 계절에 맞추어 옷을 집어넣은, 붉은 가죽을 씌운 옷 상자 네 개가 가지런히 쌓여 있었다. 어느 집에서나 볼 수 있는 물건이었다. 방 한구석에는 붉게 칠한 작은 탁자가 놓여 있었다. 걸상이 두 개 더 있을 뿐 방은 텅 비어 있었다.

디 공은 마지못해 눈길을 다시 시체로 돌렸다. 디 공이 말했다.

"피해자가 입고 있던 옷은 어디 있을까? 타오간, 저 옷 상자를 한번 뒤져 보게."

타오간은 맨 위에 놓은 옷 상자를 열었다.

"차곡차곡 개어 놓은 옷 말고는 아무것도 없는데요."

디 공이 퉁명스럽게 말했다.

"옷 상자 네 개를 다 조사하라니까! 수형리도 거들도록 하지."

두 사람이 옷 상자를 뒤지는 동안 디 공은 방 한복판에 그대로 선 채 천천히 수염을 잡아당겼다. 창문을 닫았기 때문에 거울에 걸린 수건은 축 늘어져 있었다. 디 공은 수건에 묻은 피를 보았다. 그리고 거울에 비친 시체를 보면 마가 낀다는 항간의 미신을 떠올렸다. 살인자는 분명히 그런 미신을 믿고 있었다. 타오간의 고함을 듣고 그는 고개를 돌렸다.

"두 번째 옷 상자의 바닥에 있는 비밀 함에서 찾아낸 보석입니다."

타오간은 디 공에게 비취가 박힌 예쁜 금 팔찌 두 개와 순금 머리핀 여섯 개를 보여 주었다.

디 공이 말했다.

"골동품상은 그런 물건을 값싸게 구입할 기회가 얼마든지 있는 법이야. 제자리에 두게. 어쨌든 이 방은 있는 그대로 두어야 해. 나는 거기 있는 보석류보다는 없어진 옷의 행방이 더 궁금하군. 벽장도 한번 뒤져 보세."

벽장 안에는 별의별 종류의 짐 상자가 가득 쌓여 있었다.

"타오간, 저 상자들도 다 조사하게. 옷도 옷이지만 잘린 머리를 찾아야 한다는 것을 명심하도록! 나는 수형리와 함께 사무업실로 가 보겠네."

판평의 조그만 사무실에는 선반이 일렬로 늘어서 있었고 선반 위에는 갖가지 모양의 사발, 화병, 옥 장신구, 조상(彫像), 골동품 등이 진열되어 있었다.

디 공의 신호하자 홍 수형리는 큼지막한 옷 상자를 열었다. 그 안에는 남자 속옷만 들어 있었다.

디 공은 책상 서랍을 열어 내용물을 뒤졌다.

"이것 봐!"

디 공은 낡은 전표 뭉치 사이사이에 어지럽게 쌓여 있는 은화 더미를 가리키면서 말했다.

"판평은 꽤나 다급했던가 보이. 보석은 물론이고 돈도 챙겨 가지 않았어."

그들은 주방도 들여다보았지만, 거기서도 이렇다 할 물건이 발견되지 않았다. 타오간이 모습을 나타냈다. 그는 옷을 툭툭 털면서 말했다.

"그 상자 안에는 커다란 화병과 동전, 자질구레한 골동품이 들어 있었습니다. 모두 먼지가 수북이 쌓여 있었습니다."

디 공은 난감한 표정으로 두 보좌관을 바라보더니 수염을 천천히 쓰다듬었다.

"귀신이 곡할 노릇이구먼!"

디 공의 입에서 한참 만에 튀어나온 말이었다. 그는 돌아서서 집 밖으로 나왔다. 두 보좌관도 그 뒤를 따랐다.

카오 포리가 예 형제, 포두와 함께 디 공을 기다리고 있었다. 디 공은 그들의 절에 가벼운 목례로 화답한 뒤 포두에게 지시했다.

"병졸 둘을 시켜 저 우물을 퍼내라. 들것과 담요를 가져다가 시신을 관아로 옮겨라. 안채에 딸린 세 방에 출입하지 못하도록 하고 후속 지시가 떨어질 때까지 포졸 둘을 감시병으로 세우도록 하라."

디 공은 예 형제에게 책상 앞에 앉도록 손짓했다. 수형리와 타오간은 긴 의자를 벽에다 붙여 놓았다.

디 공은 예핀을 향해 무겁게 말했다.

"그대들의 누이는 정말 참혹하게 살해되었더군. 잘린 머리는 흔적도 없이 사라졌다."

예핀이 울부짖었다.

"그 죽일 놈이 가져갔을 겝니다. 여기 있는 포리가 그놈이 가죽 보자기 안에 둥근 물체를 넣어 가지고 가는 것을 보았답니다!"

디 공이 포리에게 명령했다.

"판평과 어떤 대화를 나누었는지 자세히 말해 보라!"

"저와 마주쳤을 때 판평은 서쪽 방향으로 부지런히 발을 놀리고 있었습니다. 제가 물었지요. '뭐가 그리 바쁘시오, 판 선생?' 그 사람은 저를 보는 둥 마는 둥 하면서 이삼 일 어디 다녀올 데가 있다던가 대충 그런 말을 내뱉고는 쏜살같이 그대로 제 옆을 지나갔습니다. 털외투를 입고 있지 않았는데도 얼굴은 붉게 상기되어 있었습니다. 오른손에 든 가죽 자루를 보니, 안에 무엇이 들어 있는지는 몰라도 불룩했습니다."

디 공은 잠시 생각에 잠겼다. 그러고는 예핀에게 물었다.

"남편에게 구박받는다는 하소연을 누이가 한 일이 있느냐?"

예핀은 머뭇거리다가 답변에 나섰다.

"글쎄올습니다. 솔직히 말씀드리자면, 소인은 누이 부부의 금슬이 그런 대로 좋은 줄로만 알고 있었습지요. 판펑은 상처한 홀아비였습니다. 당연히 누이보다 나이가 훨씬 많았지요. 대처로 나가서 일하는 장성한 아들까지 있었으니까요. 누이하고는 이태 전에 부부의 연을 맺었는데 소인은 꽤 괜찮은 사람으로 여겨 왔습니다. 물론 약간 멍청한 구석이 있고 어디가 그렇게 아픈지 허구한 날 죽는 소리만 해 댔지만 말입니다요. 그 악당 녀석한테 저희가 감쪽같이 속아 넘어간 게지요!"

동생이 불쑥 끼어들었다.

"제 눈만큼은 속이지 못했습니다. 그자는 더럽고 비열한 인간입니다……. 누이는 남편한테 얻어맞는다고 자주 하소연을 했어요!"

예타이는 분을 삭이느라 늘어진 두 볼에 바람을 넣었다 뺐다 했다.

예핀이 깜짝 놀라서 물었다.

"왜 진작에 그런 말을 하지 않았니?"

예타이가 뿌루퉁해서 말했다.

"형님한테 걱정을 끼쳐 드리지 않으려고요. 하지만 이제 다 털어놓으렵니다! 그 개자식만 잡을 수 있다면요!"

디 공이 가로막았다.

"오늘 아침엔 어쩐 일로 누이를 찾아갔지?"

예타이는 잠시 머뭇거리다가 답변했다.

"그냥 어떻게 지내는가 궁금해서 갔지요."

디 공은 그 자리에서 일어서며 쌀쌀맞게 말했다.

"자세한 진술은 관아에서 듣도록 하겠다. 기록에 남겨야 하니까. 나는 지금 관아로 돌아가는데 너희도 가야겠다. 부검에 입회해야 하니까."

카오 포리와 예 형제는 디 공을 가마로 모셨다.

일행이 다시 큰길로 나섰을 때 포졸 하나가 디 공 쪽으로 왔다. 그는 가마 휘장을 젖히고 채찍으로 어딘가를 가리키면서 말했다.

"저기가 검시관인 쿠오의 한약방입니다. 제가 가서 관아로 동행시킬깝쇼?"

디 공은 깔끔해 보이는 작은 한약방을 바라보았다. 큼지막한 글씨로 '계림원(桂林園)'이라고 적힌 상호가 보였다.

"내가 가서 직접 말하겠다."

디 공은 그렇게 말하고 가마에서 내리면서 두 보좌관에게 덧붙였다.

"한약방 구경하는 게 내 취미지. 밖에서 기다려라. 안은 비좁을 게야."

디 공이 문을 밀고 들어가니 약초의 은은한 향내가 코끝을 간지럽혔다. 계산대 뒤에서 곱사등이가 말린 한약재를 큼지막한 칼로 열심히 자르고 있었다.

곱사등이는 계산대를 돌아서 나오더니 머리가 땅에 닿도록 절을 올렸다.

"소인은 한약사 쿠오라고 합니다요."

목소리는 굵직했지만 절도가 있어서 디 공은 깜짝 놀랐다.

키는 겨우 백이십 센티미터나 될까. 그러나 어깨는 떡 벌어졌으며 부스스한 긴 머리털이 커다란 머리를 덮고 있었다. 그의 눈은 비정상적이리만큼 컸다.

디 공이 말했다.

"아직까지는 자네에게 검시를 부탁한 적이 없지. 그러나 출중한 실력을 갖춘 의원이라는 소리는 내 익히 들어 알고 있어 겸사겸사 잠시 들렀네. 남동 구역에서 살해당한 여인이 있다는 소리를 자네도 들었을 터, 관아에 와서 부검을 해 주게나."

"당장 가겠습니다, 나으리."

쿠오가 말했다. 그리고 단지와 마른 약재 뭉치가 어지럽게 쌓여 있는 선반을 의식했는지 계면쩍게 덧붙였다.

"가게가 누추해서 죄송스럽습니다. 모든 게 엉망이지요."

디 공이 친근하게 말했다.

"그렇지 않아. 모두 정리가 차곡차곡 잘돼 있구먼그래."

디 공은 검게 칠한 커다란 약장 앞에 서서, 거기 다닥다닥 수없이 달려 있는 작은 서랍 위에 깨끗하게 파인 하얀 약 이름 두세 개를 읽었다.

"진통제를 골고루 갖추었군. 월초(月草)까지. 아주 귀한 약재인데."

쿠오는 디 공이 언급한 약재가 들어 있는 서랍을 휙 빼서 가느다란 마른 뿌리 한 줌을 끄집어냈다. 그러고는 엉킨 뿌리를 조심조심 풀어 냈다. 그 모습을 지켜보던 디 공은 쿠오의 손가락이 가늘고 길다는 것을 알아차렸다. 쿠오가 입을 열었다.

"이 약초는 북문 너머의 높은 바위 산에서만 자랍지요. 그래서 여기 사람들은 그곳을 약산이라고 부릅니다. 겨울에 눈 속을 헤집어 캐내지요."

디 공은 고개를 끄덕였다.

"겨울에는 약효가 그만이겠는걸. 수액이 모두 뿌리에 저장될 터이니 말이야."

쿠오가 놀랍다는 듯이 말했다.

"이 방면에 조예가 깊으시군요!"

디 공은 어깨를 으쓱했다.

"오래된 의서를 읽는 게 내 취미라네."

디 공은 발치에서 무언가 움직이는 걸 느꼈다. 고개를 숙이니 작은 흰 고양이가 보였다. 고양이는 절룩거리며 몸을 피하더니 쿠오의 다리에다 등을 문지르기 시작했다. 쿠오는 고양이를 살며시 들어 올리면서 말했다.

"다리가 부러진 녀석을 거리에서 발견했습지요. 부목을 대긴 했는데 안타깝게도 잘 맞지 않았던 모양입니다. 권법에 능한 란타오 쿠이에게 부탁했어야 하는 건데, 뼈 맞추는 데는 그 양반 따라갈 사람이 없습니다."

"나도 형리들한테 들어서 소문을 알고 있지. 무술에 천부적 재질을 가진 사람이라더구면."

"사람도 좋지요. 그런 사람은 흔하지 않습니다."

한숨을 쉬면서 쿠오는 고양이를 다시 내려놓았다.

점포 안쪽의 파란 휘장이 옆으로 젖혀지더니 늘씬한 여인이 찻잔을 올린 쟁반을 들고 나타났다. 여인은 디 공에게 공손히 절을 올리고 찻잔을 내려놓았다. 디 공은 여인의 섬세한 조각품 같이 반듯한 얼굴을 보았다. 화장은 하지 않았지만 백옥처럼 보드랍고 하앴다. 머리는 수수하게 세 번 말아 올렸을 뿐이었다. 큰 고양이 네 마리가 그 뒤를 따랐다.

디 공이 말했다.

"관아에서 부인의 얼굴을 본 적이 있소. 여죄수 단속을 잘한다고 들었소이다."

쿠오 부인은 다시 절을 하더니 입을 열었다.

"과찬의 말씀이옵니다. 옥에서 제가 할 일은 거의 없사와요. 부대를 따라 북쪽으로 올라갔던 매춘부가 이따금 흘러들곤 하지만, 여느 때는 옥이 텅텅 비어 있사옵니다."

디 공은 침착하면서도 경우에 한 치도 어긋남이 없는 여인의 말씨에 탄복을 금치 못했다.

맛이 기막힌 녹차를 디 공이 음미하는 동안 쿠오 부인은 모피 망토를 남편의 어깨에 살며시 덮어 주었다. 디 공은 쿠오 부인이 망토의 목 끈을 묶으면서 남편에게 보내는 그윽한 미소를 바라보았다.

그는 차마 발길을 뗄 수 없었다. 썰렁한 방에서 끔찍한 살인 현장을 보고 온 그에게 은은한 약초 향이 진동하는 이 작은 한약방의 아늑한 분위기가 눈물겹도록 반가웠던 것이다. 디 공은 아쉬움으로 한숨을 내뱉으며 찻잔을 내려놓았다.
"그만 가 봐야겠네."
그는 밖으로 나가 가마를 타고 관아로 돌아갔다.

머리 없는 시체를 부검하고
디 공은 수하들과 의견을 나눈다.

　

디 공이 집무실에 들어서니 기사관이 기다리고 있었다. 홍 수형리와 타오간은 방 한구석에서 서둘러 차를 따르고, 디 공은 자기 자리에 앉았다. 기사관은 디 공의 옆에 와서 다소곳이 서 더니 책상 위에다 서류 뭉치를 내려놓았다.

디 공이 서류 검토에 들어가면서 지시했다.

"서기를 불러라!"

서기가 나타나자 디 공은 고개를 들었다.

"조금 뒤에 포두가 판 부인의 시체를 실어 올 것이다. 쓸데없이 구경꾼이 몰려들지 않도록 단속을 철저히 하라. 부검은 비공개로 해야 한다. 아랫것들에게 옆방에서 쿠오 검시관이 부검을 실시하는 데 한 점의 차질도 없도록 준비에 만전을 기하라고 일러라. 또 한 포졸에게는 수사 관계자와 희생자의 두 오라버니, 남쪽 구역의 포리를 제외하고는 어느 누구도 출입을 허용해서는 안 된다고 단단히 못 박아라."

홍 수형리는 김이 올라오는 뜨끈뜨끈한 찻잔을 디 공에게 올렸다. 디 공은 몇 모금 맛을 보더니 가벼운 미소를 머금었다.

"조금 전에 쿠오 한약방에서 먹은 녹차와는 비교가 안 되는군! 쿠오 부부는 그다지 어울리지 않는데도 아주 행복하게 사는 것 같단 말씀이야!"

타오간이 말했다.

"쿠오 부인은 과부였습니다."

"전 남편은 여기서 푸줏간을 했더랍니다. 아마 이름이 '왕'이라 었을 겁니다. 네 해 전에 술독으로 세상을 떴지요. 여자한테야 차라리 잘된 일이지 뭡니까. 남편이 아주 개차반이었다는 소릴 저도 들었거든요."

기사관이 거들었다.

"옳습니다요. 왕, 그 친구는 엄청난 빚더미를 떠안기고 갔습니다. 시장 뒤편의 매음굴에도 적잖은 빚이 깔려 있었습지요. 홀몸이 된 여자는 푸줏간과 그 안에 있던 모든 세간을 팔았지만 그 돈으로는 겨우 다른 데 깔려 있던 빚밖에 갚지 못했습니다. 매음굴 포주는 빚을 탕감해 주는 대신 노비로 들어오라고 요구했습지요. 그때 쿠오 영감이 나서서 돈을 갚아 주고 여자를 마누라로 들여 앉혔습지요."

디 공은 눈앞의 서류에다 큼지막한 관인을 찍었다. 그러고는 고개를 들어 한마디했다.

"배운 게 많아 보이더구먼."

기사관이 말했다.

"쿠오 영감한테서 약재와 의술에 관해서 제법 배우고 들은 게 있습지요. 쿠오 부인은 이제 어엿한 여의원 대접을 받습니다. 처음에 사람들은 유부녀가 활개치고 나돌아다니는 걸 탐탁치 않게 여겼습지요. 하지만 지금은 극진히 모신답니다. 쿠오 부인은 남자 의원보다 여자 환자를 훨씬 잘 보거든입쇼. 남자 의원이야 기껏해야 진맥밖에 더 보겠습니까."

디 공은 서류를 기사관에게 건네면서 말했다.

"여죄수도 잘 다스리니 기특할 밖에. 그런 막돼먹은 계집들은 한시도 소홀함이 없이 단속을 해야지. 그러지 않았다가는 다른 죄수한테 폭력을 휘두르고 사기를 치기 십상이라."

기사관은 문을 열고 나가려다가 가죽으로 된 두꺼운 전포와 귀덮개가 달린 털모자를 쓴, 체구가 우람하고 늠름한 사내 둘에게 길을 내주기 위해 비켜섰다. 두 사람은 디 공의 나머지 두 수하인 마중과 차오타이였다.

방 안으로 들어오는 두 사내를 디 공은 자애로운 눈길로 바라보았다. 그들은 자기네끼리는 '녹림회(綠林會)'라고 미화해서 부르긴 했지만, 원래 노상강도였다. 십이 년 전에 첫 임지의 수령으로 부임하기 위해 길을 떠난 디 공은 호젓한 산길에서 그들의 습격을 받았다. 그러나 디 공의 담대함에 기가 질린 두 산적은 강도 생활을 청산하고 디 공의 수하로 들어오겠노라며 그 자리에서 매달렸다. 그 후 세월이 흐르는 동안 이 무시무시한 단짝은 흉악범 검거를 비롯, 어렵고 위험한 사건을 해결하는 데 누구보다도 앞장서서 디 공을 도왔다.

디 공이 마중에게 물었다.

"무슨 일인가?"

"대수롭지 않은 일입니다. 술도가에서 자리를 차지하고 술을 처먹던 깡패들끼리 패싸움을 벌인 겁니다. 가서 보니 칼부림 나기 일보 직전이더군요. 저희 둘이 머리통을 몇 대 쥐어박으니까 흩어졌습니다. 주동자급 네 녀석을 붙잡아 왔는데 하룻밤 감방에 처넣어 두는 게 어떨까 싶습니다만."

"그렇게 하지. 그건 그렇고, 농부들의 원성을 산 그 늑대는 잡았는가?"

마중이 대답했다.

"잡았습니다. 기가 막힌 사냥이었습니다! 추타위안이 놈을 먼저 발견했습니다. 엄청나게 큰 놈이더군요. 그런데 그만 그가 화살을 떨어뜨렸지 뭡니까. 그래서 차오타이가 놈의 목에다 그대로 화살을 꽂아 넣었지요! 직방으로 말입니다!"

차오타이가 슬며시 웃으며 말했다.

"추가 화살을 놓치는 바람에 저한테 기회가 온 겁니다. 왜 그런 실수를 저질렀는지 모르겠습니다. 그 친구는 명사수거든요."

마중이 덧붙였다.

"매일 활을 쏘지요. 눈으로 만든 실물 크기의 표적으로 연습하는 장면을 한번 보셔야 하는데. 말을 타고 주위를 빙빙 돌면서 활을 날립니다. 쏘았다 하면 머리에 정통으로 박히지요!"

마중은 흥분을 가누지 못했다.

"그런데 살인 사건이 일어났다고 사람들이 수군거리던데 어떻게 된 겁니까?"

디 공은 고개를 숙였다.

"흉측한 사건이야! 옆방으로 가서 부검을 시작할 수 있겠는지 한번 살펴보게."

마중과 차오타이가 돌아와서 모든 준비가 끝났다고 보고하자 디 공은 수형리와 타오간을 거느리고 옆방으로 갔다.

포두와 두 사무관은 높은 탁자 옆에 서 있었다. 디 공이 그 뒤에 자리 잡고 앉자 네 수하는 맞은편 벽을 등지고 나란히 섰다. 디 공은 예핀과 예타이가 카오 포리와 함께 한구석에 서 있는 것을 보았다. 디 공은 그들의 인사를 받고 가볍게 목례를 한 다음 쿠오에게 신호를 보냈다.

곱사등이 쿠오는 탁자 앞에 거적을 덮고 있던 이불을 걷어 냈다. 디 공은 그날 두 번째로 머리가 잘린 시체를 내려다보았다. 그는 한숨을 쉬고 붓을 들어 공식 서류에다 글을 적으면서 큰 소리로 읽었다.

"판 부인의 시체. 혼인 전 성은 예. 나이는?"

"서른둘입니다."

예핀이 울먹이는 소리로 대답했다. 그의 얼굴은 납빛이었다.

"부검을 시작해도 좋다!"

쿠오는 옆에 놓은 뜨거운 물이 담긴 구리 대야에 천 조각을 담갔다가 죽은 여자의 손을 적셨다. 그러고는 살살 밧줄을 풀었다. 두 팔을 움직이려고 했지만 너무 뻣뻣했다. 쿠오는 여자의 오른손에서 은반지를 빼어 종이 위에 놓았다. 그런 다음 조심조심 닦아 내면서 시신을 세밀하게 살폈다. 시간이 꽤 흐른 다음 쿠오는 시체를 뒤집고 등에서 피를 닦아 냈다.

그러는 동안 홍 수형리는 마중과 차오타이에게 살인 사건에 대하여 자기가 알고 있는 내용을 귀엣말로 빠르게 전했다. 이야기를 듣고 난 마중은 숨을 깊이 들이마셨다.
마중은 분을 삭이지 못하면서 차오타이에게 소근거렸다.
"저 등의 맞은 자국 좀 보라고. 누가 했는지 그 죽일 놈을 내 손으로 잡을 테니 두고 봐!"
쿠오는 잘린 목 언저리에서 한참 시간을 보냈다. 드디어 그가 일어나서 보고를 시작했다.
"유부녀로 출산 흔적은 없습니다. 피부는 보드랍고 모반(母斑)도, 오래된 흉터도 없습니다. 외상은 없지만, 손목이 밧줄에 찢겼고 유방과 팔 위에 멍이 들었습니다. 등과 엉덩이에 매 자국이 있는데 채찍으로 맞은 것 같습니다."
쿠오는 사무관이 구술 내용을 기록할 때까지 기다렸다가 말을 이었다.
"목덜미에 칼자국이 있습니다. 부엌에서 쓰는 기다란 칼 같습니다."
디 공은 언짢은지 수염을 잡아당겼다. 디 공은 사무관에게 쿠오의 보고를 재차 낭독하게 한 다음 손도장을 찍으라고 쿠오에게 지시했다. 그리고 반지를 예핀에게 주라고 일렀다. 예핀은 반지를 유심히 살피더니 입을 열었다.
"비취가 안 보입니다요! 엊그제 누이를 만났을 때만 하더라도 분명히 박혀 있었습니다."
디 공이 물었다.
"누이에게 다른 반지는 없다더냐?"
예핀이 고개를 가로젓자 디 공의 말이 이어졌다.

"이제 시신을 가져가도 좋다. 당분간 관에 안치하도록 해라. 잘린 머리는 아직 못 찾았느니라. 집 안에도 우물 속에도 없었다. 살인범을 검거하여 머리를 찾아낼 수 있도록 최선을 다하겠다. 그때 가서 머리를 관에 함께 담아 땅 속에 묻도록 하여라."

예 형제는 말없이 절을 했다. 디 공은 자리에서 일어나 집무실로 돌아왔다. 네 수하가 따라왔다.

널찍한 방으로 들어서니 털옷을 입었는데도 오슬오슬 몸이 떨렸다. 디 공은 마중에게 퉁명스럽게 내뱉었다.

"화로에 불을 더 피우게!"

마중이 부산히 움직이는 동안 그들은 자리에 앉았다. 긴 수염을 쓸어 내리면서 디 공은 한동안 말이 없었다.

마중이 씨근거렸다.

"이번 살인 사건은 정말이지 희한합니다! 저는 오로지 그 판펑 놈을 족쳐야겠다는 생각뿐입니다! 제 마누라를 그런 식으로 도살하다니! 필시 딴 계집이 있었을 겁니다!"

골똘히 생각에 잠겨 있던 디 공은 마중이 하는 말을 듣지 못했다. 느닷없이 디 공이 버럭 소리를 질렀다.

"도대체가 말이 안 돼!"

디 공은 벌떡 일어서서 방 안을 천천히 거닐더니 말을 이었다.

"벌거벗은 여자가 있는데 입고 있던 옷은 한 벌도 볼 수 없고 심지어는 신발 한 짝도 없다. 밧줄에 묶여서 매질을 당하고 머리가 잘렸는데도 몸부림친 흔적이 전혀 없다! 범인으로 추정되는 남편은 잘라 낸 머리하고 여자 옷을 세심하게 몽땅 챙겨서 방 안 청소까지 하고 달아났다. 그러면서도 부인의 값비싼 장신구와 자기

서랍에 들어 있던 은화를 그대로 놔두었다. 이 애긴데! 할 말들 없나?"

홍 수형리가 나섰다.

"제삼의 인물이 있다고 보아야 하지 않을까요?"

디 공은 그 자리에 섰다. 그러더니 다시 자기 의자로 돌아와 앉아 부하들을 뚫어져라 쳐다보았다. 차오타이도 고개를 끄덕이면서 동조했다.

"아무리 힘센 망나니가 큰 칼을 휘둘러도 죄인의 머리를 잘라내지 못할 때가 종종 있다는군요. 하물며 판펑은 비리비리한 영감태기입니다. 과연 마누라의 목을 자를 수 있었을까요?"

타오간이 말했다.

"어쩌면 그 영감은 집 안에서 살인자와 마주치고 놀란 토끼 모양 그대로 내뺐는지도 모르지요. 재산을 고스란히 놔두고 말입니다."

수염을 천천히 잡아당기면서 디 공이 말했다.

"그 말도 일리가 있어. 좌우지간 그 판이라는 사내를 조속히 붙잡아야겠다."

타오간이 의미심장하게 덧붙였다.

"생포해야지요! 저의 추론이 맞다면 그 영감은 지금쯤 살인자에게 쫓기고 있을 겝니다."

갑자기 문이 홱 열리더니 훌쭉한 늙은이가 비실거리며 들어왔다. 디 공은 놀란 눈으로 청지기를 바라보았다.

"여긴 어쩐 일인고?"

늙은 청지기가 입을 열었다.

"나으리, 타이위안에서 심부름꾼이 말을 타고 왔습니다요. 첫째

마나님께서 혹시 나으리께서 잠시 시간을 내주실 수 있겠는지 여쭈어 보라십니다."
 디 공은 자리에서 일어나 수하에게 지시했다.
 "해 질 녘에 다시 이곳에서 보기로 하세. 같이 추타위안의 저녁 초대에 가야 하니까."
 가볍게 고개를 숙이고 디 공이 방을 나가자 청지기가 그 뒤를 따랐다.

**디 공은 저녁 초대에 응하고,
군 기찰대가 피의자를 검거한다.**

날이 어둑해졌다. 포졸 여섯이 두꺼운 기름종이에 싼 가벼운 초롱을 들고 안뜰에서 대기하고 있었다. 그들이 추위로 발을 동동 구르는 것을 보고 포두가 씨익 웃으며 말했다.

"추위 걱정일랑은 하지 말게들. 추타위안 대인이 얼마나 통이 큰 양반인지 자네들도 잘 알겠지! 그 집에 가면 우리를 위해 먹을 것을 듬뿍 내올 게야."

"술도 빠뜨리는 법이 없지요!"

젊은 포졸이 신나서 맞장구쳤다.

그때 포졸들이 일제히 부동자세를 취했다. 디 공이 문 앞에 나타났고, 네 수하가 뒤따랐다. 포두가 가마꾼에게 소리를 질렀다. 디 공은 홍 수형리, 타오간과 함께 가마에 올랐다. 마부가 마중, 차오타이의 말을 끌고 오자 차오타이가 입을 열었다.

"가는 길에 란타오쿠이 사범을 데리고 가렵니다."

디 공은 고개를 끄덕였다. 가마꾼들은 힘차게 출발했다.
푹신한 방석에 기대면서 디 공이 말했다.
"심부름꾼이 타이위안에서 안 좋은 소식을 가져왔다. 첫째 아내의 장모님이 위독하셔서 내일 아침 아내가 찾아뵈야겠다는군. 둘째 아내, 셋째 아내의 아이들까지 데리고 갈 모양이야. 이런 추운 날씨에는 움직이는 게 고생이지만 장모님이 편찮으시다는데 어디 막을 수가 있어야 말이지. 장모님 춘추가 올해 일흔을 넘었으니 사실 걱정할 만도 해."
홍 수형리와 타오간은 디 공을 위로했다. 디 공은 고마움을 나타낸 다음 뒷말을 이었다.
"오늘 밤 추타위안의 저녁 초대에 응한다는 것이 썩 개운치가 않군. 식솔을 태우기 위해 포장마차 세 대를 포졸들이 끌고 오는데 거기 가서 짐 꾸리는 일과 짐 싣는 일을 감독하고픈 심정일세. 하나 추가 이 지역의 유지이니 간다고 해 놓고 마지막 순간에 약속을 취소해서 체면을 구길 수도 없는 노릇이고."
수형리가 고개를 끄덕이면서 한마디했다.
"마중한테서 듣자 하니 추가 저택 안방에다 상다리가 부러지게 음식을 준비했다는군요. 워낙 활발한 양반이어서 마중과 차오타이도 배가 터져라 대접받은 모양입니다. 술도 제법 들이키고요."
타오간이 끼어들었다.
"어떻게 맨날 그렇게 히히거리는지 알다가도 모르겠어요. 여덟 마누라를 거느리고 살려면 바람 잘 날 없을 터인데 말입니다."
디 공이 나무라듯이 말했다.
"모르는 소리. 아이가 없지 않나. 속으로는 대를 이을 자식이 없어서 죽고 싶은 심정일 게야. 기운이야 타고난 사람이지만 자기 쾌락을 위해 그 많은 부인을 거느리지는 않을 터."

홍 수형리가 말했다.

"추타위안은 부호인데. 그런 재산을 갖고도 못 얻는 것이 있다니."

그러더니 다시 덧붙였다.

"마님과 자제 분이 모두 떠나시면 어른께서도 퍽이나 적적하시겠습니다."

"살인 사건을 코앞에 두고 있는 내가 가족 생각에 젖을 겨를이나 있겠는가 어디. 가족이 집을 비운 동안은 숙식을 관아에서 해결할 생각이야. 호장에게 일러 놓게."

디 공은 가마의 휘장을 들추고 밖을 내다보았다. 겨울 하늘에는 별이 총총한데, 시커먼 고루(鼓樓: 북을 단 다락집——옮긴이)가 어렴풋이 솟아 있었다.

디 공이 말했다.

"다 와 가는구나."

가마꾼들은 고대광실 앞에서 가마를 세웠다. 높다란 붉은 대문이 활짝 열리더니 키 크고 풍채 좋은 사내가 값비싼 담비 가죽을 휘감고서 앞으로 걸어 나와 가마에서 내리는 디 공을 부축했다. 훤하고 불그레한 얼굴엔 검은 수염이 잘 다듬어져 있었다.

추타위안이 디 공을 반가이 맞이한 뒤 다른 두 남자가 절을 했다. 디 공은 당황해서 어찌할 바를 몰랐다. 홀쭉한 얼굴, 바들바들 떠는 잿빛 염소 수염. 늙은 랴오 행회장이 거기 있었다. 랴오는 틀림없이 저녁 식사 도중에 잃어버린 딸의 행방을 찾는 수사의 진척

상황을 물어 올 것이다. 랴오 행회장 옆에 서 있는 이는 추의 비서인 위캉이라는 젊은이였다. 디 공은 청년의 핏기 없이 불안한 얼굴을 보고 이 친구 역시 자기 약혼녀의 행방을 두고 똑같은 질문을 던지리라는 예감에 젖었다.

디 공을 더욱더 놀라게 한 일은 그 다음에 일어났다. 집주인은 일행을 집 안의 연회장으로 불러들이는 대신 남쪽 사랑채에 딸린 야외 정원으로 안내하는 것이었다.

"원래 생각으로는 나으리를 큰방으로 모셔 대접할 생각이었습니다. 하지만 아시다시피 저희야 북쪽 변방의 농투성이 아닙니까. 나으리 댁에서 드시는 음식하고야 애당초 비교할 수가 없지요. 해서 이렇게 시원한 야외에서 진짜 사냥꾼의 만찬을 맛보여 드리는 것이 낫겠다 싶더라고요. 그냥 구운 고기에 텁텁한 탁주입니다만 그런 대로 맛이 괜찮을 겁니다."

디 공은 고맙다는 말로 예를 차렸지만 속으로는 심한 부담을 느꼈다. 야외 만찬장 주위를 높다란 병풍이 둘러싸고 있었지만 바람이 잦아드는 밖은 아직 추웠다. 디 공은 부르르 몸을 떨었다. 목구멍이 얼얼했다. 오늘 아침 판의 집에 갔을 때 독감에 걸린 모양이었다. 디 공은 따뜻한 방 안에서 편하게 음식을 먹고 싶은 생각이 간절했다.

수많은 횃불이 야외 만찬장을 밝히고 있었다. 깜빡이는 불빛이 네 개의 식탁을 붙인 커다란 상과 버팀대 위에 올려놓은 두꺼운 판자를 비추었다. 중앙에는 거대한 화로가 놓여 있었고 그 안에 벌건 숯이 가득 들어 있었다. 하인 셋이 화로 주위에 서서 길다란 쇠 젓가락으로 고깃점을 굽고 있었다.

추타위안은 디 공에게 상석을 권했다. 디 공의 양옆에 집주인과 랴오 행회장이 앉게 되어 있었다. 홍 수형리와 타오간은 오른쪽 식탁에 추의 비서인 위캉과 함께 앉았다. 그들 맞은편에는 노인 둘이 앉아 있었는데 추는 지물상 행회장과 주류 도매상 행회장이라고 두 사람을 각각 소개했다. 마중과 차오타이는 권법가라는 타오쿠이와 함께 디 공 맞은편 식탁에 앉았다.

디 공은 중국 북부 지방을 주름잡고 있다는 유명한 권법가를 흥미롭게 바라보았다. 짧게 깎은 머리와 얼굴이 불빛에 환히 빛났다. 란타오쿠이는 싸울 때 거추장스러울까 봐 몸에 난 털이란 털은 모조리 밀어 버렸다고 들었다. 마중과 차오타이는 결혼도 하지 않고 철저히 금욕을 하며 오직 권법에만 몰두하며 살아가는 란의 생활 자세를 디 공에게 입에 침이 마르도록 칭찬한 적이 있었다. 집주인과 의례적인 덕담을 주고받으면서 디 공은 마중과 차오타이가 베이저우에서 추타위안과 란타오쿠이처럼 마음에 맞는 친구를 찾아낸 것을 다행스럽게 여겼다.

추가 디 공에게 건배를 제의했다. 독한 술이 들어가자 목이 아렸지만 디 공도 거기에 화답하지 않을 수 없었다. 잠시 후 추는 살인 사건에 대해서 캐물었다. 디 공은 중간중간 고깃점을 입에 집어넣으면서 간단히 설명을 해 주었다. 그러나 기름기가 들어가자 속이 느글거렸다. 디 공은 야채를 집으려고 했으나 장갑 낀 손으로는 젓가락질이 잘 되지 않았다. 다른 이들도 사정은 마찬가지였다. 견디다 못해 장갑을 벗었더니 이번에는 손가락이 얼어붙어 전보다 먹기가 더 어려워졌다.

추가 걸진 음성으로 속닥거렸다.

"그 살인 사건 때문에 여기 있는 랴오 행회장이 불안해하고 있습니다. 여식도 똑같이 그런 끔찍한 꼴을 당한 게 아닌가 하고요. 용기를 좀 불어넣어 주시지요, 나으리."

디 공은 랴오 행회장에게 딸의 행방을 알아내기 위해 노력하고 있다고 몇 마디 던졌다. 그랬더니 기회를 잡은 노인은 자기 딸 자랑을 한참 늘어놓기 시작했다. 디 공은 노인이 안되어 보이긴 했지만 그 이야기는 동헌에서도 몇 번이나 들었던 터라 머리가 빠개질 듯이 아팠다. 디 공의 얼굴은 벌겋게 달아올랐지만 등과 다리는 얼음장처럼 차가웠다. 이 험한 날씨에 길을 떠난 처자식이 걱정되어 디 공은 우울해졌다.

추가 다시 디 공에게 몸을 기울이면서 말했다.

"죽었든지 살았든지 나으리께서 그 소저를 찾아내시리라 믿습니다. 제 비서도 그 소저 때문에 애가 달아 죽을 지경이랍니다. 왜 안 그렇겠습니까. 정혼을 한 사이인데요. 한데 이 친구 요즘 도통 일할 생각을 하지 않는 바람에 저로서도 손해가 막심합니다."

귀엣말을 던지는 추의 입에서 역한 술 냄새와 마늘 냄새가 훅 풍겼다. 디 공은 갑자기 토할 것만 같았다. 그래서 랴오 소저를 찾기 위해 백방으로 알아보고 있는 중이라고 대꾸한 다음 자리에서 일어나 잠시 실례하겠다고 말했다.

추가 눈짓을 보내자 하인 하나가 초롱을 들고 디 공을 집 안으로 안내했다. 미로처럼 복잡하고 어두운 복도를 한참 걸어가자 뒤에 화장실이 일렬로 늘어선 작은 안뜰이 나왔다. 디 공은 재빨리 그중 한 곳으로 들어갔다.

디 공이 용무를 마치고 나오니 또 다른 하인이 더운물이 담긴 구리 대야를 들고 기다리고 있었다. 얼굴과 목을 더운 수건으로 문지르자 한결 개운해졌다.

디 공이 말했다.

"기다릴 필요 없다. 내가 길을 아니까."

그는 달빛에 젖은 안뜰을 거닐기 시작했다. 사위가 아주 조용한 것으로 보아 저택 깊숙이 들어온 것 같았다.

잠시 후 그는 만찬장에 다시 끼기로 마음먹었다. 그러나 집 안으로 들어가니 복도가 칠흑처럼 깜깜했다. 그는 얼마 안 가 길을 잃었음을 깨달았다. 손뼉을 쳐서 하인을 불렀지만 아무 반응이 없었다. 하인이란 하인은 모두 만찬장에서 음식 시중을 드는 데 동원된 모양이었다.

앞쪽을 응시하니 가물거리는 불빛이 보였다. 살금살금 걸음을 내딛어 빼꼼 열려 있는 문으로 다가갔다. 문은 작은 정원으로 연결되었고 정원은 높은 나무 울타리로 둘러싸여 있었다. 뒷문 가까이 후미진 구석에 서 있는 키 작은 나무 몇 그루를 제외하면 정원은 텅 비어 있었다. 두껍게 쌓여 얼어붙은 눈의 무게를 못 이겨 나뭇가지가 밑으로 축 늘어져 있었다.

정원을 그렇게 내다보던 디 공은 돌연 불안감에 사로잡혀 혼자서 중얼거렸다.

"아무래도 내 몸은 정상이 아니야. 이런 평화로운 후원에서 두려워할 게 뭐가 있다고."

디 공은 용기를 내어 나무 계단을 내려가, 정원을 가로질러 뒷문으로 갔다. 귀에 들어오는 소리는 발밑에서 사각거리는 눈 소리뿐이었다. 불안은 이제 긴장으로 변했다. 숨어 있는 위협에서 느껴지는 엄청난 압박감이었다. 디 공은 자기도 모르게 걸음을 멈추고 사방을 둘러보았다. 가슴이 철렁 내려앉았다. 이상한 모습의 하얀 형체가 나무 밑에 꼼짝않고 앉아 있는 것이었다.

돌덩이처럼 그 자리에 얼어붙은 디 공은 두려움에 젖어 형체를 쏘아보았다. 그러고는 안도의 숨을 내쉬었다. 그것은 눈사람이었다. 울타리를 등지고 가부좌를 틀고 앉아 명상에 잠겨 있는 선승을 실제와 똑같은 크기로 본떠 만든 눈사람.

디 공은 웃으려고 했지만 웃음이 입술가에서 얼어붙었다. 눈 사람의 눈 구실을 했던 목탄 두 개는 어디론가 사라지고 없었다. 뻥 뚫린 눈구멍이 기분 나쁘게 그를 노려보았다. 죽음과 파멸의 숨막히는 기운이 눈사람한테서 배어 나왔다.

디 공은 돌연 공포에 휩싸였다. 그는 돌아서서 재빨리 집 안으로 향했다. 계단을 오를 때 발을 헛디뎌 정강이가 삐끗했다. 그러나 복도의 어두운 벽을 더듬으면서 부랴부랴 걸음을 재촉했다.

복도를 두 번 돌았을 때 초롱을 든 하인과 마주쳤다. 디 공은 하인을 따라 만찬장으로 돌아왔다. 흥이 오른 사람들은 수렵가를 기운차게 불러 젖혔다. 추타위안은 젓가락으로 장단을 맞추고 있었다. 디 공을 본 추는 허겁지겁 일어서더니 걱정스러운 목소리로 말했다.

"안색이 안 좋아 보입니다."

디 공은 억지 웃음을 지으며 말했다.

"독감에 걸린 모양이네. 후원에 있는 눈사람 때문에 기절초풍했지."

추가 큰 소리로 웃으며 말했다.

"하인들의 자식들이 눈사람을 만들 때는 재미있는 모양으로만 만들라고 일러두겠습니다. 여기 술 한잔 드시면 괜찮아지실 겁니다."

그때 청지기가 땅딸막한 사내를 데리고 만찬장에 나타났다. 뾰족한 투구, 짧은 사슬 갑옷, 헐렁한 가죽 바지로 보아 산악군 순찰대 소속인 듯싶었다. 사내는 디 공 앞에 와서 부동자세를 취하더니 절도 있는 목소리로 말했다.

"저희 순찰대가 큰길에서 동쪽으로 팔 리 들어간 우양(五羊) 마을 남쪽 이십사 리 지점에서 판펑이라는 남자를 붙잡았습니다. 방금 옥리에게 그자를 인계하고 오는 길입니다."

디 공이 칭찬을 한 다음 추에게 말했다.

"섭섭하게 되었네만 내가 안 가 볼 수가 없겠군. 하나 흥을 깨뜨리고 싶지는 않으이. 홍 수형리만 데리고 나서겠네."

추타위안과 나머지 손님들은 디 공을 대문까지 배웅했다. 디 공은 갑자기 자리를 뜨게 된 것에 다시 한번 아쉬움을 표한 다음 작별의 말을 했다.

추가 정색을 했다.

"일이 먼저지요. 그 불한당이 잡혔다니 저도 기쁘기 한량없습니다."

관아로 돌아온 디 공은 홍에게 불쑥 말했다.

"옥리를 불러오라!"

옥리가 달려와서 절을 꾸벅했다.

디 공이 물었다.

"수감인의 행색이 어떻더냐?"

"통행증하고 돈을 몇 푼 지녔을 뿐 무기는 없었습니다."

"가죽 자루도 없더냐?"

"네"

디 공은 고개를 끄덕이고 옥리를 앞장세워 옥으로 갔다.

옥리가 작은 감옥의 쇠문을 따고 초롱을 들자 의자에 앉아 있던 사내가 절거덕절거덕 묵직한 쇠사슬 소리를 내면서 일어섰다. 디 공이 판평에게서 받은 첫 인상은 그가 양순한 노인이라는 것이었다. 얼굴은 갸름했지만 머리는 봉두난발이었고 수염도 축 늘어져 있었다. 두들겨 맞았는지 왼쪽 뺨이 시퍼렇게 부어올라 있었다. 그는 다른 사람처럼 다짜고짜 자신의 억울함을 하소연하지 않고 다소곳이 디 공을 쳐다보았다. 품이 큰 소매 안으로 팔을 집어넣으면서 디 공이 준엄하게 말했다.

"그대는 끔찍한 범죄를 저질렀다는 혐의를 받고 있다."

판은 한숨을 쉬었다.

"무슨 일이 있었는지 상상이 갑니다요, 나으리. 틀림없이 처남 예타이가 저를 중상모략했겠지요. 그 건달은 저만 보면 돈을 내놓으라면서 달라붙습니다. 견디다 못해 얼마 전부터는 땡전 한 푼 없다고 거절하고 있습지요. 그래서 복수를 하는 겁니다."

디 공은 담담히 말했다.

"그대도 아다시피 법은 수감자와 사사로운 자리에서 말하는 것을 금하고 있다. 하지만 최근 들어서 부인과 심한 부부싸움을 한 적이 있는지 지금 나한테 말해 두면 내일 동헌에서 당황하는 일은 없으렷다."

판은 통탄했다.

"마누라도 끼었단 말씀이로군요. 어쩐지 요 몇 주 전부터 하는 행동이 이상하더라니. 엉뚱한 시간에 밖으로 나돌아다니지를 않나. 필시 저에 대한 예타이의 중상모략 날조에 가담한 것입니다. 엊그제만 하더라도……."

디 공은 손을 들어 만류했다.

"내일 자세한 이야기를 듣겠다."

툭 내뱉고는 오른쪽으로 돌아 옥에서 나가 버렸다.

타오간이 권법가의 취미를 소개하고
끌동품상은 동헌에서 진술한다.

다음날 아침 디 공은 오전 심리가 시작되기 직전에 집무실에 나타났다. 네 수하가 그를 기다리고 있었다.

홍 수형리의 눈에 비친 디 공의 모습은 아직 몹시 피로해 보였고 안색도 좋지 않았다. 밤 늦게까지 마차에 짐 싣는 일을 감독하느라 제대로 쉬지도 못했던 것이다. 책상 앞에 앉자 디 공이 말했다.

"그럭저럭 가족이 출발했네. 동트기 전에 군 경호대가 도착했거든. 눈만 더 오지 않는다면 사흘 안에 타이위안에 도착할 게야."

그는 피곤한 듯이 손으로 눈두덩을 쓸어 내렸다. 그러더니 활기찬 목소리로 말했다.

"어젯밤 판펑을 잠깐 만나 보았지. 척 보니까 우리의 추론이 맞다는 생각이 들더구먼. 제삼의 인물이 그 사람 부인을 죽였다는 것이지. 아주 기막힌 연기를 하고 있다면 또 모를까, 어쩌면 그렇게 깜깜부지일 수가 있는가 말이야."

타오간이 물었다.
"엊그제 어딜 그렇게 부지런히 갔다죠?"
"재판정에서 내가 물어볼 터이니 그때 들어 보도록 하자고."
디 공은 수형리가 가져온 뜨거운 차를 천천히 마시면서 말을 계속했다.
"어젯밤 자네 세 사람더러 자리를 뜨지 말라고 한 것은 흥을 깨고 싶지 않았던 탓도 있지만 그보다는 돌아가는 분위기가 심상치 않다고 어렴풋이 느꼈기 때문일세. 내가 가고 난 다음 무언가 이상한 일이 벌어지지나 않았는지 한번 듣고 싶군."
마중은 차오타이의 얼굴을 보았다. 그러고는 면목없다는 듯이 머리를 긁었다.
"솔직히 말씀드려서 제가 좀 과음을 했습니다. 저는 기억에 남는 일이 별로 없지만 챠오는 무언가 할 말이 있을 겁니다."
챠오가 배시시 웃으면서 말했다.
"저 역시 저는 물론이고 다들 신나게 놀았던 기억밖에는 없는뎁쇼."
타오간은 수심에 잠긴 듯 잠시 왼쪽 뺨으로 흘러내린 머리카락 세 올을 만지작거리다가 입을 열었다.
"저는 독주를 즐기는 편이 아닙니다. 란 사범도 술을 한 방울 입에 안 대는 사람이라서 저녁 내내 둘이서만 이야기를 했지요. 그렇지만 대충 주위 식탁 돌아가는 분위기는 파악할 수 있었습니다. 글쎄요, 유쾌한 잔치였다고 말씀드려야 할 것 같은데요."
디 공이 잠자코 있자 타오간은 내처 말했다.
"한 가지. 란 사범이 재미있는 말을 했습니다. 살인 사건이 화제에 올랐을 때 란 사범이 그러더군요. 예핀은 횡설수설하는 게 좀 탈이어도 악인은 아닌데, 예타이는 몹쓸 작자라고요."

디 공이 당장 캐물었다.

"어째서?"

"여러 해 전에 권법을 가르쳤다나 봅니다. 그런데 몇 주 못 갔답니다. 도저히 가르칠 수가 없더랍니다. 예타이는 상대에게 치명상을 입히는 추잡한 가격법 몇 가지만 터득하는 데 골몰했지 권법의 사상적 배경엔 도무지 관심을 보이지 않았다는 겁니다. 예타이는 괴력이 있다고 란 사범이 말하더군요."

"유익한 정보로군. 다른 말은 없던가?"

"없었습니다. 그러고는 칠반(七盤)을 가지고 도형 만들기 시범을 보여 주었지요."

"칠반이라. 맞아! 어릴 때 많이 갖고 놀았지. 일곱 조각으로 자른 종이를 가지고 별별 모양을 다 만드는 놀이를 말하는 거렷다?"

마중이 웃으며 말했다.

"맞습니다. 란 사범의 별스러운 취미가 바로 그겁니다. 란 사범의 지론은 그게 단순한 어린아이 놀이가 아니라는 거지요. 우리 눈에 보이는 만물의 본질적 특성을 투시하는 힘을 길러 주는가 하면, 정신 집중에도 그만이라는 겁니다."

타오간이 끼어들었다.

"그 사람은 무얼 만들려고 하면 못 만드는 게 없습니다. 그것도 그 자리에서 척척 한단 말씀이에요."

타오간은 헐렁한 소매에서 판지 일곱 조각을 꺼내어 책상 위에 놓고 그것을 짜맞추어 정사각형을 만들었다.

"처음에 이렇게 종이를 자르는 거지요."

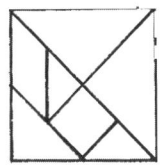

판지 조각을 다시 섞으면서 말을 이었다.

"처음에는 제가 고루(鼓樓)를 만들어 보라고 했습니다. 그랬더니 이렇게 하더군요."

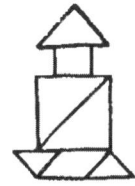

"그건 너무 쉽지요. 그래서 달리는 말을 주문했습니다. 그것도 쉽게 해치우더군요."

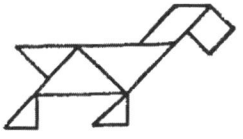

"그래서 관아에서 무릎을 꿇고 있는 피의자를 만들게 했습니다. 그건 이렇습니다."

"약이 오르더군요. 그래서 술 취한 포졸과 춤추는 소녀를 만들라고 했습니다. 그렇지만 만들어 내더군요!"

"결국 제가 두 손을 들었습니다."
모두들 웃음보를 터뜨렸다. 디 공도 미소를 짓고 나서 말했다.
"어젯밤에는 왠지 꺼림칙한 느낌이 들었지만 자네들이 아무것도 눈치 채지 못했다니 내 몸 상태가 안 좋았던 것으로 돌릴 수밖에 없겠군. 추타위안의 저택은 그야말로 으리으리하더군. 하마터면 어두운 복도에서 길을 잃을 뻔했어."
차오타이가 말했다.
"추 집안은 그 집에서 몇 대째 살아오는지 모릅니다. 그렇게 너무나 크고 오래된 집은, 뭐랄까요, 으스스한 느낌을 줄 때가 많습니다."
마중이 싱긋 웃으며 말했다.
"그래도 그 많은 처첩을 데리고 살려면 아무래도 비좁은 감이 들 게야."
차오타이가 서둘러 받았다.
"추는 좋은 사람입니다. 뛰어난 사냥꾼인 데다가 관리자로서도 나무랄 데가 없지요. 엄격하면서도 공정합니다. 소작인들이 그 사람한테는 깜빡 죽는다는 사실이 그 점을 웅변합니다. 아직 아들이 없어서 모두들 걱정하고 있지요."

마중이 묘한 웃음을 흘리며 말했다.

"꽃 속에 둘러싸여 있는데 걱정은 무슨 걱정!"

타오간이 끼어들었다.

"한 가지 말씀드리는 걸 잊었는데요. 추의 비서라는 위캉 청년은 정말이지 충격이 커 보였습니다. 말을 걸면 마치 귀신이라도 본 사람처럼 화들짝 놀라지 뭡니까. 저희도 그렇게 보고 있지만 그 친구도 자기 여자가 딴 남자와 눈이 맞아 달아났다고 생각하는 게 아닌가, 그런 느낌을 받았습니다."

디 공이 고개를 끄덕거리고 나서 말했다.

"그 청년이 완전히 폐인이 되기 전에 이야기를 들어볼 필요가 있겠군. 랴오리엔팡 소저 이야기를 해 봄세. 소저의 아버지는 자기 딸이 얼마나 요조숙녀였는지를 구구절절이 강조하고 있지만 내 보기에는 애비 되는 사람도 그런 말을 하면서 속으로는 웃고 있을지 몰라. 타오간, 오늘 오후에 랴오의 집에 가서 가족에 대한 정보를 좀 더 수집해 오게나. 이왕 나서는 길에 예 형제에 대한 탐문 수사를 벌여 란 사범이 말한 내용이 사실과 일치하는지 확인할 수 있으면 더 좋고, 너무 노골적으로 접근하지는 말게. 괜히 불안하게 하면 우리한테 득 될 것이 없으니까."

구리 종이 세 번 울렸다. 디 공은 자리에서 일어나 관복과 모자를 걸쳤다.

동헌이 사람으로 미어터지는 것으로 보아 판펑이 붙들렸다는 소식은 이미 파다하게 퍼진 모양이었다.

디 공은 개정을 선언하고 관계자를 호명한 다음 붓을 들어 옥리에게 전할 문서를 작성했다.
판펑이 동헌으로 끌려 나오자 흥분한 군중이 웅성거렸다. 추타위안, 란타오쿠이와 함께 앞줄에 서 있던 예 형제는 앞으로 밀고 나오려다가 포졸에게 저지당하여 뒤로 물러섰다.
디 공은 경당목을 두드렸다.
"조용!"
디 공은 소리를 친 다음 돌바닥에 무릎을 꿇고 있는 남자에게 무뚝뚝하게 말했다.
"이름과 직업을 밝혀라!"
판펑이 가라앉은 목소리로 말했다.
"소인은 판펑이라고 합지요. 골동품상을 하고 있습니다."
디 공이 물었다.
"엊그제 왜 성 밖으로 나갔는가?"
"북문 너머 우양 마을이라는 곳에 사는 농부가 며칠 전 제게 와서 하는 말이, 말뚝을 파묻기 위해 밭에 구멍을 파다가 낡은 청동 삼각 탁자를 발견했다는 것이었습니다. 소인은 팔백 년 전 한나라 시절에는 우양 마을이 거대한 중세 장원이었다는 사실을 알고 있었습지요. 해서 직접 가서 물건을 보고 올 만한 가치가 있겠노라고 처한테 말했습니다. 엊그제 날이 좋아서 떠났다가 그 다음날 돌아온 것입니다요. 한데……."
디 공이 그의 말을 가로막았다.
"길을 떠나던 날 아침 처와 무엇을 했는지 말해 보라."
"아침 내내 골동품으로 사들인 조그만 교자상을 고쳤습지요. 집사람은 시장에 갔다 와서 점심 준비를 했습니다."

디 공이 고개를 끄덕이더니 "계속하라!"라고 명했다.

"점심 밥을 함께 먹고 나서 저는 두꺼운 모피를 챙겨서 가죽 가방에 넣었습니다. 마을 여인숙에서 제대로 불을 때 줄 리 없다고 보았기 때문이었습니다. 길거리에서 잡화상을 만났는데 역참에 말이 귀하니까 그나마 한 마리라도 건지려면 서두르는 게 좋을 거라고 말하더군요. 그래서 저는 북문으로 달려갔습지요. 다행히 마지막으로 남은 말을 빌릴 수 있었습니다. 그러고 나서……."

디 공이 다시 그의 말을 가로막았다.

"잡화상 말고는 아무도 안 만났는가?"

판펑은 잠시 생각에 잠겼다가 말했다.

"그렇지, 카오 포리를 만났습니다. 역참으로 가는 길이었지요. 가벼운 인사를 주고받았습니다."

디 공의 눈짓을 받고 판펑은 계속해서 말했다.

"우양 마을에는 해 질 녘에 도착했습지요. 저는 농부를 찾아갔습니다. 과연 삼각 탁자는 좋은 물건이더군요. 그 농부와 지루한 흥정에 들어갔지만 얼마나 황소 고집이던지 합의를 보지 못했습니다. 그러다 보니 밤이 깊어져 저는 말을 타고 여인숙으로 돌아와 간단히 요기를 하고 잠자리에 들었습니다. 다음날 아침 저는 골동품이 나온 집이 또 없는지 집집마다 수소문을 하고 다녔습니다. 전혀 없더군요. 점심을 여인숙에서 먹고 곧바로 농부한테 갔습니다. 다시 지루한 흥정을 벌인 끝에 결국 그 물건을 샀습니다. 저는 모피를 몸에 걸치고 가죽 가방에 물건을 넣은 다음 집으로 향했습니다. 한 십여 리쯤 갔을까요. 눈 쌓인 언덕에서 난데없이 강도 둘이 나타나서 저에게로 달려왔습니다. 저는 기겁을 하고 말을 채찍질하여 달아났습니다. 그런데 그 불한당들한테서 도망가느라고 어찌나 경황이 없었던지 그만 길을 잘못 들고 말았습니다. 길을 잃었습지요. 설상가상으로다가 골동품이 들어 있던 가죽 가방마저 사라지고 없었습니다. 분명히 말 안장에 매어 놓았는데 말입니다. 저는 눈 속을 이리저리 헤매었지요. 눈앞이 캄캄해지더군요. 그때 기마 순찰대 다섯 명을 발견했습니다. 저는 너무나도 반가웠습니다. 그런데 이게 웬일입니까? 그들은 저를 말에서 끌어내리더니 손발을 꽁꽁 묶고 제 몸을 말 안장 위에 동여매는 것이 아니겠습니까? 도대체 무슨 영문이냐고 물었지만 그 양반들은 입 닥치라고 하면서 채찍 손잡이로 제 얼굴을 후려갈길 뿐이었습니다. 저는 까닭도 모른 채 성 안으로 끌려 들어와서 옥에 갇혔습니다. 거짓말은 한 푼도 보태지 않았습니다."

예핀이 고함을 질렀다.

"저 악당이 사기를 치고 있습니다, 나으리!"

디 공이 무뚝뚝하게 말했다.

"진술의 옳고 그름은 가려질 것이니라. 원고 예핀은 발언 허락이 떨어질 때까지 입을 다물고 있으라!"

그러고는 판펑에게 말했다.

"강도의 인상착의를 설명해 보아라!"

판펑은 잠시 머뭇거리다가 말했다.

"너무 놀라서 사실은 잘 보지 못했습니다요. 기억 나는 것은 한 놈이 한쪽 눈에 안대를 대고 있었다는 사실뿐입니다."

디 공은 서기에게 판의 진술을 큰 소리로 읽게 한 다음 포두를 시켜 판의 엄지손가락을 진술서에다 누르도록 했다. 이윽고 디 공은 무거운 음성으로 말했다.

"판펑, 그대의 부인이 살해당했고 너의 처남 예핀이 살인범으로 그대를 고발했다."

판의 얼굴이 흙빛이 되더니 미친 듯이 외쳤다.

"저는 아닙니다요! 저는 아무것도 모릅니다! 제가 집을 나설 때만 하더라도 처는 멀쩡히 살아 있었습니다요! 하늘에 대고 맹세합니다……."

디 공이 포두에게 눈짓을 보냈다. 판펑은 자기는 결백하다고 울부짖으면서 끌려나갔다.

디 공은 예핀에게 말했다.

"판펑이 한 말의 진위를 알아본 연후에 너를 다시 부르도록 하겠다."

그러고 나서 디 공은 몇 가지 의례적인 업무를 처리한 다음 폐정을 선언했다.

일행이 집무실에 들어서자 홍 수형리가 캐물었다.

"판펑의 진술에 대해서 어떻게 생각하십니까?"

디 공은 수염을 어루만지며 생각에 잠겨 있다가 입을 열었다.

"그자의 말이 진실이라고 생각하네. 판펑이 집에서 나선 뒤 제삼의 인물이 부인을 죽였을 게야."

타오간이 나섰다.

"그렇게 되면 왜 돈과 금붙이가 고스란히 남아 있었는지도 설명이 되는군요. 살인범은 그것이 어디 있었는지 몰랐을 테니까요. 하지만 판 부인의 옷가지가 왜 없어졌는지는 여전히 수수께끼로 남는데요."

마중이 끼어들었다.

"판펑의 이야기에서 의심스러운 부분은. 강도를 만나서 달아나다가 가방을 잃었다는 대목입니다. 탈영병과 달단 인 첩자를 잡기 위해서 군 순찰대가 그 일대에서 삼엄하게 순라를 돈다는 것은 삼척동자도 아는 사실입니다. 강도가 감히 얼쩡거릴 데가 아니지요."

차오타이도 고개를 끄덕이더니 덧붙였다.

"판이 강도의 생김새에 대해서 말하는 내용이라곤 한쪽 눈에 안대를 하고 있었다는 정도입니다. 장터 이야기꾼들이 강도를 묘사하는 수준 아닙니까?"

"어쨌든 진위를 확인해 보세. 수형리, 포졸 둘을 딸려서 포두를 우양 마을로 보내 농부와 여인숙 주인의 진술을 받아오게. 나는 이제부터 군 순찰대장에게 두 강도의 꼬리를 캐는 글을 띄우겠네."

디 공은 잠시 생각에 잠기더니 덧붙였다.

"그동안 우리는 랴오리엔팡 소저의 행방을 알아낼 수 있는 방도를 강구해야 해. 타오간은 이따가 오후에 랴오의 집과 예의 지물포를 찾아가도록 하고, 마중과 차오타이는 시장에 가서 소저가 실종된 지점에서 단서가 될 만한 것이 없는지 찾아보게."

마중이 물었다.

"란타오쿠이를 동행해도 될까요? 란 사범은 그 일대를 뚜르르 꿰고 있거든요."

디 공이 말했다.

"수단 방법을 가리지 말게. 나는 이제부터 점심을 먹고 의자에서 눈 좀 붙여야겠어. 돌아오는 대로 나에게 즉각 보고하도록!"

타오간이 미곡상에게 한턱 얻어먹으면서
이상한 정보를 수집한다.

홍 수형리는 마중, 차오타이와 함께 한술 뜨기 위해 위병소로 가고 타오간은 바로 관아를 나섰다.

그는 은색 눈으로 뒤덮인 옛 훈련원 터를 동쪽으로 끼고 걸어갔다. 매서운 바람이 불었지만 타오간은 마른 몸을 옹송그리고 부지런히 발을 놀렸다.

군신각 앞에 당도하여 예의 지물포가 어디 있느냐고 물었다. 지물포는 바로 옆길에 있었다. 커다란 상호가 금방 눈에 들어왔.

타오간은 맞은편의 작은 야채 가게로 들어가 절인 무 하나를 동전 한 닢에 사면서 가게 주인에게 말했다.

"착착 썰어서 기름종이에 싸 주구려."

주인이 의아스럽다는 듯이 물었다.

"여기서 드실 게 아니고요?"

"거리에서 음식을 먹는 것처럼 꼴불견이 없소이다."

타오간이 거드름을 피웠다. 그러나 상대방이 떨떠름한 표정을 짓자 재빨리 덧붙였다.
"가게가 아주 번듯하구려. 손님이 많겠소이다."
주인의 얼굴이 환해졌다.
"그럭저럭요. 빚 안 지고 식구들 밥술이나 먹지요."
그리고 자랑스럽게 덧붙였다.
"이 주일에 한 번은 고기도 먹는답니다."
"댁이 그 정도면 건너편의 저 큰 지물포는 매일 고기를 먹겠구려."
주인은 알 바 아니라는 듯이 퉁명스럽게 받았다.
"글쎄올시다. 도박꾼이 고기를 얼마나 먹을 수 있을지."
"주인이 도박꾼이란 말이오? 그렇게 안 보이던데."
"그 사람이 아니고요. 그 돼지 같은 날건달 동생 말입니다. 하긴 돈이 없으니 앞으로는 도박도 날샜지."
타오간이 캐물었다.
"왜 못 한다는 거요? 장사가 아주 잘될 것 같은데?"
주인이 거들먹거렸다.
"답답도 하셔라. 이유인즉슨, 첫째, 예핀은 빚이 많아서 동생한테 한 푼도 주지 않습니다. 둘째, 예타이는 걸핏하면 누이 판 부인한테 손을 벌리곤 했습니다. 셋째, 판 부인은 살해당했지요. 넷째……"
타오간이 넘겨짚었다.
"따라서 예타이는 돈줄이 끊겼다 이 말이군."
주인이 으스대며 말했다.

"두말하면 잔소리지요."
"이야기가 그렇게 되는구먼."
타오간은 꾸러미를 받아들고 가게 밖으로 나왔다.
그는 투전방을 찾아 그 일대를 돌아다녔다. 한때 타오간도 전문 도박꾼으로 활약한 경력이 있는지라 투전 방 찾는 데는 남다른 후각이 있었다. 얼마 뒤 타오간은 포목상 이층으로 올라갔다.
하얗게 회칠을 한 크고 깨끗한 방 안에서 네 남자가 정사각형 탁자를 앞에 두고 마작 판을 벌이고 있었다. 그 옆 탁자에는 땅딸막한 사내가 홀짝거리면서 앉아 있었다. 타오간은 그 남자 앞에 가서 앉았다.
개평꾼은 타오간의 너절한 옷을 보고 떫은 표정을 짓더니 매몰차게 말했다.
"여긴 형씨 낄 데가 못 돼! 판돈이 최소한 오십 냥이거든."
타오간은 상대방의 찻잔을 빼앗아 가운뎃손가락으로 잔 가장자리를 따라 천천히 원을 두 번 그렸다.
개평꾼이 허둥지둥 말했다.
"결례를 사죄드리우. 차 한잔 하시고 용건을 말씀하시구려."
타오간은 전문 도박꾼의 비밀 암호를 구사했던 것이다.
"솔직히 말해서 은밀하게 한마디 조언이라도 얻을까 하고 이렇게 찾아왔소. 지물포를 하는 예타이가 불초한테 적잖은 빚을 지고 있는데 이제 와서 땡전 한 푼 없다고 잡아떼지 않겠소. 단물이 다 빠져나간 사탕수수를 빨아 보아야 헛수고일 듯싶어서 한바탕 닦달을 하기 전에 진상을 알고자 이렇게 실례를 했소이다."
"허튼 수작에 속아 넘어가지 마시우. 어젯밤에도 여기 왔는데 은화를 갖고 붙습디다."

타오간이 혀를 찼다.

"사기꾼 같으니! 나더러 자기 형은 노랭이고 자기를 도와주던 누이는 살해당했다고 하던데."

"그건 맞는 말일 거외다. 허지만 다른 돈줄이 있거든. 어젯밤에도 술이 거나하게 들어가니깐 털어놓습디다만, 어떤 어리숙한 놈한테서 돈을 짜내는 모양입디다."

타오간이 애가 타서 물었다.

"그 미련퉁이가 누군지는 모르시오? 나도 시골 태생이라 무엇을 짜내는 데는 일가견이 있소이다."

개평꾼은 알 만하다는 듯이 말했다.

"그러시겠지. 오늘 밤에라도 예타이가 나타나면 한번 알아보겠수. 그 친구 기운은 세지만 머리가 워낙 돌이라서. 우리 둘이 달라붙어 충분히 빨아 먹을 만하거든. 내 알려 드리지."

타오간이 말했다.

"내일 다시 들르겠소. 한데 소소한 내기에 관심이 있으시오?"

개평꾼이 신이 나서 말했다.

"있다마다요!"

타오간은 소매에서 칠반 조각을 꺼내서 탁자 위에 놓은 다음 말했다.

"댁이 나한테 말하는 것은 무엇이든 이 조각으로 만들 자신이 있소. 쉰 냥을 걸지."

조각을 힐끗 쳐다보더니 개평꾼이 말했다.

"좋수! 어디 한번 둥그런 동전을 만들어 보시우. 난 언제나 돈이 좋거든!"

타오간이 열심히 짜맞췄지만 결국 실패하고 약이 올라 말했다.

"이럴 리가 없는데. 일전에 내가 만난 사람은 뭐든 척척 만들던데."

개평꾼이 차분히 말했다.

"나도 어젯밤에 어떤 사내가 내리 여덟 판 따는 걸 보았수. 슬슬 하는데도 결과가 그렇게 나오더라고. 그런데 그 사람 친구가 그대로 흉내를 내다가 가진 돈을 몽땅 잃었지."

타오간이 후회스러운 표정으로 종이 조각을 추스르자 개평꾼이 덧붙여 말했다.

"이제 지불을 하시우. 우리네 전문 도박꾼은 신속한 결재를 철칙으로 삼는다는 걸 잘 아실 터이니."

타오간이 처량히 고개를 끄덕이고 나서 주섬주섬 돈을 꺼내기 시작했다. 개평꾼은 진지한 목소리로 말했다.

"내가 형씨라면 그런 내기는 안 하겠수. 그렇게 하다간 아무리 갑부라 해도 돈 날리는 건 시간 문제라."

타오간은 다시 고개를 끄덕이고 일어나 방을 나와서 종루 쪽으로 터벅터벅 걸어갔다. 예타이에 관해 값진 정보를 얻어내기는 했지만 희생이 너무 컸다고 생각하니 풀이 죽을 수밖에 없었다.

랴오의 집은 어렵지 않게 찾을 수 있었다. 공자 사당 근처였다. 대문이 멋진 나무 조각으로 장식된 우아한 집이었다. 타오간은 시장기를 느끼고 어디 값싼 음식점이 없나 주위를 둘러보았다. 그러나 주택가라서 그런지 랴오 집 맞은편의 커다란 식당이 유일한 음식점이었다.

한숨을 쉬고 타오간은 그리로 들어갔다. 오늘은 수사에 돈을 엄청나게 뿌리는 셈이었다. 이층으로 올라가서 맞은편 집을 내다볼 수 있는 창가에 자리를 잡고 앉았다.

종업원은 반색을 했지만 타오간이 겨우 술 한 잔을 시키자 표정이 굳어졌다. 그나마도 이 식당에서 파는 가장 작은 잔이었다. 종업원이 술을 가져오자 타오간은 지겹다는 듯이 술잔을 쳐다보더니 타박하듯이 말했다.

"손님들 술 좀 작작 마시게 하라고!"

종업원은 배알이 꼴리는지 말대꾸를 했다.

"이보세요. 손님. 이런 골무만 한 술 한 잔이 필요하거든 바느질 집에 가 보시라고요!"

그리고 소금에 절인 야채 접시를 탁자에 탕 내려놓으면서 뒷말을 이었다.

"닷 냥 더 내세요!"

"필요 없어."

타오간은 조용히 말하더니 소맷부리에서 무 봉지를 꺼내 맞은편 집을 보면서 우적우적 씹기 시작했다.

얼마 뒤 두터운 털옷을 입은 뚱뚱한 남자가 랴오의 집을 나서는 것이 보였다. 그 뒤를 커다란 쌀가마를 진 짐꾼이 비틀거리며 따라가고 있었다. 남자는 식당을 쳐다보더니 짐꾼에게 호령했다.

"어서 가게에 쌀가마를 갖다 놔!"

타오간의 얼굴에 슬며시 웃음이 번졌다. 공짜로 밥을 얻어먹으면서 정보까지 뜯어낼 수 있는 꾀가 생긴 것이다.

미곡상이 헉헉거리면서 이층으로 올라오자 타오간은 자기 탁자에 앉으라고 권했다. 뚱뚱한 남자는 의자에 털썩 주저앉더니 데운 술을 큰 주전자로 시키면서 씨근거렸다.
"요즘 같아서는 못 해 먹겠어! 쌀가마가 조금만 젖었다 하면 그냥 반품을 시키니, 이래서야 원! 거기다 간까지 안 좋아."
그는 털옷을 벗어 옆에다 포개 놓았다.
타오간은 슬쩍 눙을 쳤다.
"나와는 영 딴판이구려. 소생은 앞으로 쌀 한 가마를 백 냥씩에 들여놓을 수가 있거든."
상대방은 자리에서 벌떡 일어서더니 어이없어했다.
"백 냥이라니! 이보시오, 쌀 한 가마는 시장에서 백 냥하고도 예순 냥을 더 줘야 살 수 있다는 거 모르시오?"
타오간은 약을 올렸다.
"난 안 그렇다니까."
"비결이 뭐요?"
"어딜! 그건 비밀이외다. 미곡상한테라면 또 모를까."
"한잔하시지요!"
뚱뚱한 남자가 재빨리 말하더니 잔을 비웠다.
"어서 말해 봐요. 좋은 게 좋은 거 아닙니까?"
"난 시간이 없소이다. 골자만 말씀드리지. 오늘 아침 외지 사람 셋을 만났지 뭡니까. 아버님을 모시고 쌀을 한 짐 가득 싣고 왔답디다. 그런데 지난밤 아버님이 심장마비로 돌아가셨다지 뭐요. 고향까지 운구를 해야 하니 급히 돈을 만들어야겠거든. 해서 내가 한 가마에 백 냥씩 몽땅 인수하기로 했소이다. 자, 이젠 가 보아야겠소. 어이, 계산서!"

일어서는 타오간의 소맷부리를 뚱뚱한 남자가 와락 붙잡았다.

"왜 이리 서두르십니까? 구운 고기도 한 접시 들고 가셔야지. 여봐라, 여기 술 한 주전자 더 가져 와. 귀한 손님이시다."

"남한테 폐 끼치는 건 딱 질색인데."

타오간은 마지못한 듯 자리에 앉으면서 종업원에게 슬쩍 덧붙였다.

"나는 속이 안 좋으니 닭고기로 해 주게. 양은 많이!"

종업원이 사라지자 타오간은 혼자 중얼거렸다.

"처음에는 쥐꼬리만큼 달랬다가, 나중에는 왕창 시켰다가, 식당 종업원 노릇도 참 고달프다 고달퍼!"

뚱뚱한 남자가 으스대며 말했다.

"솔직히 말씀드려서 이 몸이 쌀장수 아닙니까. 이 바닥은 제가 잘 알지요. 그 많은 쌀을 쌓아 두고 혼자 먹으려다간 나중에 다 썩어 문드러집니다. 그렇다고 시장에 내다 팔 수도 없지요. 행회원이 아니니까. 도와드리겠습니다. 한 가마에 백십 냥씩 쳐서 이 사람한테 넘기시지요."

타오간은 머뭇거리더니 잔을 천천히 비운 다음 말했다.

"글쎄올시다. 어서, 쭈욱 들이켜요."

타오간은 잔에 술을 가득 붓고 닭고기가 든 접시를 자기 쪽으로 끌어당겼다. 맛난 살점으로만 쏙쏙 골라 먹은 다음 입을 열었다.

"저 맞은편 집이 바로 딸을 잃어버린 랴오 행회장 집이오?"

"그렇습니다. 애물단지가 없어져서 잘됐지 뭡니까. 행실이 안 좋은 계집이었습니다. 그건 그렇고 쌀 문제로 돌아가서……."

타오간이 닭고기 한 점을 새로 집으면서 상대의 말을 끊었다.

"어디 끈끈한 얘기 좀 들어봅시다그려."

뚱뚱한 남자는 내켜하지 않았다.

"우리 집 쌀을 많이 팔아 주시는 분인데 집안 얘기하기가 좀 뭐합니다. 마누라한테까지 입도 뻥끗하지 않았을 정도라고요."

"날 못 믿겠다면야……."

타오간은 뻣뻣하게 굴었다.

상대는 혼비백산했다.

"그런 뜻이 아니라. 사실은 이런 일이 있었습니다. 일전에 시장 남쪽 구역을 걸어가고 있었지요. 그런데 느닷없이 랴오 소저가 보모도 거느리지 않고 닫혀 있던 집에서 불쑥 나오는 겁니다. '춘풍'이라는 주점 부근이었습니다. 그러곤 길을 좌우로 살피더니 금새 사라집디다. 하도 기이해서 거기 누가 사나 보려고 내 직접 그 집으로 가 보았죠. 그랬더니 문이 열리면서 깡마른 총각이 나오는 게 아니겠습니까. 그 총각 역시 좌우를 두리번거리더니 어느 새 모습을 감추었죠. 그 집이 어떤 집이라고 생각됩니까?"

마지막으로 야채 조각을 날름 집어삼킨 타오간이 기다렸다는 듯이 말했다.

"밀회 장소로군."

"어떻게 아셨소?"

뚱뚱한 남자는 실망스러운 빛이 역력했다.

"어쩌다 통밥이 들어맞은 거지 뭘."

타오간은 마저 잔을 비웠다.

"내일 이 시간에 여기서 봅시다. 그때 쌀값 청구서를 가져오겠소. 흥정은 그 자리에서 합시다. 덕분에 잘 먹었소이다!"

타오간은 뚜벅뚜벅 계단으로 걸어갔다. 뚱뚱한 남자는 텅 빈 접시를 기가 막힌 듯 내려다봤다.

두 수하는 사범의 도장을 찾고,
외눈박이 병사가 자초지종을 얘기한다.

마중과 차오타이는 식사를 끝내고 입 안을 쓰디쓴 차 한 잔으로 행군 다음 홍 수형리와 헤어졌다. 마부가 안뜰에서 대기하고 있었다.

마중은 하늘을 쳐다보았다.

"눈이 올 것 같지는 않은데 걸어서 가자고."

차오타이도 동의했다. 그들은 서둘러 관아를 나섰다.

도신각(都神閣) 앞의 높은 담을 따라 걷다가 오른쪽으로 꺾어서 란타오쿠이가 사는 조용한 주택가로 들어섰다.

란의 제자로 보이는 씩씩한 청년이 문을 열어 주었다. 청년은 사범이 도장에 있다고 말했다.

도장은 휑뎅그렁하게 큰 방이었다. 입구 근처의 나무 의자를 제외하면 가구라고는 하나도 없었다. 그러나 하얀 회벽은 각종 검과 창, 봉이 대거 진열된 선반이 잔뜩 차지하고 있었다.

란타오쿠이는 마루를 덮은 두툼한 거적 한복판에 서 있었다. 추운 날씨인데도 몸에 착 달라붙는 허리띠를 제외하고는 알몸이었다. 그는 지름이 한 뼘가량 되어 보이는 검은 공으로 수련을 하고 있었다.

마중과 차오타이는 의자에 앉아서 그의 일거수 일투족을 유심히 지켜보았다. 란은 연속 동작으로 공을 다루었다. 던져 올렸나 싶으면 왼쪽 어깨로 받고 다시 오른쪽 어깨로 보내 팔을 타고 손까지 굴러가게 해서는 밑으로 떨어뜨렸다가 공이 바닥에 닿기 직전에 유연한 몸놀림으로 붙잡았다. 너무나도 부드럽고 자연스러운 몸놀림에 두 사람은 할 말을 잊었다.

란은 몸의 나머지 부분에 난 털도 머리처럼 말끔히 밀었다. 둥글둥글한 그의 팔다리는 근육질과는 거리가 멀었다. 허리도 가늘었다. 그러나 어깨는 떡 벌어졌고 목도 두꺼웠다.

차오타이가 마중에게 소근거렸다.

"피부가 꼭 여자처럼 보드랍네. 춥지도 않은가 보이."

마중도 기가 질린 듯 고개를 끄덕거렸다.

갑자기 사범이 동작을 멈췄다. 제자리에 서서 잠시 숨을 고르더니 활짝 웃으면서 두 친구에게 다가왔다. 그는 손을 쑥 내밀어 공을 마중에게 건네면서 입을 열었다.

"잠시 들어 주게나. 옷 좀 입게 말이야."

마중은 공을 받았지만 그만 놓쳐 버리고 말았다. 공은 둔중한 소리를 내면서 바닥에 떨어졌다. 그것은 쇳덩이였다.

세 사람은 일제히 웃음을 터뜨렸다.

마중은 뇌까렸다.

"하느님 맙소사! 자네가 수련하는 걸 보고 나무인 줄로만 알았지 뭔가."

차오타이가 부쩍 관심을 보였다.

"나도 한 수 배움세!"

란타오쿠이는 잔잔한 미소를 머금고 말했다.

"전에도 말했지만 개별적인 동작이나 공격법을 가르치지 않는다는 것이 나의 원칙일세. 가르칠 용의는 얼마든지 있지만 그러려면 전 과정을 이수해야 해."

마중은 머리를 긁적거렸다.

"내 기억이 맞는지 모르겠는데, 자네의 수련 규칙은 여자와 동침하는 것도 금지하지 아마?"

"여자는 남자의 기운을 빨아먹거든!"

란이 느닷없는 언성을 높이는 바람에 두 사람은 깜짝 놀라 친구의 얼굴을 바라보았다. 란은 말할 때 흥분하는 법이 좀처럼 없었다. 사범은 웃으면서 뒷말을 이었다.

"내 말은, 잘 제어를 하면 해가 되지는 않는다는 걸세. 자네들은 그래도 특별 대우를 받는 거야. 술은 한 방울도 입에 대면 안 되고, 식사는 내가 먹으라는 대로만 먹고, 여자하고는 한 달에 한 번만 잔다. 어떤가!"

마중은 차오타이를 슬쩍 곁눈질했다.

"그게 그렇게 간단치가 않네, 란 사범! 내가 특별히 이 친구보다 주색잡기에 빠졌다고 생각지는 않아. 하나 좀 있으면 나도 이제 마흔 줄로 접어드네. 술과 여자는 벌써 생활의 일부가 되어 버렸어. 차오타이, 자넨 어떤가?"

수염을 만지작거리면서 차오타이가 말했다.

"계집이라면야, 뭐, 그런 대로……. 물론 절세가인이라면 또 사정이 달라질지 모르지. 하지만 술 한 모금 없이 살아간다는 건 좀……."

란 사범이 웃었다.

"그럴 줄 알았어. 사실 자네들한테는 이런 게 필요 없네. 자네들 수준이면 구단은 된다고 보네. 굳이 특단을 따야 할 이유가 없어. 자네들 직업상 그 정도 고수와 맞붙어 싸울 일은 아마 평생 가도 없을 테니깐."

마중이 반문했다.

"어째서?"

"그야 간단하지. 일 단에서 구 단까지 단계를 밟아 오르는 데에는 강인한 신체와 끈기만 있으면 그것으로 족하지. 그러나 특단의 경지에 들어서면 힘과 기술은 벌써 부수적인 문제가 되어버리네. 완전한 마음의 평정을 이룰 수 있는 사람만이 그런 경지에 도달하지. 그리고 그런 사람은 절대로 범죄를 저지를 수가 없거든."

마중은 차오타이의 옆구리를 쿡쿡 찔르더니 신이 나서 말했다.

"그럼, 지금 이 상태로 살아도 무방하다는 소리렷다!. 어서 옷이나 입게, 란 사범. 우리하고 시장에 가 줘야겠어."

란은 옷을 입으면서 한마디 던졌다.

"자네들이 모시는 디 공, 그분은 마음만 먹으면 특단을 따실 수 있을 게야. 그렇게 정신력이 강한 분은 난생 처음 보네."

마중이 맞장구쳤다.

"물론이지! 검은 또 얼마나 잘 쓰시는데. 한번은 그분 칼 쓰는 걸 보다가 오줌이 다 찔끔 나올 정도였다니까. 소식과 절주를 하시며 마나님들과 잠자리도 자제하시는 것으로 아네. 하지만 디 공 어른께도 문제는 있지. 그분이 그 보기 좋은 수염을 싹둑 자르는 데 동의하실 것으로 믿었다간 오산이지. 암, 오산이고말고."

세 친구는 껄껄 웃으면서 정문으로 걸어갔다.

그들은 남쪽 구역을 거닐다가 이내 천막 덮인 시장이 시작되는 높다란 솟을대문에 도착했다. 좁은 통로는 북새통을 이루었지만 사람들은 란타오쿠이를 알아보자마자 길을 비켜 주었다. 베이저우에서는 란 사범이 그만큼 알려진 인물이었다.

란이 입을 열었다.

"이 시장은 베이저우가 달단 족의 물자 교역 중심지였을 때 만들어진 것이니까 무척이나 오래되었지. 이 개미굴 같은 시장 길을 하나로 이으면 이십 리도 넘는다지, 아마? 도대체 누굴 찾는 건가?"

마중이 답했다.

"우리에게 떨어진 명령은 얼마 전에 여기서 실종된 랴오리엔팡 소저의 행방을 추적할 만한 단서를 찾아내라는 것이네."

사범이 말했다.

"곰이 춤추는 걸 보고 있다가 그랬던 것으로 기억하는데. 이리 오게. 달단 사람이 어디서 공연을 벌이는지 내 아니까."

란 사범은 점포 뒤의 지름길로 해서 큰 시장 길로 그들을 데리고 나왔다.

"여기야. 지금은 달단 사람이 안 보이지만 좌우지간 여기였어."

마중은 좌우에 널린 초라한 좌판을 둘러보았다. 장사치들이 쉰 목소리로 손님을 끌어 모으고 있었다.

"이 부근의 장사꾼들은 백전노장 홍 수형리님과 타오간이 벌써 조사했네. 똑같은 내용을 두 번 물어서 무엇하겠나? 그보다도 그 소저가 왜 이곳에 왔는지, 그 점이 궁금하이. 비단이나 양단을 파는 고급 점포는 시장 북쪽 구역에 몰려 있는데 여염집 소저가 왜 하필 여기를 찾았느냐 이 말이야."

사범이 물었다.

"보모는 뭐라던가?"

차오타이가 답했다.

"길을 잃었다더군. 그런데 마침 곰이 재주도 부리고 해서 잠시 서서 구경하기로 했다는군."

란이 말했다.

"남쪽으로 두 골목 더 가면 매음굴이지. 그곳 사람들이 무언가 이 사건과 관련이 있지 않을까?"

마중은 고개를 가로저었다.

"매음굴은 내가 직접 조사했지만 의심 가는 구석이 전혀 없더군. 적어도 이 사건과 관련된 혐의점은 없었단 말씀이야."

귀에 선 웅얼거림이 마중의 뒤편에서 들렸다. 돌아서니 열여섯쯤 되어 보이는 비쩍 마른 소년이 남루한 옷을 입고 서 있었다. 이 상야릇한 소리를 지껄일 때마다 소년의 얼굴은 심하게 뒤틀렸다. 마중이 소매 안에 손을 넣어 동전 한 닢을 꺼내려는데, 소년은 본체 만 체 그를 지나쳐서 란 사범의 소매를 미친 듯이 잡아끌었다.

사범은 빙그레 웃고 커다란 손을 소년의 부스스한 머리 위에 얹었다. 소년은 얌전해지더니 황홀한 표정으로 눈앞의 늠름한 인물을 올려다보았다.

차오타이가 혀를 내둘렀다.

"별 희한한 친구를 다 사귀는군!"

란이 조용히 말했다.

"희한한 건 저 아이가 아니라 우리 주위의 숱한 중생이야. 중국 군인과 달단 창녀 사이에서 태어났는데 부모한테서 버림받았지. 길거리에서 처음 만났을 땐 어떤 주정뱅이한테 얻어맞아서 갈비뼈 몇 대가 나갔더군. 뼈를 맞춰 주고 얼마 동안 데리고 있었네. 벙어리긴 하지만 조금 알아듣기는 해. 이해를 했을 경우에는 떠듬떠듬 말도 곧잘 하고. 똑똑한 아이라서 내 몇 가지 유익하게 써먹을 수 있는 권법을 가르쳐 주었지. 어지간히 술에 절은 놈이 아니고는 어느 누구도 감히 저 아이를 건드리지 못할 걸세. 약자를 괴롭히는 놈을 보면 절대 그냥 못 보고 지나치는 내 성미, 자네들도 잘 알지 않나. 심부름이나 시키면서 데리고 있으려고 했는데 가끔씩 저 아이의 역마살이 돋는 거라. 시장에서 지내는 게 더 마음 편하대. 밥 한 그릇 얻어먹고 잡담도 나누려고 나한테 자주 오는 편이지."

소년은 다시 웅얼거리기 시작했다. 란은 주의 깊게 듣더니 설명했다.

"무엇 하러 여기 왔는지 알고 싶다는 거야. 저 아이한테 실종된 소저에 대해서 물어보는 게 좋겠네. 관찰력이 뛰어난 아이라서 시장에서 벌어지는 일은 웬만해서는 놓치는 법이 없거든."

란은 손짓 발짓을 섞어 가면서 재주 부리는 곰과 소저에 대하여 천천히 설명했다. 소년은 눈을 똑바로 뜨고 란 사범의 입술을 뚫어지게 바라보았다. 일그러진 이마에서 땀방울이 송송 배어 나오기 시작했다. 란이 말을 마쳤을 때 소년은 기진맥진해 있었다. 소년은 란의 소매 안으로 손을 넣더니 칠반 조각을 꺼냈다. 그리고 돌바닥에 주저앉아 그것을 짜맞추기 시작했다.

란이 웃으면서 말했다.

"내가 좀 가르쳤지. 의사 표시를 분명히하는 데 도움이 되거든. 어디 한번 보세나."

세 친구는 허리를 숙이고 소년이 만든 도형을 내려다보았다.

란이 말했다.

"틀림없어 달단인일세. 머리에 있는 것은 평지에 사는 달단인이 쓰는 검은 두건이야. 그 사람이 무슨 짓을 했느냐. 애야?"

벙어리 소년은 처량히 고개를 흔들었다. 그러더니 란의 소매를 부여잡고 돼지 먹 따는 소리를 냈다.

"너무 복잡해서 자기는 도저히 설명할 수 없다는 뜻이야. 쭈그렁 할멈한테 가자는구먼. 이 아이를 그럭저럭 챙겨 주는 거지 노파지. 가게 밑에다 토굴을 파고 사는데 자네들은 여기서 기다리는 게 좋겠어. 너무 지저분한 데다 고약한 냄새가 나서 도저히 있을 데가 못 되거든. 그 사람들한테는 따뜻하니깐 더 바랄 나위가 없지만."

란은 소년과 함께 사라졌다. 마중과 차오타이는 부근 좌판에 진열된 달단 단검을 구경했다.

란은 혼자 돌아왔다. 만면에 희색이 가득했다.

"하나 건진 것 같으이! 이리 와 봐!"

란은 두 친구를 좌판 뒤편의 구석배기로 끌고 가더니 목소리를 낮추어 말했다.

"할멈 말이 그 아이와 같이 사람들 틈에 섞여서 재주 부리는 곰을 보고 있었다는 거야. 곱게 차려 입은 소저와 중년 부인이 보이기에 접근하기로 했다는 거지. 한두 푼 얻을 수 있을까 싶어서 말이야. 그런데 할망구가 두 여자한테 막 말을 걸려는데 소저 뒤에 죽 서 있던 또 다른 여편네가 소저한테 뭐라고 귀엣말을 하더라는 거지. 소저는 휙 고개를 돌려 보모가 곰 재주에 넋을 잃고 있다는 것을 확인하고는 그 여편네와 함께 그대로 내뺀거라. 아이 녀석은 구걸을 하기 위해 구경하는 어른들 다리 사이로 기어 들어갔다지. 그런데 검은 달단 두건을 쓴 덩치 큰 사내가 와락 녀석을 밀치면서 두 여자 뒤를 따랐다는 거야. 두건 쓴 사내가 너무 우락부락해서 그 아이는 몇 푼 얻어 내려다가 밑천도 못 건지겠다 싶어 아예 따라나서는 걸 포기했다는군. 뭔가 있을 거 같지 않나?"

마중이 반색을 했다.

"있고말고! 할멈이나 그 아이가 여자나 달단인의 생김새를 기억할 수 있을까?"

"애석하네만 힘들어. 그러지 않아도 내 물어보았네. 여자는 목도리로 얼굴 아래 부분을 가렸고 남자는 두건의 길다란 귀 덮개를 푹 내려썼다는군."

차오타이가 말했다.

"지체없이 보고해야겠는데. 실종된 소저에 관해서 우리가 알아낸 첫 번째 단서 아닌가!"

란 사범이 말했다.

"내가 지름길을 안내함세."

란은 인파로 북적거리는 좁고 어둠침침한 시장 길로 인도했다. 돌연 여자의 찢어지는 비명과 함께 가구 부서지는 소리가 들렸다. 사람들은 사방팔방 뿔뿔이 흩어지고 잠시 후 길에 남은 사람은 세 사람뿐이었다.

"저기 컴컴한 집이다!"

마중이 소리치면서 냅다 앞질러 문을 박차고 들어갔다. 두 사람도 그 뒤를 쫓았다.

그들이 텅 빈 거실을 그대로 지나치니 폭이 넓은 나무 계단이 나타났다. 이층에는 길과 면하여 커다란 방 하나가 달랑 있었는데. 방 안은 어수선했다. 복판에서 불량배 둘이 바닥에 널브러져 신음하는 남자 둘을 신나게 두들겨패고 있었다. 반라의 여인이 문 옆 침대에서 오돌오돌 떨고 있었고 창 바로 옆의 침대에서는 또 한 여인이 알몸을 헝겊으로 가리느라 진땀을 빼고 있었다.

불량배는 두 남자를 풀어 주었다. 오른눈에 안대를 한 땅딸막한 사내가, 머리를 박박 밀어서 만만해 보였는지 란 사범을 공격 상대로 잘못 짚었다. 그는 란의 얼굴을 향해 빠른 주먹을 날렸다. 란은 머리를 슬쩍 움직였다. 주먹이 얼굴을 스쳐 지나가는 순간 란은 사내의 어깨를 툭 떠밀었다. 사내는 시위에서 튕겨져 나온 화살처럼 그대로 날아가 벽에 쿵 부딪치면서 나동그라졌다. 벽에 바른 회가 우수수 떨어졌다. 또 다른 불량배는 머리로 마중의 배를 받으려고 몸을 잔뜩 웅크렸다. 그러나 마중은 무릎으로 상대의 얼굴을 정통으로 가격했다. 벌거벗은 여인이 다시 비명을 질렀다.
외눈박이 사내가 비틀비틀 일어섰다. 그는 가쁜 숨을 몰아쉬면서 말했다.
"나한테 칼만 있었으면 네놈들은 벌써 가루가 되었을 거다!"
마중은 다시 후려패려고 했지만 란이 만류하더니 불량배들에게 조용히 말했다.
"아무래도 편을 잘못 든 것 같은데. 이 두 분은 관아에서 나오셨다."
앞서 흠씬 두들겨 맞았던 두 남자는 기겁하고 문으로 기어갔지만 차오타이가 앞을 가로막았다.
외눈박이 사내의 눈에 생기가 돌더니 번개처럼 관등 성명을 댔다.
"죽을죄를 지었습니다. 나으리들이 저 건달패와 한통속인 줄만 알고서 그만. 저희는 북로군 소속의 보병으로 지금 휴가 중입니다."
차오타이가 퉁명스럽게 말했다.
"신분증을 보여라!"
남자는 허리춤에서 꼬깃꼬깃 접은 봉투를 꺼냈다. 거기에는 북로군의 큼지막한 관인이 찍혀 있었다. 차오타이는 재빨리 내용물을 읽고 봉투를 돌려주면서 말했다.
"이상은 없군. 대관절 어찌 된 일인가?"
병사가 사연을 털어놓기 시작했다.
"저 침대 위의 계집이 길거리에서 저희를 유혹했습니다. 와서

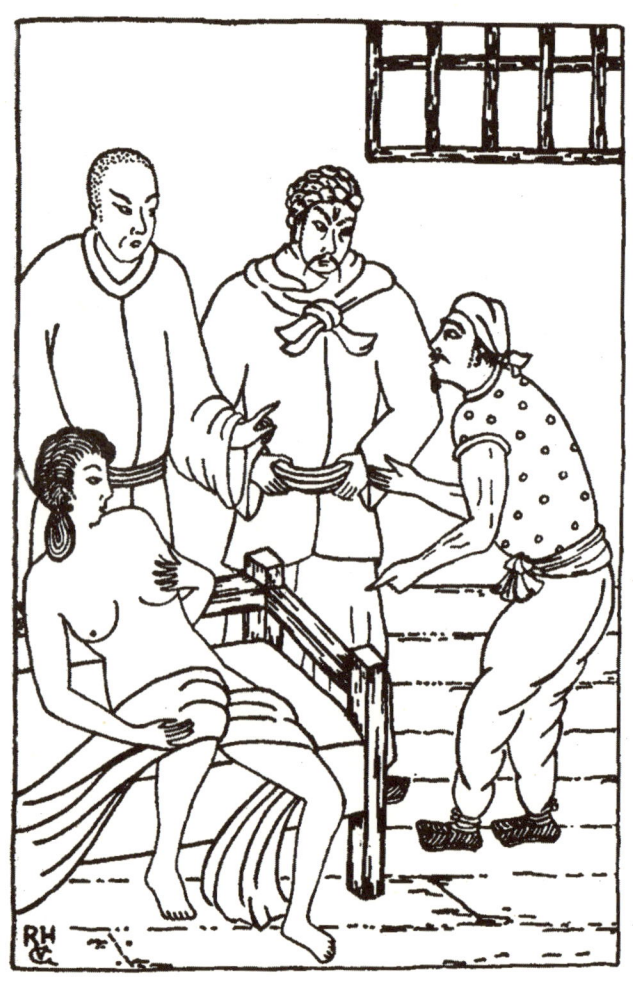

마중과 란타오쿠이가 병사의 사연을 듣는다.

놀다 가라고요. 그래 따라 왔더니 또 한 계집이 있더군요. 저희는 미리 돈을 치르고 재미를 본 다음 깜빡 잠이 들었습니다. 눈을 떠 보니 수중에 있던 돈이 온데간데 없어졌지요. 제가 길길이 날뛰니까 저기 저 뺀질이 두 녀석이 척 나타나서는 저 두 계집이 자기들 마누라라는 겁니다. 얌전히 사라지지 않으면 군 기찰대에 연락해서 우리가 아녀자를 욕보였다고 고해 바치겠다지 뭡니까. 저희는 눈 뜨고 당하는 수밖에 없었습니다. 기찰대에 한번 걸려들었다 하면 죄가 있건 없건 간에 그냥 골로 가는 거니까요. 그 사람들은 단지 언 몸을 녹이기 위해서 주먹질을 해 댑니다. 해서 저희는 돈을 깨끗이 포기하기로 마음먹었습니다. 하지만 저 뺀질이 녀석들한테 한번 본때를 보이고 싶었지요."

마중은 다른 두 사내를 위아래로 유심히 살펴보았다. 그러더니 무릎을 쳤다.

"그 잘난 상판을 여기서 또 보는군! 두 골목 더 가서 두 번째로 있는 매음굴에서 건들거리는 놈들이야!"

두 사내는 황급히 무릎을 꿇고 머리가 땅에 닿도록 빌었다. 둘 가운데 형 뻘인 듯한 사내가 소매에서 돈주머니를 꺼내 외눈박이 병사에게 주었다.

마중은 역겹다는 듯이 말했다.

"이런 돌대가리야, 사기도 좀 머리를 써 가면서 쳐라! 지지리도 못난 것! 여자들까지 모두 관아에 가야겠다!"

차오타이가 병사들에게 말했다.

"저놈들을 고소할 테면 하시오."

외눈박이 남자가 동료를 슬쩍 보더니 입을 열었다.

"솔직히 말씀드리면 고소는 안 하는 편이 좋겠습니다. 이틀 뒤에는 부대로 돌아가야 하는데 관아에 출두하면 일이 너무 번거로워질 것 같아서요. 돈도 돌려받았겠다. 사실 저 여자들한테 대접도 잘 받았습니다. 저희는 이대로 가면 안 될까요?"

차오타이는 마중을 쳐다보았다. 마중은 어깨를 으쓱하고는 말했다.

"우리야 상관없지. 어차피 저놈들은 불법 영업이라 잡아가야 하니까."

그러고는 건달에게 물었다.

"혹시 이 집을 불륜의 밀회 장소로 빌려 주기도 하나?"

"절대로 그런 일은 없습니다요. 나으리. 손님에게 등록하지 않은 여자를 소개하는 것은 법에 어긋나니까요. 그런 집은 다음 골목의 '춘풍'이라는 주점 옆에 있습니다. 그 집 여주인은 저희 친목회 회원도 아닙니다요. 지금은 문을 닫았습지요. 엊그제 그 여자가 죽었으니까."

"나무아미타불 관세음보살."

마중이 죽었다는 여자의 명복을 빌었다.

"그럼 여기 일은 대충 마무리가 됐구먼. 장터의 포리와 포졸을 불러 이 두 놈과 여자를 관아로 끌고 가게 하자고."

그리고 병사들에게 말했다.

"당신들은 가도 좋소!"

외눈박이 병사는 고마워서 어쩔 줄을 몰랐다.

"감사합니다.! 요사이 일진이 영 안 좋더니 모처럼 제대로 일이 풀리는군요. 눈을 다친 이후로는 하루도 바람 잘 날이 없었습니다."

마중은 침대 위의 오돌오돌 떠는 여자가 쭈뼛거리며 옷 입기를 망설이는 것을 보고 소리쳤다.

"내숭은 그만 떠시지. 이번 기회에 이름도 날리고 좀 좋아?"

여자가 침대에서 내려오자 란타오쿠이는 돌아서서 병사에게 지나가듯이 물었다.

"눈은 어쩌다 다쳤소?"

"우양 마을에서 이리로 오다가 동상을 입었습니다. 지름길을 알려 줄 만한 사람을 애타게 찾았지만 말 탄 늙은이 한 사람밖에 보지 못했습니다. 그런데 얼마나 못났던지 우리를 보더니 그대로 내빼더군요. 저는 이 친구더러……"

마중이 가로막았다.

"잠깐! 그 사람이 뭘 가지고 가던가?"

병사는 머리를 긁적거리더니 잠시 후 입을 뗐다.

"그렇네요, 말씀을 듣고 보니, 큼지막한 가죽 가방 같은 것이 안장에 매달려 있었던 것 같습니다."

마중은 차오타이를 휙 쳐다보았다.

마중이 병사에게 말했다.

"마침 우리 수령께서 자네가 본 노인에게 관심이 많으시네. 관아에 와 주었으면 좋겠어. 약속하네. 오래 걸리지는 않을 것이네."

그리고 란 사범에게 말했다.

"가 보세."

란은 싱긋 웃으며 말했다.

"자네 둘이 밥값은 하는 것을 보았으니 나도 이만 가 보아야겠어. 요기 좀 하고 뜨뜻한 물에 몸이나 담글까 하네."

디 공은 어려운 사건 두 건을 매듭 짓고,
청년이 자신의 도덕적 과오를 털어놓는다.

마중과 차오타이가 두 병사를 데리고 관아에 이르니 문 앞을 지키고 섰던 포졸들이, 벌써 타오간은 돌아와서 디 공, 홍 수형리와 함께 집무실에 틀어박혀 있다고 귀띔했다. 마중은 장터 포리가 남자 둘과 여자 둘을 데리고 나타날 것이라고 일렀다. 남자는 옥리에게 넘기고 쿠오 부인을 불러 창녀를 돌보게 하라고 덧붙였다. 그러고 나서 그들은 디 공의 집무실로 갔다. 두 병사는 복도에서 기다리게 했다.

홍, 타오간과 함께 숙의를 하던 디 공은 두 수하가 방으로 들어서자 어서 보고를 듣고 싶어했다.

마중은 시장에서 일어났던 일을 자세히 전한 다음 두 병사가 밖에서 기다리고 있다는 말을 덧붙였다.

디 공은 흡족한 얼굴로 말했다.

"타오간이 알아낸 것과 그 소식을 종합하면 그 소저에게 무슨 일이 일어났는지 이제 대체적인 윤곽은 잡아냈다고 볼 수 있네. 먼저 병사들을 불러들이게!"

두 병사로부터 깍듯한 예우를 받은 디 공은 그들의 설명을 한참 듣고 나서 입을 뗐다.

"자네들의 정보는 아주 중요하군. 내가 군 사령관에게 서한을 띄워 자네 둘을 인근 고을의 수비대에 배속될 수 있도록 하겠네. 그래야 필요하면 자네들을 증인으로 부를 수 있으니까. 이제 수형리의 뒤를 따라 옥 방으로 가서 용의자와 대질한 다음 기록실로 가서 진술서를 작성토록 하게. 그만 가도 좋네!"

병사들은 휴가를 연장받은 것이 너무도 기뻐서 디 공에게 머리가 땅에 닿도록 절을 했다. 홍 수형리가 병사들과 함께 방을 나가자 디 공은 공문서 용지를 한 장 꺼내어 군 사령관 앞으로 보내는 편지를 썼다. 그런 다음 타오간에게 투전 방과 식당에서 보고 들은 내용을 마중과 차오타이에게 설명하도록 지시했다. 타오간이 설명을 끝마쳤을 때 홍이 돌아와서 두 병사는 판펑이 성 밖에서 만난 말 탄 노인인 것을 금세 알아보았다고 보고했다.

디 공은 찻잔을 비우고 나서 말했다.

"이제, 우리가 알고 있는 내용을 점검하세. 먼저 판 부인 살인 건부터. 이른바 강도를 만났다고 하는 판펑의 말은 사실로 밝혀졌기 때문에 그가 한 나머지 진술도 거의 틀림없다고 보아야 해. 만전을 기하는 의미에서 우양 마을에 보낸 포졸이 돌아오면 그때 가서 판을 석방하겠네. 개인적으로 나는 그가 무죄임을 확신해. 이달 보름 정오에서 열엿새 날 아침 사이에 판 부인을 죽인 세 번째 인물의 꼬리를 잡는 데 수사력을 모아야 하네."

타오간이 말했다.

"그날 오후 판이 먼 길을 떠난다는 사실을 사전에 알았을 터이니 범인은 판의 집안 사정을 잘 아는 놈이어야 합니다. 예타이가 판 부인과 교제했던 사람들에 관해서 우리한테 정보를 줄 수 있을 겁니다. 누이와 아주 가깝게 지냈던 모양이니까요."

디 공이 말했다.

"어쨌든 예타이도 조사 대상이지. 투전 방에서 자네가 들은 말이 사실이라면 그 친구를 철저히 수사하는 게 불가피하네. 판펑의 친척 관계나 지인 관계는 내가 본인한테 직접 묻도록 하지. 다음에는 랴오리엔팡 소저의 실종 사건으로 넘어갈까. 타오간이 만난 미곡상은 그 소저가 장터의 '춘풍'이라는 술집 부근의 모처에서 어떤 공자와 밀회를 즐겼다고 말했으렷다. 틀림없이 매음굴의 건달이 말한 그 집이야. 며칠 뒤 어떤 여자가 그 부근에서 랴오 소저에게 접근하고 두 사람은 어디론가 사라졌다. 그 여자는 소저한테 연인이 기다리고 있다고 전했을 테지. 그래서 선뜻 따라나섰을 테고. 두건을 쓴 사내가 무슨 역할을 맡았는지 좀 석연치 않군."

홍 수형리가 나섰다.

"소저와 밀회를 나누던 청년은 아니겠지요. 미곡상이 말한 연인은 호리호리한데 벙어리 아이는 체구가 우람하다고 했으니까요."

디 공은 고개를 끄덕이더니 수염을 쓰다듬었다. 그는 잠시 생각에 잠겼다가 말했다.

"타오간한테서 랴오 소저의 밀회 이야기를 듣고 나서 바로 포두를 미곡상한테 보냈지. 미곡상을 시장으로 데리고 가서 그 집을 알아내려고. 그런 다음 포두를 추타위안의 집으로 보내 위캉을 소환

할 참이네. 수형리, 가서 포두가 돌아왔는지 알아보게!"

홍 수형리가 다시 말했다.

"랴오 소저가 드나들던 집은 술집 건너편이었습니다. 동네 사람들 말로는 여주인이 엊그제 죽었고 유일하게 일을 거들던 하녀는 시골로 돌아갔다는군요. 다들 희한한 일이 벌어지는 집으로 알고 있더랍니다. 밤늦게까지 시끌시끌할 때가 많았는데 피차 모르는 척하는 게 좋을 것 같아서 내색하지 않았답니다. 포두가 문을 부수고 들어간 모양입니다. 그 동네는 다들 집들이 허름한데 비해 유독 그 집만은 세간이 번듯하더랍니다. 여주인이 죽은 뒤로는 빈집이고 아직 상속권을 주장하는 사람도 나타나지 않았습니다. 포두는 재산 목록을 작성한 다음 집을 폐쇄했답니다."

디 공이 언성을 높였다.

"재산 목록에 필시 문제가 있을 거다. 그 집에 있던 살림살이는 아마 지금쯤 포두의 집으로 대부분 옮겼을걸! 물욕이 동하면 환장하는 그런 녀석이니까 믿을 수가 없지! 주인이 하필 이때 죽다니 아쉽기 한량없군. 랴오 소저가 만나던 청년에 대해서 물어볼 수 있었는데 말이야. 위캉은 도착했나?"

홍이 대답했다.

"위병소에 앉아 있습니다. 가서 데리고 오지요."

잠시 후 홍 수형리는 위캉을 데리고 왔다. 디 공은 이 준수한 청년의 얼굴에서 완연한 병색을 읽었다. 입가에서는 줄곧 경련이 일었고 두 손도 제대로 못 가눌 지경이었다.

디 공이 자상하게 말했다.

"앉게나, 위캉. 수사는 조금 진척을 보이고 있네만 자네와 정혼한 소저에 대해서는 아직 모르는 구석이 많아서 말이야. 서로 안 지는 얼마나 되었나?"

위캉은 힘없이 말했다.

"삼 년입니다."

디 공의 눈썹이 치켜 올라갔다.

"옛 어른들께서는 젊은 남녀가 언약을 맺었으면 나이가 차는 대로 바로 식을 올리는 것이 모두에게 좋을 것이다라고 하셨지."

위캉의 얼굴이 벌개졌다.

"랴오 어른은 따님을 총애하여 헤어지기를 섭섭해하셨지요. 저희 부모님은 부모님대로 멀리 남쪽에 계시는지라 저의 일은 모두 추타위안 어른께 맡기셨습니다. 이곳에 온 이후로 저는 줄곧 추 어른 댁에서 지냈습니다만, 그분은 제가 가정을 꾸리면 마음놓고 부릴 수 없을까 봐 걱정하십니다. 이해가 안 가는 것은 아닙니다. 저한테는 늘 아버지처럼 대해 주셨지요. 저로서는 빨리 결혼을 하겠다고 고집할 수가 없는 입장입니다."

디 공은 잠자코 있더니 불쑥 물었다.

"소저한테 무슨 일이 생겼을꼬?"

젊은이는 울부짖었다.

"모르겠습니다! 아무리 생각하고 또 생각했지만 저로서는……."

디공은 말없이 위캉을 바라보았다. 위캉은 양손을 움켜쥐고 앉아 있었다. 눈물이 뺨을 타고 흘러내렸다.

"혹시 다른 남자와 눈이 맞아 달아났다는 생각은 안 드는가?"

위캉은 고개를 들었다. 서글픈 미소를 짓고 있었다.

"그럴 리 없습니다. 리엔팡이 다른 남자와 놀아나다니요! 그것만큼은 분명히 말씀드릴 수 있습니다."

디 공이 무겁게 말했다.

"그렇다면, 안 좋은 소식을 전해야겠군. 실종되기 며칠 전 랴오 소저가 어떤 총각과 함께 장터의 밀회 장소를 떠나는 모습을 본 사람이 있네."

위캉의 얼굴은 사색이 되었다. 마치 귀신이라도 나타난 것처럼 넋을 잃고 디 공을 바라보았다. 그러고는 폭탄 선언을 했다.

"결국 탄로 나고 말았군요! 전 끝났습니다!"

위캉은 몹시 흐느껴 울었다. 디 공이 손짓을 하자 홍 수형리가 차 한 잔을 가져다 주었다. 젊은이는 꿀꺽꿀꺽 마신 다음 한결 가라앉은 목소리로 말했다.

"리엔팡은 자살을 했습니다. 그녀는 저 때문에 죽었어요."

디 공은 의자 등에 몸을 파묻고 천천히 수염을 쓰다듬었다.

"계속하게나"

젊은이는 가까스로 감정을 추스르고 나서 뒷말을 이었다.

"여섯 주 정도 지났나 봅니다. 어느 날 리엔팡이 보모와 함께 자기 어머니가 추 어른의 첫째 부인에게 전하는 말씀을 갖고 왔습니다. 마님은 목욕을 하고 계셨기 때문에 두 사람은 기다릴 수밖에 없었지요. 리엔팡은 정원 산책에 나섰고 저와 거기서 마주쳤습니다. 제 방은 집안 한 귀퉁이에 있었지요. 저는 리엔팡을 방으로 데리고 갔습니다⋯⋯. 그 뒤 장터의 그 집에서 저희는 몇 번 더 만났습니다. 리엔팡 보모의 친구가 그 부근에서 가게를 하고 있었는데 보모는 리엔팡이 혼자 시장을 구경하겠다고 나서도 개의치 않았습니다. 친구하고 실컷 수다를 떨 수 있었으니까요. 실종되기 이틀 전에 리엔팡을 그 집에서 만난 것이 마지막이었습니다."
"그럼 그 집을 나서던 남자가 바로 자네였군!"
위캉이 기어 들어가는 목소리로 말했다.
"맞습니다. 저였지요. 그날 리엔팡한테서 임신한 것 같다는 이야기를 들었습니다. 리엔팡은 제정신이 아니었지요. 저희가 한 부끄러운 짓이 만천하에 알려질 테니까요. 저도 눈앞이 캄캄했습니다. 랴오 어른은 틀림없이 딸을 집에서 내쫓을 터이고, 추 어른은 치욕스럽게도 저를 부모님한테 돌려보낼 게 뻔했으니까요. 저는 추 어른께 말씀드려 어떻게 해서든 혼인 응락을 빨리 받아내겠다고 리엔팡에게 약속했습니다. 리엔팡도 아버지한테 잘 말씀드려 보겠다고 했습니다. 그날 저녁 저는 추 어른을 찾아뵈었습니다. 그분은 노발대발하시면서 저를 배은망덕한 놈이라고 하더군요. 저는 리엔팡에게 몰래 서신을 띄워서 아버지를 잘 설득해 보라고 했습니다. 하지만 랴오 어른도 거절했습니다. 다 이 못난 놈을 만나서 그렇습니다."
위캉은 다시 울음을 터뜨렸다. 한참을 그렇게 흐느끼더니 훌쩍거리면서 말을 이었다.
"비밀을 가슴속에 묻어 두고 있자니 한시도 마음 편할 날이 없었습니다. 리엔팡의 시체가 발견되었다는 소리가 당장이라도 들려올 것만 같았어요. 그때 예타이, 그 악당이 와서 제가 리엔팡과 방 안에 함께 있는 것을 보았다고 협박했습니다. 저는 돈을 주었지만 그놈은 만날 때마다 더 큰돈을 요구했습니다. 오늘도 저한테 와서는……"

디 공이 가로막았다.

"예타이는. 자네의 비밀을 어떻게 알았지?"

"틀림없이 류라는 늙은 하녀가 저희를 염탐했을 겁니다. 그 여자는 예씨 집안에서 예타이를 키운 유모였답니다. 추 어른의 서재 밖 복도에서 속닥거리면서 슬쩍 고해 바쳤을 겁니다. 예타이는 무슨 거래 관계로 추 어른을 면담하기 위해 거기서 기다리고 있었거든요. 예타이는 그 늙은 하녀가 다른 사람한테는 절대 발설하지 않겠다고 다짐했다면서 저를 안심시키려고 했습니다."

"그 여자가 자네를 직접 괴롭히지는 않았나?"

"그런 일은 없었습니다만, 오히려 그 여자를 제가 만나서 약속을 반드시 지킨다는 다짐을 받아내려고 했지요. 하지만 지금껏 그 여자를 만나지 못했습니다."

디 공이 놀란 표정을 짓자 위캉이 서둘러 토를 달았다.

"추 어른의 저택은 모두 여덟 개의 처소로 구분되어 있지요. 각 처소마다 별도의 부엌과 하인이 딸려 있습니다. 저택 안채에는 추 어른과 첫째 부인이 지내는 처소와 집무실이 있습니다. 저는 거기서 생활하지요. 나머지는 추 어른의 일곱 부인한테 하나씩 배정된 처소입니다. 하인이 수십 명씩 되는 데다 각자 정해진 처소를 벗어나서는 안 된다는 엄명이 떨어진 상태라 따로 이야기를 하고 싶어도 불러내기가 여간 까다로운 게 아닙니다. 그러다가 오늘 아침, 추 어른의 방에서 소작료 문제로 잠깐 상의를 드리고 나오다가 우연히 그 여자와 마주쳤습니다. 저는 재빨리 리엔팡과 저에 관해 예타이한테 어떤 말을 했느냐고 캐물었지만, 그 여자는 지금 무슨 소리를 하는 거냐며 딴전을 피우더란 말입니다. 아직까지도 예타이의 하수인이란 소리지요."

그러더니 처량히 덧붙였다.

"하기야 이제는 비밀을 지켜도 그만 안 지켜도 됩니다만."

"그렇지 않아, 위캉. 리엔팡은 자살한 게 아니라 유괴당한 것이라는 증거를 갖고 있네!"

위캉이 소리쳤다.

"누구 짓인가요? 어디 있습니까?"

디 공은 손짓으로 젊은이를 진정시키면서 부드럽게 말했다.

"아직 조사 중이야. 계속 입을 닫고 있게. 그래야 리엔팡의 유괴범이 눈치를 못 채니까 말이야. 예타이가 다시 와서 돈을 요구하거든 하루 이틀 뒤에 오라고 하게. 그동안 우리는 자네 약혼녀의 소재를 알아내고 비열한 술책으로 소저를 납치한 범인을 검거할 수 있을 걸세. 그러나 자네의 행동은 비난받아 마땅하이. 어린 소저를 잘 인도하기는커녕, 소저의 연정을 악용하여 아직 자네에게 허락되지 않은 욕망을 탐했으니 말이야. 약혼과 결혼은 사사로운 일이 아닐세. 살아 있거나 돌아가셨거나, 두 가문의 모든 성원이 관여되어 있는 엄숙한 약조이지. 자네는 제단 앞에서 약혼을 알려 드린 조상님을 욕보이고 장차 아내 될 사람을 망신시켰어. 그뿐인가, 범인한테 꼬투리 잡히기 딱 좋은 행동을 했지. 그놈은 자네가 기다리고 있다는 말로 자네 여자를 유인했으니까. 거기다가 소저가 없어졌을 때 바로 나한테 달려와서 이실직고하지 않은 탓에 불쌍한 여자만 더 오래 붙들려 고초를 겪고 있고. 나중에라도 여자한테 잘해 주어야 하네, 위캉. 그만 가 봐도 좋아. 리엔팡을 찾고 다시 부르지."

젊은이는 무슨 말을 하고는 싶어했지만 끝내 한마디도 못하고 말았다. 그는 돌아서서 비실비실 문으로 걸어갔다.

디 공의 보좌관들은 열띤 논의에 들어갔다. 그러나 디 공은 손을 들어 제지했다.

"이 정보로 랴오 소저 사건은 해결되었네. 유괴를 획책한 놈은 그 악질 예타이야. 비밀을 아는 사람은 그 늙은 하녀 말고는 그놈뿐이었거든. 벙어리 소년이 말한 두건 쓴 남자의 인상착의도 그놈과 꼭 맞아떨어지네. 놈이 거짓말로 소저를 유인하는 데 동원한 여자는 밀회 장소로 이용하던 집의 주인이었을 게야. 여자는 소저를 자기 집으로 데려간 것이 아니라 다른 비밀 장소로 데려간 게 틀림없어. 예타이는 거기다 지금 소저를 가둬 두고 있는 거야. 더러운 욕정을 채우려는 것인지 다른 데다 소저를 팔아넘기려는 것인지는 차차 밝혀지겠지. 놈은 믿는 구석이 있어. 그 불쌍한 소저가 감히 약혼자나 자기 부모 앞에 나타나지 못할 거라는 계산이지. 몹쓸 일이나 당하지 않았으면 좋으련만. 그것도 모자라서 그 불한당 녀석은 위캉한테까지 공갈을 치고 있네."

"가서 그 뻔뻔스러운 놈을 잡아 올까요?"

마중이 안절부절 못했다.

"두말하면 잔소리지! 차오타이와 함께 예의 집으로 가게. 예 형제는 지금쯤 저녁밥을 먹고 있을 게야. 그냥 밖에서 망만 보고 있어. 예타이가 나오거든 뒤를 따르라고. 놈은 필시 비밀 장소로 갈 테니까. 집 안으로 들어가거든 놈은 물론이고 관련이 있겠다 싶은 사람은 모조리 잡아들이게. 반항을 하거든 거칠게 다루어도 좋네. 너무 곤죽을 만들지는 말고, 취조를 해야 하니까. 수고들 하라고!"

디 공은 길 잃은 소녀를 집까지 바래다주고
또다른 살인 소식을 접한다.

　

　

마중과 차오타이는 후다닥 뛰쳐나가고 홍 수형리와 타오간도 저녁밥을 먹으러 갔다. 디 공은 상부에서 내려온 행정 서류를 들여다보기 시작했다.
　똑똑 나지막히 문 두드리는 소리가 들렸다.
　"들어와!"
　디 공은 대꾸를 하고 서류를 옆으로 밀어 놓았다. 쟁반에 식사를 담아 온 사령인 줄로 알았던 것이다. 그러나 고개를 든 디 공의 눈에 들어온 것은 쿠오 부인의 날씬한 자태였다.
　쿠오 부인은 긴 모자가 달린 회색 털옷을 입고 있었는데 아주 잘 어울렸다. 책상 앞으로 와서 인사를 하는 부인의 몸에서 '계림원'에서 맡았던 달콤한 약초의 은은한 향내가 배어나 디 공의 코끝을 스쳤다.
　"앉으시오, 쿠오 부인. 여긴 동헌이 아니니까."

쿠오 부인은 걸상 끄트머리에 다소곳이 앉았다.

"결례를 무릅쓰고 여기까지 온 것은 오늘 오후에 체포된 두 여자에 대해 보고를 드리려고요."

"어서 말하시오."

디 공은 의자에 몸을 묻으며 말했다. 그는 찻잔을 들었지만 비어 있는 것을 보고 도로 내려놓았다. 쿠오 부인은 재빨리 일어서서 책상 한 귀퉁이에 놓여 있는 커다란 찻주전자에서 차를 따랐다. 그리고 다음 말을 이었다.

"두 여자는 남부 시골 출신입니다. 지난 가을 심한 흉년이 들었을 때 부모가 팔아넘겼다고 합니다. 인신매매업자가 그들을 베이저우로 데려와서 시장 매음굴에 다시 팔았지요. 두 여자를 산 포주가 바로 말썽이 난 집의 주인이었습니다. 어제 했던 그 공갈 사기로 몇 번 우려먹었던 모양이에요. 제 눈에는 질이 나쁜 여자처럼 보이지 않았습니다. 그래도 옴짝달싹할 재간이 없지요. 포주는 여자들 부모의 서명이 적힌 계약서까지 갖고 있습니다."

디 공은 낮은 한숨을 토했다.

"갈 데까지 갔군! 하지만 포주가 허가 없이 그 집에서 영업을 했으니 방법이 영 없는 것도 아니렷다. 그 불한당들이 두 여자를 어떻게 다루었답니까?"

쿠오 부인이 살짝 웃으며 말했다.

"그 또한 갈 데까지 간 것 같습니다. 걸핏하면 얻어맞고, 허리가 휘도록 집안 청소와 부엌일에 매달려야 했답니다."

부인은 가느다란 손으로 모자를 살짝 매만졌다. 디 공은 그녀의 아름다움을 새삼 깨닫지 않을 수 없었다.

"일반적으로 무허가 영업에 대한 처벌은 무거운 벌과금을 매기는 것이지만, 그 방법은 먹혀들지 않을 것이오. 포주는 너끈히 그 돈을 지불하고 여자들을 빼낼 테니까. 하지만 놈을 공갈 사기죄로 얽어맬 수도 있는 노릇이고 보면, 계약서를 아예 무효화할 수가 있지. 원래 바탕은 좋은 여자들이라니 부모한테 돌려보내면 되겠군."

"참으로 사려가 깊으십니다."

이렇게 말하며 쿠오 부인은 자리에서 일어났다.

부인은 자리에 서서 물러가라는 말을 기다리고 있었지만 디 공은 좀 더 오래 이야기를 하고 싶었다. 그런 자신한테 화가 나서 디 공은 약간 퉁명스럽게 말했다.

"신속한 보고를 해 주어 고맙소이다. 쿠오 부인. 이제 가 봐도 좋소."

그녀는 허리를 숙이고 방을 나갔다.

디 공은 뒷짐을 지고 방 안을 거닐기 시작했다. 집무실은 이전보다 더욱 스산하고 썰렁해 보였다. 가족들은 지금쯤 첫 번째 역참에 도착했을 것이다. 가족들의 잠자리가 걱정되었다. 사령이 가져온 저녁 식사를 그는 후다닥 해치웠다. 그런 다음 화로 옆에 서서 차를 마셨다.

그때 문이 열리고 마중이 들어왔다. 어딘가 풀이 죽어 보였다.

"예타이는 점심을 먹고 나가서는 이제껏 안 들어왔습니다. 하인 말이 다른 도박꾼들과 밖에서 저녁을 먹을 때가 많고, 그런 날은 밤늦도록 집에 들어오지 않는답니다. 차오타이가 지금도 망을 보고 있습니다."

디 공은 아쉬움을 금치 못했다.

"재수가 없군! 그 소저를 하루빨리 구출하고 싶었는데. 음, 오늘 밤은 망을 계속 서 보아야 헛고생이야. 내일은 예타이가 오전 심리 때문에 편과 함께 틀림없이 나타날 터이니 그때 체포하세."

마중이 방을 나간 뒤 디 공은 책상 앞에 앉았다. 행정 서류를 다시 집어들고 검토에 들어가려고 했지만 마음이 한 군데로 모아지지가 않았다. 예타이가 집에 없다는 사실이 자꾸만 마음에 걸렸다. 디 공은 이런 조바심이 기우에 지나지 않는다고 생각했다. 그 악당이 하필이면 왜 오늘 밤 비밀 장소로 찾아가겠는가 말이다.

'그러나 사건의 종결을 코앞에 두고서 행동을 하지 않는다는 것은 아무래도 찜찜한 노릇이다. 녀석은 어느 식당에서 저녁을 먹고 지금 이 순간 그 집을 향해 부지런히 걸어가고 있을 것이다. 인파에 섞여 있어도 그 검은 두건은 금세 눈에 들어올 것이다……'

디 공은 허리를 곧추세웠다. 그런 두건을 마지막으로 본 것이 어디였던가? 도신각 부근에서 북적거리던 사람들 틈이 아니었던가?

디 공은 벌떡 일어섰다.

그는 뒷벽의 커다란 옷장으로 가서 안에 걸려 있는 낡은 옷들을 뒤졌다. 군데군데 기운 자국이 있는 낡은 털옷을 겨우 찾아냈다. 그래도 추위는 너끈히 막을 수 있을 것 같았다. 옷을 걸친 다음 두터운 목도리로 머리와 얼굴 아래쪽을 칭칭 휘감았다. 집무실 한쪽에 간수해 둔 구급 함을 꺼내 어깨에 매달았다. 거울을 보니 영락없는 뜨내기 의원이었다. 그는 서쪽 측문으로 관아를 나섰다.

희끗희끗 눈발이 휘날렸지만 오래지 않아 그칠 성싶었다. 그는 두터운 옷 속에 몸을 웅크리고 종종걸음으로 지나쳐 가는 사람들을 유심히 뜯어보면서 도신각 쪽으로 어슬렁어슬렁 걸어갔다. 그러나 눈에 보이는 것이라곤 털모자와 달단인의 터번뿐이었다. 그렇게 무작정 걷고 있자니 어느새 눈이 그쳤다. 예타이를 만날 확률은 천 분의 일도 되지 않을 것 같았다. 사실 그는 예타이를 만나리라는 기대를 처음부터 하지 않았지만, 그래도 막상 그런 생각을 하자 맥이 풀렸다. 디 공은 기분 전환을 원했던 것이다. 썰렁한 방 안에 혼자 있을 바에야 밖으로 나가 보자는 생각……. 자기의 그런 모습이 역겨웠다. 그는 걸음을 멈추고 주위를 둘러보았다. 좁고 어두운 길이었다. 사람의 기척이라곤 없었다. 그는 다시 부지런히 걸어갔다. 관아로 돌아가 일을 볼 생각이었다.

그때, 왼쪽 어딘가 어둠 속으로부터 흐느낌 같은 것이 새어나왔다. 걸음을 멈춘 디 공의 눈에 들어온 것은 처마 한구석에 쪼그리고 앉은 계집아이였다. 그는 허리를 숙여 아이를 자세히 들여다보았다. 대여섯 살쯤 된 그 아이는 하염없이 울고 있었다.

디 공이 부드럽게 물었다.

"어떻게 된 거냐, 애야?"

"길을 잃었어. 집을 못 찾겠어."

"나는 네가 어디 사는지 안다. 바래다주마."

디 공은 아이를 안심시키고 싶었다. 구급 함을 내려놓고 그 위에 걸터앉아 아이를 안아 주었다. 집 안에서 입는 얇은 솜옷 차림이라 아이가 바들바들 떠는 것을 보고 디 공은 자기 옷고름을 끌러 아이를 품안에 넣었다. 잠시 후 아이는 울음을 그쳤다.

"먼저 몸부터 녹여야겠구나."

"그럼 집까지 바래다주는 거지?"

아이는 만족스러워했다.

"그래. 엄마가 너를 어떻게 부르니?"

아이가 타박하듯이 말했다.

"메이란! 그것도 몰라?"

"알지! 알고말고. 왕메이란 아니냐."

아이가 삐죽거렸다.

"놀리는 거야? 루메이란이란 말야!"

"그래 그래. 너희 아빠는 저기서 가게를……."

아이는 실망했다.

"아저씬 거짓말쟁이! 아빠는 죽었고 엄마 혼자서 솜집을 해. 아저씬 아무것도 몰라!"

디 공은 변명하기에 급급했다.

"아저씨는 의원이라서 늘 바쁘거든. 엄마하고 시장에 갈 때 도신각의 어느 쪽으로 지나가는지 말해 보련?"

아이가 바로 대답했다.

"돌 사자 두 마리가 있는 쪽이지! 아저씬 어느 쪽이 좋아?"

이번에는 맞추었기를 기대하면서 디 공이 대답했다.

"발톱으로 공을 움켜쥔 사자."

아이는 신이 나서 말했다.

"나도!"

디 공은 일어섰다. 구급 함을 어깨에 둘러멘 다음 아이를 안고 도신각 쪽으로 향했다.

아이가 간절한 눈빛으로 말했다.

"엄마가 그 새끼 고양이 좀 보여 줬으면 좋겠다!"

디 공은 건성으로 물었다.

"새끼 고양이?"

아이는 답답해했다.

"그 목소리 좋은 아저씨가 말을 걸었던 새끼 고양이. 저번 날 밤에 아저씨가 엄마 만나러 왔을 때 그랬잖아. 그것도 몰라?"

디 공은 아이를 기쁘게 해 주고 싶었다.

"몰라. 그 아저씨가 누군데?"

"나도 몰라. 아저씬 아는 줄 알았는데. 밤에 늦게 와서 고양이한테 말을 걸거든. 엄마한테 말하니까. 엄마는 막 화를 내면서 내가 꿈꿨다 그랬어. 그치만 아니야!"

디 공은 한숨을 쉬었다. 그 과부는 몰래 만나는 남자가 있는 모양이었다.

어느 새 그들은 도신각 앞에까지 와 있었다. 디 공은 부근에 있던 장사꾼한테 루 부인이 하는 솜집이 어디냐고 물었다. 남자는 길을 가르쳐 주었다. 걸어가면서 디 공은 아이에게 물었다.

"왜 밤늦게 집에서 나왔니?"

"무서운 꿈을 꿔서. 눈이 떠져서, 무서워서, 엄마를 찾으러 나왔어."

"일하는 언니한테 가지 그랬어?"

"아빠가 죽은 다음에 엄마가 내보냈어. 그래서 오늘 밤에는 아무도 없었단 말이야."

디 공은 '루 솜집'이라는 팻말이 달린 문 앞에서 멈추었다. 중산층이 사는 조용한 동네였다. 문을 두드리자 금세 문이 열렸다. 아담하고 날씬한 몸매의 여자가 나타났다. 여자는 호롱불을 치켜들고 디 공을 위아래로 훑어보더니 앙칼지게 쏘아붙였다.

"우리 아이를 데리고 뭐 하는 거예요?"

디 공은 부드럽게 말했다.

"집을 나와서 길을 잃었더구려. 아이를 잘 보살펴야지, 까딱하면 독감에 걸릴 뻔했소이다."

여자는 디 공을 잡아먹을 듯이 노려보았다. 여자는 서른쯤 되어 보였는데 상당한 미모였다. 그러나 디 공은 여자의 눈에 서린 독기와 몰인정해 보이는 얇은 입술이 마음에 들지 않았다.

"환자나 잘 보슈, 돌팔이 의원! 몇 푼 울궈낼 셈이었다면 번지를 잘못 찾으셨어!"

아이를 집 안으로 끌어들이고 여자는 문을 쾅 닫았다.

"웃기는 여편네로군."

디 공은 중얼거리며 어깨를 으쓱하고는 다시 큰길로 걸어나왔다. 인파를 헤치고 커다란 국수집 앞까지 와서 디 공은 어디론가 급히 뛰어가는 두 사내와 부딪쳤다. 앞의 사내가 대뜸 욕설을 뱉으면서 디 공의 어깨를 와락 움켜잡았다. 그러더니 갑자기 손을 놓고 탄식을 토했다.

"하느님 맙소사, 어르신께서!"

마중과 차오타이의 넋이 나간 얼굴을 보고 지긋이 웃으면서 디 공은 약간 뽐내듯이 말했다.

"예타이를 찾아나섰다가…… 길 잃은 아이를 바래다주고 오는 길이네. 지금부터 같이 찾아보세."

두 수하의 일그러진 얼굴은 좀처럼 펴지지 않았다. 디 공은 불안해졌다.

"무슨 일인가?"

마중이 참담한 얼굴로 말했다.

"사실은 보고를 드리러 관아로 가던 길이었습니다. 란타오쿠이가 욕탕에서 변사체로 발견되었습니다."

"사인은?"

차오타이가 말했다.

"독살입니다. 아주 비열한 짓거리지요!"

디 공이 냉정하게 말했다.

"현장으로 가 보세."

디 공이 비열한 범죄를 조사해서
찻잔 속의 독 묻은 꽃을 발견한다.

목욕탕으로 가는 넓은 길에 사람들이 웅성거리며 서 있었다. 장터 담당 포리가 부하들과 함께 문 앞을 지키고 있었다. 그들이 길을 막아서자 디 공은 참지 못하고 현장(懸章)을 끌어내렸다. 디 공을 알아보고 그들은 부리나케 옆으로 비켜섰다.

커다란 방으로 들어서니 둥근 얼굴에 땅딸막한 사내가 걸어나와 자기가 목욕탕 주인이라고 밝혔다. 디 공은 이 목욕탕에 한 번도 온 적이 없었지만 이곳 물은 의학적 효능이 있는 온천수라는 사실을 잘 알고 있었다.

디 공이 지시했다.

"사건 현장으로 안내하게."

주인은 더운 김이 가득 차 있는 대기실로 일행을 데려갔다. 마중과 차오타이는 옷을 벗기 시작했다.

마중이 귀띔했다.

"속옷만 빼고 모두 벗으시는 게 좋을 겁니다. 안이 무지막지하게 덥거든요."

디 공이 옷을 벗는 동안, 주인은 복도 맞은편 왼쪽에는 커다란 공동탕이 있고 오른쪽에는 개인탕 열 개가 있다고 설명해 주었다. 란 사범은 늘 복도 끄트머리에 있는 개인탕을 이용했다. 그곳이 조용하기 때문이었다.

주인이 묵직한 나무 문을 열자 뜨거운 수증기가 후끈 그들의 얼굴을 달구었다. 디 공은 뜨거운 수증기로부터 몸을 보호하기 위해서 검은 유포(油布)로 된 상하의를 입은 두 수하의 형체를 어렴풋이 보았다.

주인이 말했다.

"이 두 분께서 탕 안의 손님을 모두 내보냈습니다. 여기가 란 사범의 욕실입니다."

그들은 커다란 욕실로 들어갔다. 홍 수형리와 타오간은 말없이 길을 내주었다. 뜨거운 물이 가득 담긴 함몰 욕조는 반질반질한 돌이 깔린 바닥의 삼 분의 일가량을 차지하고 있었다. 욕조 앞에는 작은 돌 탁자와 대나무 의자가 있었다. 실오라기 하나 걸치지 않은 란타오쿠이의 커다란 시신이 탁자와 의자 사이의 바닥에 구겨진 채 널브러져 있었다. 일그러진 얼굴은 푸르뎅뎅한 빛깔을 띠고 있어 야릇한 느낌을 주었다. 부어오른 혀가 입 밖으로 삐죽 나와 있었다.

디 공은 얼른 고개를 돌렸다. 탁자 위에는 커다란 찻주전자와 판지 조각 몇 개가 있었다.

마중이 바닥을 가리켰다.

"란이 마시던 잔입니다."

디 공은 허리를 숙이고 깨진 조각을 살폈다. 그리고 부서진 밑동을 집어들었다. 갈색 액체가 조금 남아 있었다. 깨진 잔을 탁자 위에 조심스럽게 놓고 디 공은 주인 쪽으로 돌아섰다.

"어떻게 발견했나?"

"란 사범은 아주 규칙적이었습지요. 이틀에 한 번 저녁때 어김없이 시간을 맞춰 오곤 했습니다. 먼저 반시간 남짓 탕 안에서 몸을 담근 다음, 차를 마시고 가볍게 운동을 했습니다. 저희는 절대 방해가 안 되도록 세심하게 신경을 썼습지요. 한 시간 가량 지나면 란 사범이 문을 열고 새로 차를 주문했습니다. 가져온 차를 몇 잔 마시고는 대기실에서 옷을 갈아입고 집으로 갔습니다."

주인은 침을 꿀꺽 삼키고 다음 말을 이었다.

"저희 집 종업원은 모두 란 사범을 따랐습니다. 그 양반이 떠날 시간이 가까워지면 종업원 하나가 차를 준비해서 대개 복도에서 기다리고 있었지요. 오늘 밤에는 란 사범이 문을 열지 않았습니다. 반시간을 더 기다렸는데도 문이 안 열리니까 종업원이 저한테 달려왔습니다. 감히 란 사범이 있는 방으로 불쑥 들어갈 엄두가 안 났던 게지요. 그 양반이 워낙 정확하다는 걸 아는 터라 저는 필시 몸이 안 좋으려니 생각했습니다. 그래서 지체 없이 방문을 열었더니만 이런 끔찍한 광경이!"

한동안 침묵이 감돌았다. 잠시 후 홍 수형리가 입을 열었다.

"포리가 관아로 사람을 보내왔더군요. 하지만 안 계시기에 현장 보존을 위해 저희가 바로 달려왔지요. 타오간과 제가 종업원들을 조사하는 동안 마중과 차오타이는 밖으로 나가는 손님의 이름을 빠짐없이 적었습니다. 종업원이건 손님이건 모두 란 사범의 방을 드나드는 사람을 보지 못했다고 하더군요."

디 공이 물었다.

"차에 어떻게 독을 탔지?"

홍 수형리가 대답했다.

"이 방 안에서 탄 것 같습니다. 모든 찻주전자는 대기실에 있는 커다란 항아리에 미리 끓여 둔 차로 채우도록 합니다. 범인이 거기다가 독을 넣었다면 손님이 모두 죽었겠지요. 란 사범은 문을 잠가 두는 법이 없었기 때문에 범인은 제 발로 들어가서 찻잔에 독을 타고 나온 겁니다."

디 공은 고개를 끄덕이고 찻잔 부스러기 하나에 달라붙어 있던 작은 흰 꽃을 가리키면서 주인에게 물었다.

"손님한테 치자 차도 드리나?"

주인은 천만의 말씀이라는 듯이 고개를 가로저었다.

"그런 비싼 차는 드릴 수가 없습니다요."

디 공이 타오간에게 명령했다.

"남은 차를 작은 항아리에다 모두 붓게. 그리고 찻잔 밑동과 부스러기를 기름종이에 잘 싸도록. 치자 꽃을 떼어 내면 안 돼! 찻주전자를 덮어서 그것도 가져가자고. 주전자 안의 차에도 독이 들어 있는지 검시관이 알아낼 수 있을 거야."

타오간은 천천히 고개를 끄덕였다. 그는 아까부터 탁자 위에 놓인 판지 조각을 유심히 쳐다보다가 드디어 입을 열었다.

"보십시오. 란 사범은 범인이 침입했을 때 칠반 놀이를 하고 있었습니다.

모두들 종이 조각을 바라보았다. 종이 조각은 아무렇게나 놓여 있는 것처럼 보였다.

디 공이 말했다.
"여섯 조각밖에 없구먼! 나머지 한 개를 찾아봐! 두 번째로 작은 삼각형일 게야."
수하들이 바닥을 뒤지는 동안 디 공은 가만히 서서 시신을 내려다보았다. 갑자기 디 공이 입을 열었다.
"란 사범이 오른 주먹을 쥐고 있군. 그안에 뭐가 있는지 펴보게."
홍 수형리가 죽은 사람의 손을 조심스럽게 폈다. 손바닥에 작은 삼각형 종이가 달라붙어 있었다. 수형리는 디 공에게 그것을 넘겼다.
디 공이 큰 소리로 말했다.
"이것으로 란 사범이 도형을 만든 것은 독을 마신 다음이라는 사실이 판명되었군. 범인에 관한 단서를 남기기 위해 이걸 만들었다고 볼 수 없을까?"
타오간이 대답했다.
"바닥으로 쓰러질 때 팔에 닿아 모양이 흐트러진 것 같습니다. 지금 이 상태로는 아무런 의미가 없습니다."
"종이 조각의 위치를 잘 그려 두게, 타오간. 천천히 연구해 보자고. 수형리, 포리에게 시체를 관아로 날라 오도록 이르게. 그런 다음 자네들은 이 방을 철저히 조사하는 게 좋겠어. 나는 가서 출납원을 조사하겠네."

디 공은 돌아서서 방을 나갔다.

대기실에서 다시 옷을 입은 디 공은 주인에게 목욕탕 입구에 있는 창구로 안내하라고 지시했다. 창구 옆의 작은 책상에 걸터앉은 디 공은 땀을 뻘뻘 흘리는 종업원에게 물었다.

"란 사범이 들어올 때를 기억하나? 그렇게 겁먹을 필요 없네, 이 친구야. 자네는 내내 여기 있어서 살인을 저지를래야 저지를 수가 없었으니까 안심하라고. 속시원히 말해 봐."

종업원이 더듬거렸다.

"분명히 기억합니다요. 란 사범님은 항상 오시는 시간에 오셔서 엽전 다섯 냥을 내고 안으로 들어가셨습니다."

"혼자였나?"

"네. 늘 혼자 오셨습니다."

"자네 말을 들으니 손님을 대충 알아본다는 소리 같은데? 란 사범이 들어온 다음에 온 손님도 기억할 수 있겠나?"

종업원은 이마를 찌푸렸다.

"대충은요. 무예의 고수인 란 사범님의 도착은 저에게 항상 일종의 사건이었으니까요. 말하자면 그때를 기준으로 해서 저녁 시간을 두 부분으로 나누는 셈이라고나 할까요. 먼저 정육점을 하는 류가 와서 엽전 두 냥을 내고 공동탕으로 들어갔습니다. 그 다음에 랴오 행회장이 와서 다섯 냥을 내고 개인탕으로 들어갔고요. 그 다음에 시장에서 활개 치는 젊은 건달패 넷이 왔고, 그리고……"

"넷은 다 아는 얼굴인가?"

출납원은 머리를 긁적이더니 다음 말을 이었다.

"압니다. 사실은, 세 명만 알지요. 다른 한 사람은 처음 보는 얼굴이었는데 검정 상의에 달단식 바지를 입고 있었습니다."

"얼마를 냈지?"

"모두 두 냥씩 내고 공동탕에 들어갔습니다. 저한테서 검정 꼬리표를 하나씩 받아들고서요."

디 공이 눈썹을 치켜올리자 주인은 벽 한쪽 시렁에 일렬로 놓여 있던 검은 나무 조각 두 개를 부리나케 갖고 왔다.

주인이 설명했다.

"저희가 쓰는 꼬리표가 이겁니다요. 검은 꼬리표는 공동탕, 붉은 꼬리표는 개인탕을 말합니다. 손님이 꼬리표 절반을 대기실에서 종업원에게 넘기면 종업원은 똑같은 번호가 적힌 꼬리표 절반과 함께 손님의 옷을 챙겨서 보관합니다. 탕에서 나와서 꼬리표를 주면 종업원이 손님 옷을 가져옵니다."

디 공이 못마땅한 듯이 물었다.

"관리라는 게 고작 그 정도인가?"

주인은 몸둘 바를 몰라했다.

"그게 말입니다요. 사실 저희는 돈을 안 내고 슬쩍 들어오거나 다른 사람 옷을 걸쳐 입고 내빼는 사람을 적발하는 데 주안점을 두고 있습니다."

디 공은 사실 그 이상을 기대한다는 것이 무리라는 생각을 할 수밖에 없었다. 그는 다시 종업원에게 물었다.

"젊은이 넷이 떠나는 길 다 봤나?"

"자세한 기억은 안 납니다. 시체가 발견된 뒤로 다들 워낙 경황이 없어서……."

홍 수형리와 마중이 들어왔다. 그들은 욕실에서 더 이상의 단서를 찾아내지 못했다고 보고했다. 디 공이 마중에게 물었다.

"차오타이와 목욕하러 온 사람을 조사할 때 혹시 달단 옷을 입은 젊은이가 없었나?"

"없었습니다. 이름과 주소를 빠짐없이 받아냈지만 분명히 달단 옷을 입은 사람은 없었습니다. 있었다면 당장 눈에 띄었을 테지요."

디 공은 출납원에게 돌아서서 말했다.

"밖으로 나가서 구경꾼 중에 네 청년 중 한 사람이라도 혹시 없는지 알아보게."

종업원이 자리를 비운 동안 디 공은 말없이 앉아서 나무 조각으로 탁자를 톡톡 두드렸다.

종업원이 앳되어 보이는 청년을 데리고 왔다. 청년은 디 공 앞에 쭈뼛거리며 섰다.

디 공이 물었다.

"달단인이 누군가?"

청년은 불안한 눈으로 디 공을 바라보면서 더듬거렸다.

"정말이지 저는 모릅니다! 어제 그 사람을 처음 보았는데 입구에서 서성거리기만 하고 들어갈 생각은 안 하더라고요. 오늘 밤에도 또 나타났는데 저희가 들어가니까 따라 들어왔습니다."

"생김새를 말해 보게!"

청년은 난감한 표정을 지었지만, 잠시 망설이다가 더듬더듬 입을 열었다.

"체구는 작고 마른 편이었던 것 같습니다. 머리에 두른 검은 달단 목도리에 입이 쑥 파묻혔지요. 그래서 수염을 길렀는지 안 길렀는지는 잘 모르겠지만 목도리 밑으로 머리털이 삐죽 삐어져 나온 것은 보았습니다. 친구들이 말을 붙이려고 했지만 하도 시큰둥한 표정을 짓기에 그만두었지요. 왜 달단 사람은 항상 긴 칼을 갖고 다닌다지 않아요. 그래서……."

"탕 안에 있을 때 얼굴을 자세히 보지 못했는가?"

"그 사람은 개인탕으로 갔을 겁니다. 공동탕에서는 못 봤습니다."

디 공이 날카로운 눈으로 청년을 쏘아보더니 무뚝뚝하게 말했다.

"이상이다!"

청년이 나간 뒤 디 공은 종업원에게 지시했다.

"꼬리표를 세어 보아라!"

종업원이 부리나케 가서 꼬리표를 헤아리는 동안 디 공은 천천히 수염을 쓰다듬으며 기다렸다.

마침내 종업원이 입을 열었다.

"이상합니다! 삼십육 번 검은 꼬리표가 없네요!"

디 공은 벌떡 자리에서 일어나더니 홍 수형리와 마중을 향해 돌아섰다.

"관아로 돌아가세. 여기서는 더 이상 알아낼 것이 없군. 최소한 범인이 어떻게 사람들 틈에 묻혀 들어갔다가 나왔고 범인의 생김새가 어떤지는 대충 감을 잡았다고 보아야지. 가세!"

관아에서 잔인한 살인을 논하고
검시관이 미심쩍은 옛 사건을 보고한다.

다음날 오전 심리 때 디 공은 쿠오로 하여금 죽은 권법가의 시체를 부검하도록 했다. 심리에는 베이저우의 내노라 하는 명사들이 참석했다. 어렵게 자리를 얻은 마을 사람들도 군데군데 섞여 있었다.

부검을 마친 쿠오가 보고에 들어갔다.

"사인은 음독입니다. 독은 남부 지방에서 자라는 사목(蛇木) 뿌리 가루로 판명되었습니다. 찻주전자 속의 차와 부서진 잔에 남아 있던 차를 각각 병든 개한테 먹여 보았습니다. 앞의 것은 먹어도 전혀 탈이 없었는데 뒤의 것을 핥아 먹은 개는 금세 죽고 말았습니다."

디 공이 물었다.

"독은 어떻게 찻잔에 넣었나?"

"그건 아마, 말린 치자 꽃 안에 미리 독가루를 채워 넣은 다음 그걸 몰래 잔에 넣었을 겁니다."

"무슨 근거로 그렇게 추정하는가?"

"독가루에서는 희미하긴 하지만 분명히 냄새가 납니다. 더운 차와 섞이면 그 냄새는 한결 뚜렷해지지요. 그러나 치자 꽃 속에 넣으면 치자 꽃 향기가 독 냄새를 효과적으로 죽여 줍니다. 치자 꽃 없이 독이 든 차를 데웠더니 냄새가 강해서 독을 금세 판별할 수 있었습니다."

검시관이 설명했다.

디 공은 고개를 끄덕이고 쿠오에게 엄지손가락으로 보고서에 날인하도록 일렀다. 그러고는 경당목을 탕탕 두드렸다.

"죽은 란 사범은 아직 정체가 밝혀지지 않은 인물에게 독살당했다. 란 사범은 걸출한 권법가로 북부 지방에서는 그와 대적할 만한 사람이 없었다. 거기다가 인품도 고매했지. 우리 제국은, 특히 그의 활동 무대가 되는 영광을 누렸던 우리 베이저우 관민은 거인의 타계를 애도하는 바이다. 우리는 란 사범의 혼이 편히 쉴 수 있도록 범인을 잡는 데 최선의 노력을 기울일 것이다."

다시 경당목을 두드리면서 디 공이 다음 말을 이었다.

"이제 예와 판의 사건으로 넘어가겠다."

디 공이 눈짓을 하자 포두가 판펑을 재판대 앞으로 데려왔다.

"서기는 판펑의 행적에 관한 두 가지 공술서를 큰 소리로 읽도록 하라."

선임 서기가 일어서서 먼저 두 병사의 진술서를 읽었고, 그 다음으로 우양 마을에 파견했던 포졸들의 수사 보고서를 읽었다.

디 공이 입을 열었다.

"이 공술서는 십오 일, 십육 일 양일간의 행적에 관한 판평의 진술이 사실임을 입증한다. 더욱이 만일 그가 부인을 정말로 죽였다면 집을 이틀씩 비우면서 임시로라도 부인의 시체를 숨기지 않았을 리 만무하다. 따라서 본관은 지금까지 나온 증거가 판평을 범인으로 추정하기에는 불충분하다고 판단한다. 원고는 피고를 상대로 추가로 증거를 제시하겠는지 아니면 고소를 취하하겠는지 밝혀라."

예핀이 허겁지겁 말했다.

"소인은 고소를 취하하겠습니다. 경솔하게 행동한 점, 백 배 사죄드립니다. 누이의 끔찍한 죽음을 보고 비통함을 느낀 나머지 제가 서둘렀습니다. 아우인 예타이를 대신해서 역시 똑같은 말씀을 올립니다."

"기록하라."

디 공이 지시를 내리고 몸을 앞으로 당겨 판관석에 앉은 사람들의 면면을 훑어보았다.

"어인 일로 예타이는 오늘 관아에 모습을 나타내지 않았는가?"

"나으리, 아우에게 무슨 일이 생겼는지 소인도 모르겠습니다요. 어제 점심을 먹고 나가서는 이제껏 들어오지 않고 있습니다."

"동생이 자주 외박을 하는 편인가?"

예핀은 불안한 얼굴로 말했다.

"그런 일은 한 번도 없었습니다. 늦을 때가 자주 있기는 했지만 잠만은 꼭 집에서 잤습니다."

디 공은 얼굴을 찡그렸다.

"돌아오는 대로 관아에 출두하라고 일러라. 고소 취하를 본인

입으로 밝혀야 하니까."

디 공은 경당목을 두드리고 다음 말을 이었다.

"판펑을 석방한다. 부인을 죽인 살인범을 검거하는 데 앞으로도 총력을 기울일 생각이다."

판펑은 이마가 땅에 닿도록 절을 하여 감사의 뜻을 올렸다. 판펑이 일어서자 예핀이 다가와서 사과했다.

디 공은 포두에게 유곽 주인과 두 건달, 두 창녀를 데리고 오게 했다. 그는 무효화된 계약서를 두 여자에게 건네주고 이제는 자유의 몸이라고 말해 주었다. 그런 다음 유곽 주인과 두 건달에게 징역 삼 개월에 태형을 가하라고 선고했다. 세 남자는 큰 소리로 항변하기 시작했다. 유곽 주인의 반발이 가장 심했다. 곤장을 맞아 난 상처는 시간이 흐르면 아물지만 계집한테 들어간 돈은 회수할 길이 막막했던 탓이었다. 세 남자는 포졸이 옥으로 질질 끌고 갔고, 디 공은 두 여자에게 관아에서 부엌일을 거들고 있으면 조만간 군 호송대가 고향까지 바래다줄 것이라고 말했다.

두 여자는 디 공 앞에 엎드려서 눈물을 펑펑 쏟으며 고마워했다.

심리를 끝낸 디 공은 홍 수형리에게 추타위안을 집무실로 부르라고 일렀다.

디 공은 책상 앞에 앉아 추에게 의자에 앉으라고 권했다. 네 수하가 각각 자기들 걸상으로 가 앉았다. 사령이 슬픔에 잠겨 말없이 차를 따랐다.

이윽고 디 공이 말을 꺼냈다.

"지난밤에 란 사범의 피살 사건을 깊이 논의하지 않은 까닭은 첫째, 부검 결과를 먼저 알고 싶었기 때문이요, 둘째, 란 사범을 옆에서 오래전부터 지켜보아 온 자네의 조언을 듣고 싶어서였네."
추타위안이 고함을 질렀다.
"우리 란을 죽인 놈을 정의의 심판대 앞에 세우는 일이라면 무슨 일인들 못하오리까! 란 사범은 제가 본 가장 훌륭한 무술인이었습니다. 나리께서는 그 몹쓸 짓을 저지른 놈이 누군지 짚이시는 데가 있으십니까?"
"범인은 젊은 달단인이었거나, 아니면 적어도 달단인처럼 차려입고 있었네."
홍 수형리가 타오간을 힐끔 쳐다보고는 말했다.
"저희는 란 사범을 죽인 범인이 반드시 그 청년이라고 볼 이유가 없다고 생각했습니다. 마중과 차오타이가 작성한 명단을 보면 그 당시 목욕을 하고 있던 사람은 예순 명도 넘습니다."
"하지만 그중에서 란 사범의 방으로 감쪽같이 드나들 수 있었던 사람은 하나도 없었지. 반면에 범인은 목욕탕 종업원이 모두 검정 유포를 걸친다는 사실을 알고 있었어. 검은 달단 옷을 입으면 영락없이 종업원으로 보이지. 놈은 세 청년에 묻혀서 목욕탕으로 들어왔어. 대기실에서 꼬리표를 제시하지 않고 막 바로 복도를 걸어 들어가서 종업원 행세를 한 거야. 수증기가 자욱하게 끼어 있기 때문에 누가 누구인지 똑똑히 모르거든. 놈은 란 사범의 방으로 슬쩍 들어가서 독을 채운 꽃을 찻잔에 담근 다음 도로 나왔네. 그리고 종업원들이 드나드는 뒷문으로 해서 목욕탕을 빠져나온 것이야."
타오간이 혀를 찼다.
"여우 같은 놈! 빈틈없이 준비했군요!"
디 공이 말을 이었다.

"하지만 몇 가지 단서는 남겼네. 놈은 달단 옷과 꼬리표를 틀림없이 없앴을 거야. 그러나 범인은 란 사범이 죽음과 사투를 벌이면서 칠반으로 도형을 나타내려고 안간힘 쓰는 것을 알아차리지 못하고 방을 떠났지. 그 도형에 범인의 신원을 말해 주는 단서가 담겨 있을 것이야. 게다가 놈은 면식범이었다고 보아야 해. 놈의 인상착의도 청년의 진술을 통해 대강은 알려져 있어. 추타위안, 혹시 란 사범한테 마르고 체구가 비교적 작고 머리를 아주 길게 기른 제자가 있었는지 아나?"

추타위안이 즉시 대답했다.

"없었습니다! 란의 제자는 제가 다 아는데. 스승의 지시에 따라 모두들 머리를 박박 밀어야 했지요. 그 뛰어난 권법가를 독으로 죽이다니 그런 비열한 짓이 어디 있습니까! 치사한 놈 같으니!"

침묵이 감돌았다. 왼쪽 뺨에 삐죽 솟아난 세 오라기의 수염을 비비 꼬고 있던 타오간이 불쑥 입을 열었다.

"치사한 놈인지, 아니면 여자인지도 모르지요."

추타위안이 한 마디로 일축했다.

"란은 여자 따위는 거들떠보지도 않았습니다!"

그러나 타오간은 머리를 저었다.

"바로 그런 점 때문에 여자한테 살해당했는지도 모르지요. 란한테 퇴짜를 맞은 여자가 앙심을 품었을 수도 있다는 말입니다."

마중이 덧붙였다.

"내가 알기로도 수많은 무희들이 란 사범을 연모했지만 그 친구는 눈 한번 깜빡 안 했어요. 이건 여자들한테 직접 들은 이야기입니다. 란이 그렇게 자꾸 빼니까 여자들은 더 애가 탈 수밖에 없고요. 그 친구 어디가 그렇게 매력적인지는 모르겠지만 말입니다."

추가 화를 냈다.

"쓸데없는 소리!"

말없이 듣고 있던 디 공이 마침내 입을 열었다.

"그것도 일리가 있는 지적이라는 생각이 드는구먼. 가냘픈 여자의 몸으로 달단 청년처럼 변장하는 것은 어려운 일이 아니야. 하지만 그렇다면 그 여자는 란 사범의 정부라는 소리가 돼. 왜냐하면 그 여자가 방으로 들어왔는데도 사범은 몸을 가릴 생각을 안 했거든. 수건이 벽에 걸려 있었는데도 말이지."

추가 소리쳤다.

"그럴 리 없습니다! 란 사범한테 정부가 있다니요! 그럴 리 없습니다!"

차오 타이가 천천히 말했다.

"이제야 생각이 나는데, 어제 란을 찾아갔을 때 이상하다 싶을 만큼 여자를 가지고 씹더라고요. 남의 기운을 빨아먹는다나 하는 그런 말을 했습니다. 보통 때는 그렇게 심한 말을 하는 사람이 아니거든요."

추는 심기가 불편한지 뭐라고 투덜거렸고, 디 공은 타오간이 만들어 준 칠반을 서랍에서 꺼낸 다음 욕실 탁자 위에서 발견되었을 당시의 모습대로 여섯 조각을 늘어놓았다. 그는 삼각형 조각을 덧붙여 모양을 만들려고 애쓰다가 입을 열었다.

"만일 란이 여자에게 살해당했다면 이 도형이 여자의 정체를 알리는 단서를 담고 있을 가능성이 높네. 아쉽게도 란은 넘어지면서 그만 도형을 흐트러뜨리고 말았지. 그리고 마지막 조각을 미처 놓지 못하고 죽었어. 쉽지 않은 문제야!"

종이 조각들을 탁탁 털면서 디 공은 말을 이었다.

"쉽지는 않지만, 우리가 일차적으로 해야 할 일은 란 사범이 어울렸던 사람들을 빠짐없이 조사하는 거야. 추타위안, 자네는 지금부터 마중, 차오타이, 타오간과 숙의하여 그 작업을 분담하고 각자에게 할당된 일에 즉각 착수해 주기 바라네. 홍 수형리는 시장으로 가서 목욕탕에 왔던 나머지 두 청년에게 달단 청년의 생김새가 어떠하였는지 조사하게. 술 한잔 나누면서 허물없이 대하면 아마 괜찮은 정보가 나올 게야. 두 청년의 이름과 거처는 마중에게 묻게. 그리고 나가는 길에 쿠오를 불러 주게. 독에 대해서 좀 더 자세히 알고 싶은 내용이 있어서 말이야."

추타위안과 네 수하가 방에서 나간 뒤 디 공은 차를 몇 잔 느긋하게 마시면서 깊은 생각에 잠겼다. 행방불명된 예타이가 아무래도 마음에 걸렸다.

'그 악당 녀석이 꼬리를 밟혔다는 사실을 눈치 채기라도 한 것일까?'

디 공은 일어서서 방 안을 천천히 거닐기 시작했다.

'판 부인 살인 사건이 아직도 미궁이고 란 사범까지 독살당한 마당이니 랴오 소저의 사건만이라도 해결한다면 커다란 짐을 더는 셈이다.'

쿠오가 들어오자 디 공은 그를 따뜻이 맞았다. 디 공은 다시 책상 앞에 앉고 곱사등이 쿠오에게 걸상에 앉기를 권했다. 디 공이 입을 열었다.

"자네는 한약사이니 범인이 그 독을 어떻게 구했는지 나에게 말

디 공과 쿠오 검시관

해 줄 수 있겠지. 아주 귀한 물건일 터인데."

쿠오는 이마의 머리를 쓸어 올리고 커다란 손을 무릎 위에 놓고서 말했다.

"애석하오나 쉽게 구할 수 있습니다. 소량을 복용할 경우 장을 활성화하는 효능이 있어 웬만한 한약방에는 비치되어 있습지요."

디 공은 한숨을 쉬었다.

"그럼 단서가 될 수 없다는 소리로군."

칠반 조각을 앞에 놓고 디 공은 별다른 생각 없이 이런저런 모양을 만들었다.

"아직 이 수수께끼에서 단서가 나올 가능성은 남아 있지만 말이야."

곱사등이는 고개를 가로젓더니 힘없이 말했다.

"제 생각은 다릅니다. 그 독은 참기 어려운 고통을 일으키면서 순식간에 목숨을 앗아 갑니다."

"그러나 란 사범은 놀라운 의지력의 소유자였네. 칠반에도 조예가 깊었고 말이야. 문을 열어 종업원을 부르기에는 늦었다고 판단해서 범인을 이런 식으로 알리려고 노력한 거야."

"란 사범이 칠반을 잘 다루었다는 것은 사실입니다. 사범은 저희 집에 왔을 때도 순간적인 기지를 발휘해서 칠반으로 갖가지 모양을 만들어 저희 부부를 즐겁게 해 주었습니다."

"이 모양이 무엇을 의미했는지 도무지 짐작을 못하겠단 말이야!"

곱사등이가 우수에 젖어 말했다.

"란 사범은 아주 잔정이 많은 사람이었습니다. 그는 시정의 불량배들이 걸핏하면 저를 밀치면서 망신을 준다는 것을 알고는 일부러 저를 위해서 새로운 권법을 만들었습니다. 제가 다리가 약한 대신 팔 힘은 세다는 것을 감안한 초식이었지요. 그러고는 그것을 공들여 가르쳤습니다. 그 다음부터는 아무도 감히 저를 건드리지 못했지요."

디 공은 쿠오의 마지막 말을 듣지 못했다. 일곱 조각을 만지작거리던 디 공은 불현듯 자기가 고양이를 만들었음을 깨달았다.

디 공은 재빨리 조각을 다시 섞었다. 독물 사용, 치자 꽃, 고양이……. 쿠오의 놀란 얼굴을 보고 디 공은 자기 마음속 충격을 감추기 위해 재빨리 말꼬리를 돌렸다.

"그러고 보니, 어젯밤 내가 만났던 이상한 여자가 생각나는군. 길 잃은 여자아이를 집까지 바래다주었는데 어미라는 여자가 나더러 상소리를 하는 거야. 과부인데 참말이지 못된 여자더군. 철없는 그 아이가 멋모르고 지껄이던 말로 보아 그 여자한테 사내가 있다는 느낌이 들었네."

쿠오가 관심을 보이며 물었다.

"여자 이름을 아십니까?"

"루 부인이라고 하던데. 솜틀집을 하고 있더군."

쿠오는 상체를 뻣뻣이 세우고는 탄식을 내뱉었다.

"고약한 계집입니다. 다섯 달 전 그 여자 남편이 죽었을 때 제가 일을 좀 봐준 적이 있습지요. 참으로 이상한 사건이었습니다."

디 공은 고양이 생각으로 아직도 머리가 어지러운 상태였다. 게다가 란 사범은 쿠오의 한약방에 자주 걸음을 했다지 않은가. 디 공은 건성으로 쿠오의 말을 받았다.

"솜틀집 주인이 죽은 게 어떻게 이상하던가?"

쿠오는 머뭇거리다가 대답했다.

"그 문제를 나으리의 전임 수령께서 왠지 서둘러 처리하셨다는 느낌을 받았습니다. 바로 그 무렵 달단인 무리가 북로군에 대규모 공격을 퍼부어 수많은 피난민이 이곳 베이저우로 몰려들어 왔지요. 몸이 열 개라도 모자랄 판에 그깟 심장마비로 죽은 솜틀집 주인한테 시간을 쏟아부을 정신적 여유가 없었으리라는 점을 저도 충분히 이해하고는 있습니다."

디 공은 화제가 바뀐 것을 다행스럽게 여기며 물었다.

"문제 될 게 뭐가 있나? 미심쩍은 내용은 부검으로 다 밝혀졌을 터인데?"

곱사등이의 표정이 어두워지더니 천천히 말했다.

"문제는, 부검을 실시하지 않았다는 것입니다."

잡념이 디 공의 머리에서 순식간에 사라졌다. 그는 의자 등에 몸을 깊숙이 파묻었다.

"자초지종을 말해 보게!"

"오후 늦은 시간에 루 부인이 이곳에서 용하다고 이름난 쾅 의원과 함께 관아로 왔습니다. 의원이 하는 말이, 점심을 먹으면서 루밍이 두통을 호소하고는 침대에 누웠다는 겁니다. 얼마 뒤 부인은 남편의 신음소리를 들었고요. 부인이 침대로 들어갔을 때 남편은 이미 죽어 있었습니다. 부인의 부름을 받고 달려온 쾅 의원은 시신을 살폈습니다. 부인 말로는 남편이 심장이 약해서 고생을 했다더랍니다. 쾅 의원은 점심때 남편이 무엇을 먹었느냐고 물었고 부인은 남편이 밥은 먹는 둥 마는 둥 하고 두통을 없애기 위해 큰 잔으로 술 두 잔을 마셨다는 것이었습니다. 결국 쾅 의원은 루밍의 사인을 과음에서 비롯된 심장마비로 결론짓고 사망 증명서에 날인했지요. 관아에서도 그대로 그것을 받아들였고요."

디 공이 침묵을 지키자 곱사등이의 말이 이어졌다.

"그런데 제가 우연히 루밍의 형제를 만났지요. 그 사람 말이 자기가 염을 거두면서 보니 시신의 얼굴이 전혀 변색되지 않았고 눈알이 쑥 튀어나왔더라는 겁니다. 그것은 뒷머리를 세게 얻어맞았을 때 나타나는 증상이지요. 해서 저는 루 부인한테 찾아가서 이것저것 더 캐물었지요. 그랬더니 그 여자는 악을 쓰면서 남의 일에 감 놔라 배 놔라 한다면서 저한테 화를 벌컥 내는 게 아니겠습니까? 그래도 저는 혼자서 현령 어른을 찾아가서 자초지종을 말씀드렸지요. 그랬더니 현령께서도 쾅 의원의 설명이 하자가 없으므로 부검까지 할 필요는 없다는 것이었습니다. 결국 그 선에서 문제가 매듭 지어졌지요."

"쾅 의원과 이야기는 안 해 보았고?"

"저야 여러 번 만나려고 했지만, 그쪽에서 저를 피했습니다. 얼마 뒤 쾅 의원이 주술에 빠져 있다는 소문이 돌았습니다. 쾅 의원은 남쪽으로 가는 피난민 대열에 섞여 베이저우를 떠났고 그 뒤로는 아무도 그 사람 소식을 들은 이가 없습니다."

디 공은 천천히 수염을 쓰다듬었다.

"거 참 해괴한 일이로고!"

한참 만에 디 공이 입을 열었다.

"아직도 이곳에 주술에 빠진 사람이 있다는 말인가? 법에 따라 엄벌을 받는다는 것을 잘 알 터인데."

쿠오는 어깨를 으쓱했다.

"베이저우에는 달단인의 피가 흐르는 사람이 많습니다. 그들은 자기네가 달단 무당의 은밀한 전통을 이어받고 있다고 생각합니다. 무당이 주문을 읊거나 사람 그림을 불태우거나 그림에서 머리만 잘라 내어도 그 사람을 죽게 할 수 있다고 우기는 자도 있습니다. 은밀한 도교의 의식을 알면 마녀나 악귀를 연인으로 맞이하여 목숨을 연장할 수 있다고 말하는 자도 있습니다. 제 생각으로는 하나같이 야만적인 미신에 지나지 않지만 란 사범은 그런 쪽으로 상당한 공부를 했던 것 같습니다. 그런 주장에도 믿을 만한 근거가 있다고 저한테 말한 적이 있으니까요."

디 공이 듣다 못해 분통을 터뜨렸다.

"공자님께서 분명히 말씀하시기를, 그 어두운 진탕에서 첨벙거리지 말라고 하셨네. 란타오쿠이 같은 현명한 사람이 그런 해괴한 짓거리에 시간 낭비를 하다니 말이나 되는 소린가!"

곱사등이가 기죽은 목소리로 말했다.

"란 사범은 관심 분야가 넓었습지요."

"어쨌든 루 부인에 관한 이야기는 고마웠네. 그 여자를 불러다가 남편의 죽음에 관련된 세부 정황을 좀 더 알아볼 필요가 있겠어."

디 공이 서류를 집어들자 쿠오는 허둥지둥 절을 하고 방을 나갔다.

디 공은 약산으로 바람을 쐬러 가고,
여자는 관아의 출두령을 거부한다.

검시관이 문을 닫고 나가자 디 공은 서류를 책상 위에다 툭 던졌다. 그는 팔짱을 낀 채 의자에 앉아서 마음속에서 맴도는 어지러운 생각을 정리하려고 애썼지만 소용없었다.

마침내 디 공은 자리에서 일어나 사냥복으로 갈아입었다. 바람이라도 좀 쐬야 머리가 맑아질 것 같았다. 그는 마부에게 애마를 가져오라고 이른 다음 말을 타고 밖으로 나갔다.

처음에는 옛 훈련원 터를 지나면서 몇 차례 빠르게 질주를 했다. 그리고는 큰길로 접어들어 북문을 통해 성 밖으로 나왔다. 디 공은 눈 쌓인 길 위로 말을 느릿느릿 몰았다. 얼마를 달리니 길은 언덕을 미끄러져 드넓은 하얀 벌판으로 이어졌다. 우중충한 하늘에서는 금방이라도 다시 눈이 쏟아질 것 같았다.

길 오른쪽에는 커다란 표석 두 개를 경계로 약산(藥山)으로 오르는 좁은 오르막길이 시작되었다. 디 공은 약산에 올라가 바람을 좀 쐰 다음 집으로 돌아가겠다고 마음먹었다. 오르막길을 어느 정도 오르니 길이 점점 가팔라졌다. 디 공은 말에서 내려 말의 잔등을 툭툭 두드려 준 다음 고삐를 나무 밑동에다 매었다.

산을 막 오르려다가 디 공은 걸음을 멈추었다. 찍힌 지 얼마되지 않은 듯한 작은 발자국이 눈 위에 점점이 박혀 있었다. 디 공은 앞으로 계속 가야 할지 말아야 할지 망설였다. 하지만 결국 가던 길을 가기로 마음먹고 다시 산길을 올랐다.

험한 바위 산 정상에는 겨울 자두 나무 한 그루만 외로이 서 있었다. 검은 가지는 작고 붉은 새순으로 덮여 있었다. 나무로 된 난간 끄트머리에 회색 털옷을 입은 여자가 작은 흙손으로 눈 속을 파고 있었다. 여자는 디 공의 둔중한 장화 밑에 밟히는 눈 소리를 듣고 일어섰다. 그러더니 흙손을 발치의 바구니에 재빨리 집어넣고 절을 했다.

"월초(月草)를 캐는 모양이구려."

쿠오 부인은 고개를 끄덕였다. 털모자가 여자의 섬세한 얼굴을 돋보이게 했다.

여자가 생긋 웃었다.

"오늘은 운이 안 따르네요. 겨우 요것밖에 캐지 못했어요."

여자는 바구니 속에 들어 있던 풀 한 줌을 가리켰다.

"머리를 맑게 해야겠기에 잠시 바람이나 쐴까 해서 왔소이다. 란 사범의 피살이 내 마음을 짓누르는구려."

쿠오 부인이 갑자기 고개를 떨구었다. 그녀는 목도리를 바투 잡아당겼다.

"도저히 믿기지가 않아요. 그분은 너무나도 강인하고 튼튼했거든요."

디 공이 덤덤히 받았다.

"제 아무리 장사라도 독 앞에서는 속수무책인 법이라오. 그 끔찍한 범죄를 저지른 범인의 정체에 대한 확실한 단서를 가지고 있소."

쿠오 부인은 눈이 휘둥그레지며 들릴락 말락 한 소리로 물었다.

"그 남자가 누군가요?"

디 공이 꼬집었다.

"남자라고 못 박지는 않았소."

여자는 고개를 갸우뚱하더니 잘라 말했다.

"남자인 게 분명해요! 그분은 바깥양반의 친구였기 때문에 자주 뵐 기회가 있었답니다. 저한테도 언제나 친절하셨고 예의를 잃지 않으셨지만, 그래도 여자를 대하는 모습이 어딘가…… 남달랐어요."

디 공이 캐물었다.

"무슨 뜻이오?"

여자가 느릿느릿 말을 이었다.

"그러니까 여자를…… 의식 안 하는 것 같았어요."

뺨에 홍조가 일면서 여자는 고개를 숙였다.

디 공은 마음이 편치 않았다. 그는 난간으로 걸어가서 밑을 내려다보았다. 그리고 자기도 모르게 뒤로 물러섰다. 밑은 백오십 미터가 넘는 낭떠러지였고 바위 산 기슭에는 눈을 뚫고 뾰족뾰족한 바위가 솟아 있었다.

디 공은 벌판 저편을 내려다보았다. 무슨 말을 해야 좋을지 난

감했다. 여자의 존재를 의식하지 않는다는 것……, 그 말이 자꾸만 마음에 걸렸다. 그는 돌아서서 물었다.

"요전에 부인의 집에서 본 그 고양이들은 남편이 기르는 것이오, 아니면 부인이?"

쿠오 부인이 재빨리 답변했다.

"저희 부부가 키우는 고양이지요. 제 남편은 불쌍한 짐승을 보면 그냥 못 지나치지요. 그래서 주인 잃은 고양이나 병든 고양이를 집으로 데려온답니다. 그럼 제가 돌보지요. 지금까지 크고 작은 고양이가 모두 일곱 마리나 된답니다."

디 공은 멍하니 고개를 끄덕였다. 그의 눈길이 자두나무에 가서 닿았다.

"저 나무에 꽃이 피면 참으로 어여쁘리다."

여자가 맞장구를 쳤다.

"그래요. 오늘 내일 꽃이 필 것 같아요. 어떤 시인이 그러지 않았던가요……. 꽃잎이 눈 위로 떨어지는 소리를 들을 수 있다고……."

디 공은 그 오래된 시를 잘 알았지만 내색은 하지 않았다.

"몇 줄 기억하는데 아마 그와 비슷한 내용이었던 것 같소이다."

그러고 나서 무뚝뚝하게 덧붙였다.

"쿠오 부인. 나는 이제 관아로 가 보아야겠소."

여자는 공손히 절을 했다. 디 공은 아래쪽으로 내려가기 시작했다.

간단한 점심을 들면서 디 공은 검시관과 나누었던 대화를 곰곰이 되씹었다. 사령이 차를 들고 왔을 때 그는 포두를 불러오라고 일렀다.

"도신각 부근에 있는 솜틀집 루 부인을 이리로 데려오너라. 몇 마디 물어볼 게 있으니까."

포두가 방에서 나가자 디 공은 찻잔을 앞에 두고 생각에 잠겼다. 중요한 살인 사건을 두 건이나 해결해야 하는데 해묵은 루밍 살인 사건을 이제 와서 다시 들쑤신다는 것이 너무나도 어리석지 않은가 싶어 후회스러웠다. 그러나 검시관의 말에는 흘려들을 수 없는 무언가가 있었다. 그리고 그 말을 들은 이상 디 공은 자기 마음을 혼란스럽게 하는 의혹 때문에 더 이상 정신을 집중할 수가 없었다.

디 공은 긴 의자에 몸을 누이고 낮잠을 청했다. 그러나 잠은 오지 않았다. 그는 이리저리 몸을 뒤척이며 떨어지는 꽃잎을 읊은 시구를 떠올리려고 노력했다. 갑자기 시구가 떠올랐다. 그것은 두 세기 전에 어떤 시인이 쓴 것으로 「별가(別家)의 그믐밤」이라는 제목을 달고 있었다.

쓸쓸한 겨울밤 외로운 새는 우짖고,
울어서는 안 되는 가슴은 더욱 외로워라.
어두운 기억이 여인의 과거에서 새록새록 찾아드니,
기쁨은 사라지고 남은 것은 회한과 슬픔이라.
아, 옛 상처를 잠재울 수 있는 것은 단 한 번의 새로운 사랑.
그믐밤에 다시 꽃을 피우는 겨울 자두여!
창문을 열어 바르르 떠는 나무를 내려다보며
여인은 수정 같은 눈 위로 떨어지는 꽃잎 소리를 듣는다.

잘 알려진 시는 아니었다. 쿠오 부인은 아마 어디선가 한두 구절 인용된 것을 읽었을 것이다. 아니, 그 시 전체를 알고서 의도적으로 그 시구를 언급한 것일까? 디 공은 마음이 언짢아져서 자리를 박차고 일어섰다. 그가 즐겨 읽은 시는 교훈 시였다. 사랑 노래를 읽는 것은 그로서는 시간 낭비였다. 그러나 이제 이 특별한 시를 접하면서 그는 이제껏 한 번도 느낀 적이 없는 깊은 감흥에 젖었다.

그런 자신의 모습에 화가 난 디 공은 화로로 가서 더운 수건으로 얼굴을 닦았다. 그런 다음 책상 앞에 앉아 서기가 가져온 공문서를 읽기 시작했다. 포두가 방으로 들어왔을 때도 디 공은 서류에 몰두하고 있었다.

포두의 일그러진 얼굴을 보고 디 공이 물었다.

"뭐가 잘못되었는가?"

포두는 어쩔 줄 모르면서 수염을 만지작거렸다.

"사실은 루 부인이 못 오겠답니다."

디 공은 어이가 없었다.

"뭐라고? 그 여자 지금 제정신으로 하는 소린가?"

포두가 힘없이 말을 이었다.

"그 여자 말은 영장이 없으니 따라갈 수 없다는 겁니다."

디 공이 버럭 소리를 지르려고 하자, 그는 재빨리 다음 말을 이었다.

"그 여자는 바락바락 악을 쓰면서 저한테 욕설을 퍼부었습니다. 자연히 구름 떼처럼 사람들이 모여들었지요. 여자는 더욱 기가 살아서, 제국에도 법이란 게 있을 것 아니냐, 정당한 이유도 없이 한 여자를 끌고 가는 것이 가당키나 한 일이냐면서 길길이 날뛰더군요. 저는 강제로 끌고 오려고 했지만 여자는 완강히 저항했고 사람들도 여자 편을 들었습니다. 해서 나리의 분부를 문서로 가져가는게 좋겠다 싶어 다시 돌아왔습니다."
"영장을 요구한다면 얼마든지 써 주지!"
디 공은 화를 냈다. 그는 붓을 들어 공문서에다 재빨리 필요한 내용을 적었다. 그러고는 포두에게 그것을 넘기면서 말했다.
"포졸 넷을 데리고 가서 그 계집을 잡아 와라!"
포두는 서둘러 방에서 나갔다.
디 공은 방 안을 거닐기 시작했다. 그런 발칙한 계집이 있단 말인가! 디 공은 새삼 자기가 여자를 잘 만났다고 생각했다. 첫째 부인은 아버님과 막역하신 분의 맏딸로 교양이 있는 여자였다. 두 사람은 서로를 잘 이해했기 때문에 디 공은 격무로 괴로울 때도 집에 오면 항상 마음이 편했다. 첫째 부인과 사이에서 낳은 두 아들을 보는 것도 그에게는 더 없는 낙이었다. 둘째 부인은 별로 많이 배우지는 못했지만 용모가 고왔으며 생각이 건실한 여자였다. 커다란 살림을 혼자 도맡아 알뜰살뜰 꾸려 나갔다. 둘째 부인이 낳은 계집아이 또한 어미를 닮아 진득한 데가 있었다. 셋째 부인은 그의 첫 번째 임지인 펑라이에서 얻었다. 말 못할 고초를 겪은 뒤에 집안에서 버림받은 그 여자를 디 공은 자기 집으로 거두어 첫째 부인의 몸종으로 삼았다. 첫째 부인은 그 소저를 어여뻐 여겨 남편에게 후처로 맞아들일 것을 강권하다시피 했다. 처음에 디 공은 거절했다. 소저가 자기에게 진 진 빚을 악용한다는 느낌이 들어서였다. 그러나 소저의 마음이 그에게 기울어 있음을 우연히 알게 된 뒤 디 공은 고집을 꺾었고 이제까지 그것을 한 번도 후회하지 않았다. 셋째 부인은 맵시 있고 발랄했다. 세 부인과 함께 마작을 하는 것이 디 공의 즐거움 가운데 하나였다.

베이저우에서 보낸 시간이 부인들에게 답답하게 느껴졌으리라는 생각이 돌연 디 공의 머리를 스쳤다. 좀 있으면 새해가 되니 부인들에게 선물을 하나씩 해야겠다고 마음먹었다.

디 공은 문으로 가서 사령을 불렀다.

"형리들은 아직 돌아오지 않았느냐?"

"아직 안 왔습니다. 먼저 추타위안 어른과 장시간 숙의를 한 다음 함께 나갔습니다."

"마부에게 말을 가져오라고 일러라!"

디 공이 지시했다. 네 명의 수하가 란 살인 사건 관련 자료를 모으는 동안 가서 판펑이라도 만나는 것이 좋겠다고 생각했던 것이다. 가는 길에 예핀의 지물포에도 들러 예타이가 아직도 나타나지 않았는지 물어볼 참이었다. 디 공은 예타이가 오래도록 모습을 나타내지 않는 것은 또 다른 음모의 출현을 의미한다는 불안감을 떨칠 수가 없었다.

디 공이 골동품상과 이야기를 나누고
옻칠의 부작용을 듣는다.

디 공은 지물포 앞에 말을 세우고 문 옆에 서 있던 종업원을 시켜 예핀을 부르라고 했다.
늙은 지물포 주인은 부리나케 달려나와서 디 공에게 차 한잔 듭시라고 공손히 권했다. 그러나 디 공은 말에서 내리지 않고, 예타이가 돌아왔는지 알고 싶어서 들렀다고 했다.
예핀이 걱정스러운 얼굴로 말했다.
"안 왔습니다, 나으리. 아직 나타나지 않았습니다. 종업원을 시켜 그 애가 잘 가는 음식점과 투전방을 이 잡듯이 훑었지만 아무도 보지 못했다는 겁니다. 사고라도 난 게 아닌지 정말 걱정이 되는군요."
"오늘 밤에도 돌아오지 않으면 방을 붙이고 군 순찰대에도 통보를 하겠다. 하지만 걱정할 필요는 없을 게야. 보아하니 자네 동생은 노상강도나 사기꾼한테 호락호락 당할 친구가 아니거든. 저녁 식사 후에 나한테 연락을 주게나."

디 공은 말에 박차를 가하여 판펑이 살고 있는 동네로 갔다. 아직 저녁을 먹기 전인데도 거리는 인적이 없었다. 얼마나 외진 구석인지를 새삼 깨달을 수 있었다.

디 공은 판의 집 앞에서 말을 내려 말고삐를 담벽의 쇠고리에 단단히 묶었다. 채찍 손잡이로 문을 여러 번 두드린 뒤 한참만에야 판이 나와서 문을 열어 주었다.

그는 디 공을 보고 깜짝 놀란 것 같았다. 디 공을 방 안으로 들이면서 판펑은 불을 피워 놓지 않았다고 몇 번이고 사죄했다.

"작업실에서 금방 화로를 가져오겠습니다."

"그러지 말게. 우리가 그리로 직접 가면 될 게 아닌가. 나는 사람들 일하는 곳 보는 것을 즐겨 하거든."

판이 펄쩍 뛰었다.

"난장판입니다요! 집 안 정리를 이제 막 시작해서요."

디 공이 잘라 말했다.

"상관 말게. 어서 안내하라니까!"

안으로 들어가면서 보니 작은 작업실이 정말 전보다 더 어지러웠다. 마치 곳간 같았다. 크고 작은 도자기가 바닥에 수없이 있었고 그 옆에 짐 상자 두 개가 있었다. 탁자는 탁자대로 책과 상자와 꾸러미가 잔뜩 어질러져 있었다. 그러나 청동 화로에 불을 태우고 있어서 작은 방은 제법 훈훈했다.

판은 디 공의 방한복을 벗겨 주고 화로 옆의 걸상을 권했다. 골동품상이 차를 가지러 쪼르르 주방으로 달려간 동안 디 공은 탁자 위의 기름때 절은 걸레 위에 얹혀 있는 묵직한 식칼을 유심히 바라보았다. 앞서 디공이 문을 두드렸을 때 판은 이 칼을 부지런히 닦고 있었던 모양이다. 디 공의 눈길이 탁자 옆에 축축한 수건에 덮인 크고 네모난 물건에 가서 박혔다. 그가 가벼운 호기심에 휩싸여 그 천을 막 들려는 찰나 판이 방으로 들어왔다.

판이 소리 질렀다.

"만지지 마세요!"

디 공이 기겁을 하자 판이 재빨리 토를 달았다.

"제가 수리하고 있는 옻칠한 작은 탁자입니다. 맨손으로 젖은 옻을 만지면 피부에 심한 염증이 생깁니다."

디 공은 옻독에 피부가 노출됐을 때의 무서운 결과를 전에 들은 적이 있음을 그제야 희미하게 떠올렸다. 차를 따르는 판에게 디 공이 말을 걸었다.

"아주 멋진 칼 같은데."

판은 커다란 칼을 들더니 엄지손가락으로 칼날을 조심스레 만져 보았다.

"그렇습니다. 오백 년도 더 된 칼입지요. 사원에서 제단에 올리는 황소를 잡을 때 쓰던 칼이었습니다. 날은 아직도 그대로입니다."

디 공은 차를 한 모금 넘겼다. 문득 집 안이 괴괴하다는 느낌이 들었다. 쥐 죽은 듯 조용했다.

디 공이 불쑥 입을 열었다.

"자네한테 거북한 질문을 한 가지 던지고 싶은데. 자네의 처를 죽인 사람은 자네가 이, 삼 일간 집을 비운다는 사실을 미리 알고 있었네. 자네 처가 이야기했을 것일세. 혹시 처가 외간 남자와 어울리는 낌새는 못 알아차렸는가?"

판평의 얼굴이 파리해졌다. 그는 씁쓸한 표정으로 디 공을 바라보더니 서글프게 말했다.

"고백할 수밖에 없겠군요. 이, 삼 주일 전부터 저를 대하는 태도가 어쩐지 이상하다고 생각했습니다. 말로 표현하기는 쉽지 않지만……."

판은 머뭇거렸다. 디 공이 잠자코 있자 그는 말을 이었다.

"엉뚱한 사람을 물고 늘어질 생각은 아닙니다만, 예타이가 여기에 연루되어 있다는 느낌을 지울 수가 없습니다. 제가 출타중일 때 집사람을 자주 보러 왔거든요. 집사람도 그렇게 못생긴 편은 아니라서, 저는 예타이가 집사람더러 저한테서 도망을 치라고 바람을 불어넣는 게 아닌가 생각하기도 했지요. 그래 놓고는 집사람을 돈 많은 놈팽이한테 첩으로 팔아넘기려고 말입니다. 집사람은 보석을 좋아했지만 저는 이제까지 변변한 선물 하나 제대로 준 일이 없습니다. 그래서……."

디 공이 쏘아붙였다.

"비취가 박힌 금팔찌는 제외하고 말이지!"

판평은 깜짝 놀라는 것 같았다.

"금팔찌라뇨? 잘못 아셨을 겁니다. 제 처는 이모한테서 받은 은반지밖에 없습니다요."

디 공은 벌떡 일어섰다.

"날 바보로 아는 모양인데. 자네 처가 묵직한 금팔찌 두 개와 순금으로 만든 머리핀 여러 개를 갖고 있었다는 것은 천하가 아는 사실이야!"

판이 흥분했다.

"그럴 리 없습니다! 그 여자는 그런 것을 가진 적이 없습니다!"

"이리 오게. 내 손으로 직접 보여 줄 터이니!"

디 공은 침실로 들어갔다. 판이 뒤따라 들어왔다. 디 공은 옷 상자를 가리켰다.

"맨 위 상자를 열게. 그 안에 보석이 있을 터이니!"

판이 뚜껑을 열었을 때 디 공은 상자 안에 여자의 옷이 뒤죽박죽 헝클어져 있는 것을 보았다. 전에 보았을 때만 하더라도 옷은 차곡차곡 개켜져 있었다. 타오간은 상자 안을 조사한 다음 옷가지를 다시 가지런히 정리해 놓았던 것이다.

판이 꺼낸 옷을 방바닥에 쌓아 두는 것을 디 공은 뚫어져라 바라보았다. 상자가 텅 비어 있자 판은 안도의 숨을 내쉬었다.

"보시다시피 보석은 없습니다요!"

"어디 보세!"

디 공은 판을 옆으로 밀치더니 허리를 숙여 상자 바닥에 있던 비밀 함의 뚜껑을 들어 올렸다. 비밀 함 역시 비어 있었다.

디 공은 허리를 펴고 차갑게 내뱉었다.

"자넨 머리가 안 돌아가는군! 그 보석을 숨겨 봐야 도움이 안 돼! 이실직고하게!"

"맹세합니다, 나으리. 저는 비밀 함이 있다는 것도 몰랐습니다!"

판은 간절한 표정이었다.

디 공은 그대로 서서 잠시 생각에 잠겼다. 그런 다음 천천히 방 안을 둘러보다가 갑자기 왼쪽 창으로 걸어갔다. 그리고 굽어진 것처럼 보이는 쇠창살을 당겨 보았다. 그 쇠창살은 두 동강이 나 있었다. 나머지 쇠창살들도 조사한 다음 디 공은 이것들이 모두 톱으로 절단했다가 원래 위치로 조심스럽게 복원한 것이라는 결론을 내렸다.

"자네가 없는 동안 강도가 들어왔군!"

"관아에서 돌아왔을 때 보니 돈은 멀쩡히 있었는뎁쇼."

"저 옷은 어떻게 된 건가? 이 방을 처음 조사할 때 저 상자에는 옷이 한가득 들어 있었네. 어떤 옷이 없어졌는지 말해 줄 수 있겠나?"

구깃구깃한 옷가지를 한참 들쑤시더니 판이 입을 열었다.

"결혼 선물로 이모한테서 받았다는, 안을 담비 털로 댄 값 비싼 양단 옷 두 벌이 안 보입니다."

디 공은 천천히 고개를 끄덕이고 나서 방 안을 둘러보았다.

"없어진 게 무언가 또 있을 거야. 어디 보자…… 그렇지, 붉은 옻칠을 한 작은 탁자가 저쪽에 있었는데!"

"맞습니다! 제가 지금 수리하고 있습니다."

디 공은 잠자코 서서 깊은 생각에 잠겼다. 수염을 손가락 사이로 살살 미끄러뜨리면서 그는 머릿속에서 점차 구체화되는 그림을 바라보았다. 왜 진작에 그런 생각을 못했단 말인가! 보석에 관한 단서는 내내 그 자리에 있었다. 처음부터 범인은 커다란 실수를 저질렀다. 그런데도 디 공은 그것을 눈치 채지 못했던 것이다! 하지만 이제는 모든 것이 명쾌히 드러났다.

마침내 디 공은 상념에서 벗어났다. 그리고 아까부터 불안한 표정을 짓고 있는 판펑에게 말했다.

"자네의 말을 믿겠네. 다른 방으로 가 보세."

디 공이 천천히 남은 차를 마시는 동안 판펑은 장갑을 끼고 젖은 수건을 들어 올렸다.

"이게 바로 아까 말씀드린 붉은 탁자입니다. 품질은 기가 막히지만 옻칠을 새로 할 생각이었습니다. 요전번 우양 마을로 떠나기에 앞서 잘 마르라고 침실 한구석에 두었지요. 누구인가 뒤에 이것을 건드린 모양입니다. 오늘 아침 살폈더니 위에 커다란 얼룩이 있더라굽쇼. 지금 그 부분을 손질하고 있습니다."

디 공은 잔을 내려놓았다.

"처가 만지지 않았을까?"

판이 웃으면서 말했다.

"집사람도 그 정도는 압니다. 옻독에 대해서 귀에 못이 박히도록 이야기했지요. 그게 얼마나 무서운지는 집사람도 잘 압니다. 지난 달에 솜틀집 루 부인이 저한테 왔더군요. 옻독이 올라 손이 퉁퉁 붓고 물집투성이였습니다. 저더러 치료를 부탁하는 것이었습니다. 해서……"

디 공이 말을 잘랐다.

"그 여자를 어떻게 아는가?"

"어렸을 때 그 여자 집이 제가 전에 살던 집 옆집이었습니다. 서쪽 마을이었지요. 그 여자가 결혼한 뒤로는 얼굴을 보지 못했습니다. 저는 아무렇지도 않았습니다. 그 집 여자들한테는 눈꼽만큼도 관심이 없었거든요. 그 여자 아버지는 점잖은 상인이었지만, 어머니는 달단의 피가 흘러 주술에 빠져 있었습니다. 그러니 딸도 해괴한 짓에 빠져들 수밖에요. 부엌에서 허구한 날 이상한 약을 달이는가 하면, 때로는 신이 들려서 소름이 오싹 끼치는 넋두리를 해

대는 겁니다. 그랬던 여자가 어디서 제 주소를 알아냈는지 찾아와서는 옻독에 노출된 오른손을 치료해 달라는 것이었습니다. 그 여자 말로는 남편이 죽었다더군요."

"거 참 흥미로운 일이로세!"

디 공은 측은한 눈길로 판펑을 바라보더니 다음 말을 이었다.

"나는 이제 누가 이 끔찍한 범죄를 저질렀는지 알았네. 범인은 위험천만한 미치광이라서 조심조심 다루지 않으면 안 돼. 오늘 밤은 집 밖으로 나가지 말고 침실 창문에 겹겹이 판자를 대고 못을 박게. 대문은 반드시 잠그고. 내일이면 그 이유를 알게 될 것일세."

판펑은 어안이 벙벙한 얼굴이었다. 디 공은 그러나 질문을 던질 틈을 주지 않았다. 그는 차를 잘 마셨다고 말한 다음 밖으로 나갔다.

젊은 과부가 판아에서 신문받고
법정 모독죄로 처벌받는다.

관아로 돌아오니 마중, 차오타이, 타오간이 디 공의 집무실에서 기다리고 있었다. 그들의 굳은 얼굴을 척 보는 순간 일이 잘되지 않았음을 알 수 있었다.
　마중이 우울한 표정으로 말했다.
　"추타위안이 좋은 계획을 세웠습니다만, 새로운 단서를 찾는 데는 실패하고 말았습니다. 추타위안은 차오타이와 함께 이름깨나 알려진 사람은 모조리 찾아다녔고 란 사범의 제자들 명단도 빠짐없이 작성했습니다. 이게 그 명단입니다만 신통한 내용은 없어 보입니다."
　마중은 소매에서 두루마리 종이를 꺼내어 디 공에게 넘겼다. 디 공이 명단을 훑어보는 동안 마중의 말이 이어졌다.
　"저는 타오간, 홍 수형리와 함께 란 사범의 집으로 갔습니다. 하지만 란이 대인 관계로 조금이라도 고민했다는 것을 보여주는 증거는 아무것도 없었습니다. 저희는 란의 비서도 조사했습니다. 메이청이라고 하는 쓸 만한 청년인데, 그 친구가 한 말이 혹시 적잖은 도움이 될지도 모르겠습니다."

그때까지 디 공은 마중의 말을 건성으로 듣고 있었다. 판의 집에서 떠오른 놀라운 깨달음이 아직도 그의 마음을 휩싸고 있었다. 그러나 마지막 말을 듣는 순간 디 공은 정신을 차리고 물었다.

"무슨 말인데?"

"한번은 사범 댁으로 예고 없이 불쑥 찾아간 적이 있는데, 그때 사범이 여자와 이야기를 나누고 있었다는 것입니다."

디 공이 캐물었다.

"그 여자가 누구라던가?"

마중은 어깨를 으쓱했다.

"메이청은 그 여자를 보지 못하고 문틈으로 몇 마디 흘러나오는 말을 들었을 뿐인데, 잘 알아들을 수가 없었다고 합니다. 목소리만 듣고서는 그 여자가 누군지 몰랐지만 화가 난 것 같았답니다. 메이청은 직선적이고 정직한 청년이라 엿듣는다는 것은 꿈에도 생각하지 못하고 금방 그 자리를 떴답니다."

타오간이 열을 올렸다.

"그렇다면 적어도 란 사범이 여자와 모종의 관계를 맺고 있었다는 소립니다."

디 공은 잠자코 있다가 슬쩍 물었다.

"홍 수형리는 어디 있나?"

마중이 대답했다.

"저희와 함께 란 사범의 집으로 가다가 달단 청년의 생김새를 물어보기 위해 두 젊은이를 찾아 시장으로 갔습니다. 저녁 식사 때까지는 이리로 오기로 했습니다. 차오 타이는 한발 앞서 추타위안의 집으로 갔다가 나중에 란의 집에서 저희와 합류했습니다."

청동 징이 세 번 댕댕댕 울려 퍼졌다.

디 공은 얼굴을 찡그렸다.

"저녁 심리로군. 내가 과부 루 부인을 불렀어. 그 여자 남편이 수상쩍은 죽음을 당했다는군. 몇 가지 의례적인 질문만 하고 돌려보낼 생각이야. 심리 도중에 다른 문제가 생기지 않았으면 좋겠어. 자네들에게 내가 오늘 오후 판펑의 집에서 깨달은 중요한 사실을 들려주어야 하니까. 그 집에서 일어난 그 야비한 범죄를 해결하는 결정적인 열쇠가 될 게야."

세 형리는 궁금하여 벌 떼처럼 질문을 퍼부어 댔지만 디 공은 손을 들어 그들을 만류했다.

"심리를 끝내고 홍까지 돌아온 다음에 나의 추론을 차근차근 설명하겠네."

디 공은 일어서서 타오간의 도움을 받으며 재빨리 의관을 차려 입었다.

이번에도 동헌에는 사람들이 구름 떼처럼 모여 있었다. 모두들 란타오쿠이 살인 사건에 관해 새로운 소식을 듣지 못해 안달이었다.

디 공은 심리 개시를 선언하고 나서 먼저 권법가의 독살 사건 수사는 많은 진전을 보았다고 밝혔다. 그리고 수사진은 현재 중요한 단서를 몇 가지 확보했다고 덧붙였다.

그런 다음 쪽지에 글을 적어 옥리에게 보냈다. 잠시 후 쿠오 부인이 루 부인을 데리고 들어오자 청중이 술렁이기 시작했다. 포두가 여자를 재판대 앞에 세우자 쿠오 부인은 물러갔다.
 디 공은 루 부인이 몸단장에 꽤나 신경 썼다는 것을 눈치 챘다. 입술과 볼에는 공들여 연지를 바르고 눈썹까지 그렸다. 암갈색의 수수한 솜옷은 여자의 미모를 한층 돋보이게 했다. 그러나 붉은 연지도 루 부인의 표독스러운 입매를 가리지는 못했다. 포석에 꿇어앉기 전에 디 공을 휙 째려보았지만, 디 공을 알아본 눈치는 아니었다.
 디 공이 명령했다.
 "이름과 직업을 밝혀라!"
 루 부인은 가라앉은 목소리로 말했다.
 "이 몸은. 과부인 루이며 소싯적 성은 천이라 합니다. 죽은 남편 루밍이 하던 솜틀집을 꾸려 나가고 있습니다."
 기사관이 필요한 기록을 끝내자 디 공이 말을 이었다.
 "남편의 죽음과 관련하여 몇 가지 짚고 넘어갈 것이 있어서 불렀다. 간단한 질문 몇 가지에만 답하면 되느니라. 자발적으로는 못 오겠다기에 영장을 발부했으니 신문에 응하도록 하라."
 루 부인이 냉랭하게 받았다.
 "남편이 죽은 것은 나리께서 이곳에 부임하기 이전의 일이고 이미 전임 판관의 손으로 적절한 해결을 보았습니다. 무슨 연유로 묵은 사건을 다시 들쑤시는 것인지 저는 도저히 이해가 가지 않습니다. 제가 아는 바로는, 당시에도 저는 피의자로서 조사를 받은 일이 없습니다."
 디 공은 이 여자가 영리하고 말주변이 좋다고 생각했다.

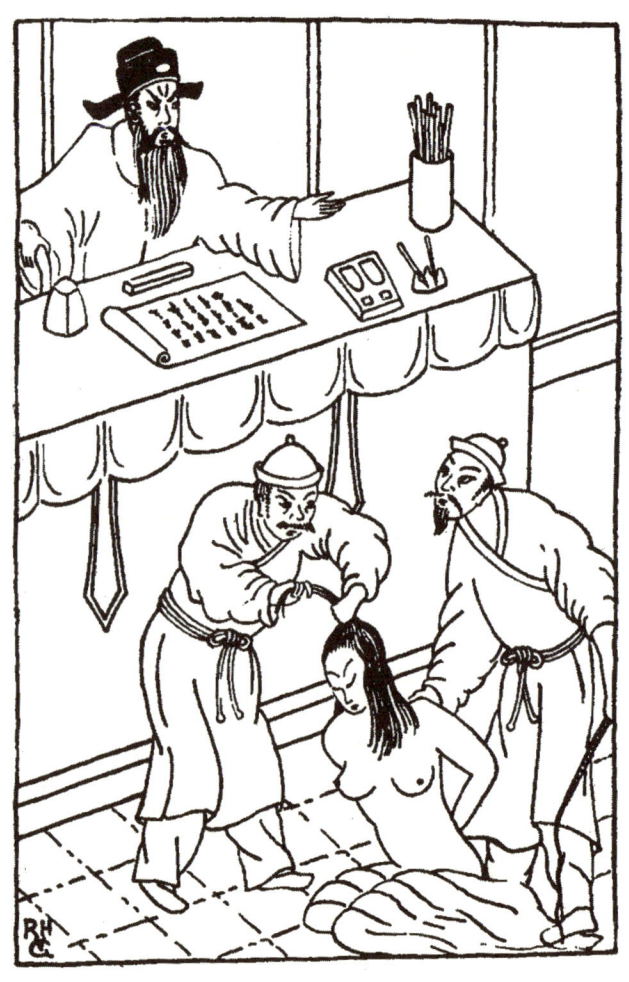

관아 모독죄로 처벌받는 루 부인

"본관은 너의 죽은 남편이 앓았던 병과 관련하여 본 관아의 검시관이 한 발언의 진위를 검증할 필요성을 느낀다."

갑자기 루 부인의 언성이 높아졌다. 청중 쪽으로 몸을 비스듬히 돌리면서 여자는 악을 썼다.

"그깟 꼽추가 정숙한 과부를 중상모략하도록 방치해도 되는 건가요? 몸이 불구면 마음도 불구라는 것은 삼척동자도 알아요!"

디 공은 경당목을 탕탕 두드리며 버럭 소리를 질렀다.

"본 판관이 위임한 검시관을 모독하지 마라!"

루 부인이 코웃음 쳤다.

"판관 좋아하시네! 어젯밤 변장을 하고 우리 집에 나타난 남자가 당신이 아니었던가요? 내가 못 들어오게 하니까 오늘은 영장도 없이 몰래 사람을 보낸 것 아닌가요?"

디 공은 치밀어 오르는 분노를 누를 길이 없었다. 간신히 분을 삭이고 차분한 음성으로 말했다.

"이 여인은 본관을 모독하고 있다. 곤장 오십 대를 쳐라!"

사람들이 웅성거렸다. 그 처벌에 동의하지 않는 게 분명했다. 그러나 포두는 재빨리 루 부인에게 달려가서 머리카락을 부여잡고 강제로 무릎을 꿇렸다. 두 포졸은 여자의 넓적다리를 발로 누르고 두 손을 뒤로 꽁꽁 묶었다. 포두는 허공에다 가볍게 채찍을 날렸다.

채찍질이 시작되자 루 부인이 비명을 질렀다.

"탐관오리가 정숙한 여인한테 엉뚱한 화풀이를 한다! 이 악독한……"

채찍이 맨살로 파고들자 여자의 비명은 악다구니로 바뀌었다.

포두가 꼬리표에다 열 대를 쳤다는 표시를 하기 위해 잠시 채찍질을 멈추자 여자는 바락바락 악을 썼다.
"우리 란 사범이 돌아가셨는데 저 탐관오리는 여자 후리는 데만 정신이 팔려 있소. 저놈을……."
다시 채찍질이 시작되자 여자는 비명만 질러 댔다. 포두가 스물 다섯 대 쳤다는 표시를 하느라 잠시 채찍질을 멈추었을 때 여자는 말을 하고 싶어도 말을 할 수가 없었다. 다섯 대를 더 맞은 다음 여자는 앞으로 고꾸라져 얼굴이 바닥에 닿았다.
디 공의 신호에 따라 포두는 여자의 얼굴을 들고 독한 자극성 물질을 코에 갖다 댔다. 그러자 여자는 의식을 되찾았다. 그러나 겨우 눈은 떴어도 몸을 가누며 앉아 있을 정도는 못 되었다. 포두가 어깨를 잡아 여자를 부축하자 포졸 하나가 여자의 머리카락을 움켜쥐고 머리를 쳐들었다.
디 공은 냉랭히 말했다.
"듣거라! 너는 본관을 모독한 죄로 부과된 벌의 절반을 받았다. 내일 신문을 속개하겠다. 나머지 벌을 집행하고 안 하고는 너의 태도 여하에 달려 있느니라."
쿠오 부인이 나타나서 포졸 셋과 함께 루 부인을 감방으로 데려 갔다.
폐정을 선언하기 위해 디 공이 막 경당목을 들어 올리는 순간 농부 한 사람이 앞으로 튀어나왔다. 그는 길모퉁이에서 쟁반에 사탕 과자를 얹고 가던 과자 행상과 우연히 부딪치게 된 경위를 장황하게 설명했다. 농부는 그 지방 사투리로 말을 했기 때문에 디 공은 무슨 말인지 알아들을 수가 없었다. 한참 지난 뒤 어렵사리 무슨 사건인지 이해할 수 있었다. 농부는 과자 오십 개 값만 물어낼 생각이었다. 쟁반에 있던 과자의 개수가 대략 그 정도로 보였기 때문이었다. 그러나 과자 장수는 백 개가 있었으므로 그만큼을 물어내야 한다고 우겼다.

이번에는 과자 행상이 재판대 앞에 무릎을 꿇고 하소연을 했다. 그의 말은 더 알아듣기가 힘들었다. 그는 최소한 백 개는 있었다고 주장하면서 늙은 농부는 사기꾼에 거짓말쟁이라고 비난했다.

디 공은 피로하고 짜증스러웠지만 싸움의 핵심을 파악하려고 노력했다. 디 공은 포졸에게 부서진 과자를 모두 담아오고 아울러 좌판에서 파는 새 과자를 가져오라고 일렀다. 그리고 서기에게 저울을 가져오도록 명령했다.

그동안 디 공은 의자등에 몸을 깊숙이 파묻고 오만불손한 루 부인의 태도를 다시 한번 되씹었다. 평범한 아녀자가 그런 행동을 보이는 것은 남편의 죽음에 무언가 떳떳치 못한 구석이 있기 때문이라고밖에는 달리 설명할 길이 없었다.

포졸이 부서진 과자를 기름종이에 담아 가지고 왔다. 디 공은 그것을 저울에 달았다. 두 근(1,200g) 정도가 나갔다. 그 다음 새 과자 하나를 달았는데 그것은 약 삼십 분의 일 근(20g)이었다.

"저 거짓말쟁이 과자 장수를 대나무 몽둥이로 곤장 스무 대 쳐라!"

디 공은 넌더리가 난다는 듯이 포두에게 지시했다.

이번에는 청중으로부터 환성이 터져나왔다. 사람들은 빠르고 공정한 판결에 탄복을 금치 못했다.

과자 장수에 대한 매질이 끝난 뒤 디 공은 폐정을 선언했다.

집무실로 돌아온 디 공은 이마에 송글송글 맺힌 땀을 닦아 냈다. 그러고는 방 안을 천천히 거닐다가 울화통을 터뜨렸다.

"스무 해 동안 관직 생활을 했지만 그런 몹쓸 계집은 난생 처음이다! 내 방문을 어쩌면 그렇게 야비하게 왜곡할 수 있단 말인가!"

마중이 분개했다.

"그 못된 계집이 그런 말을 뱉었을 때 왜 그 자리에서 부인하지 않으셨습니까?"

디 공이 피로한 듯이 말했다.

"그래 봐야 사태를 더 악화시켰을 게야! 어쨌든 내가 그 집에 간 것은 사실이야. 그것도 변장을 하고서. 그 여자는 영리하다. 사람들을 자기 편으로 만드는 방법을 제대로 알고 있어."

디 공은 분한지 수염을 잡아당겼다.

타오간이 끼어들었다.

"제 생각으로는 그리 영리한 여자는 못 되는 것 같습니다. 머리가 돌아가는 여자였다면 묻는 질문에 고분고분 답하고 쾅 의원의 사망 증명서를 들이밀었을 테니까요. 이런 말썽을 일으켜 보아야 우리한테 정말로 남편을 죽인 여자라는 의심만 살 뿐이라는 것을 당연히 알았어야지요."

"그 여자는 우리가 어떻게 생각하건 개의치 않아! 오로지 루밍의 사인에 대한 재수사를 막을 목적으로 그런 수선을 피운 걸세. 재수사에 들어가면 자기의 죄가 밝혀질까 봐서. 그런 장기적 포석이 그 여자의 오늘 행동에 깔려 있다고."

디 공은 입맛이 쓴 모양이었다.

차오타이가 한마디했다.

"아주 조심스럽게 다루어야 할 사건이군요."
"그렇고말고!"
디 공이 맞장구를 쳤다.
느닷없이 포두가 집무실로 뛰어들었다.
"조금 전에, 구두공이 홍 수형리의 긴급 전언을 가지고 왔습니다!"

홍 수형리는 시장으로 갔다가
주점에서 두건 쓴 남자를 만난다.

홍 수형리가 한가로이 이 가게 저 가게 어슬렁거리다 보니, 어느 새 땅거미가 지고 있었다. 이제 관아로 돌아가는 게 좋을 것 같았다.
목욕탕에 달단 청년과 함께 들어갔던 두 젊은이를 끈질기게 신문해 보았지만 별 소득이 없었다. 그들은 더 공이 조사했던 청년의 입에서 나온 말 이외의 새로운 정보를 제공하지 못했다. 두 사람은 그 달단인이 자기네처럼 젊다고만 생각했을 뿐 얼굴이 창백했다는 것 말고는 기억에 남는 것이 없다고 말했다. 그들은 늘어진 머리 타래도 보지 못했다고 잘못 본 모양이라고 생각했다.
그는 한약방 앞에 잠시 멈추어서서 진열대 앞 쟁반 위에 놓인 이상야릇한 모양의 뿌리와 말린 작은 짐승의 이름을 알아내려고 애썼다.
체구가 큰 남자가 그를 옆으로 밀쳤다. 뒤로 돌아선 수형리의 눈에 남자의 넓은 등판과 각진 검은 두건이 들어왔다.
홍은 재빨리 인파를 밀치고 앞으로 나아갔다. 다행히 길 모퉁이로 막 돌아서는 사내의 뒷모습을 잡을 수 있었다.
그는 서둘러 사내의 뒤를 따랐다. 사내는 보석상 앞에 서 있었다. 두건을 쓴 사내가 뭐라고 말하자 보석상은 반짝거리는 물건이 놓인 그릇을 내밀었다. 사내는 그 물건을 자세히 뜯어보기 시작했다.
홍은 사내의 얼굴을 조금이라도 들여다보기 위해 위험을 무릅쓰고 최대한으로 가까이 다가갔다. 그러나 두건 옆자락에 가려 사내의 얼굴은 보이지 않았다. 홍은 보석상 옆의 국수집으로 가서 엽전 두 냥을 내고 국수 한 그릇을 시켰다. 주인이 국수를 마는 동안 홍은 두건 쓴 사내에게서 잠시도 눈을 떼지 않았다. 그런데 물건을 사려고 하는 손님 둘이 보석상에게 말을 거는 바람에 홍의 시야가 가렸다. 그는 두건 쓴 사내의 장갑 낀 손밖에 볼 수 없었다. 사내는 붉은 보석이 담긴 유리 그릇을 만지작거리고 있었다. 그러더니 장갑 한 짝을 벗고 그중에서 루비를 집어 오른쪽 손바닥에 올려놓았다. 이어서 비취를 손가락으로 비벼 댔다. 두 손님이 자리를 옮겼기 때문에 이제 홍은 사내를 온전히 볼 수 있었다. 그러나 사내는 여전히 고개를 숙이고 있어 홍은 그의 얼굴을 볼 수가 없었다.
홍은 너무 가슴이 뛰어 국수 가락이 목으로 넘어가지 않았다. 보석상이 두 손을 하늘 높이 쳐들더니 입심 좋게 떠들기 시작했다. 홍은 두 귀를 바짝 곤두세웠지만 옆에 서서 국수를 먹는 사람들의 웅성거림 때문에 무슨 소리인지 알아들을 수가 없었다.
국수를 한 입 삼켰다. 다시 그쪽을 바라보니 보석상이 인심을 쓴다는 듯이 어깨를 으쓱했다. 보석상은 작은 물건을 종이에 싸서 두건을 쓴 남자에게 건넸다. 남자는 재빨리 돌아서서 인파 속으로 모습을 감추었다.

홍은 그릇을 내려놓고 국수를 미처 목구멍으로 넘기지도 못한 채로 계산대를 거쳐 남자가 사라진 방향으로 쫓아갔다.

"이보세요, 우리 집 국수가 그렇게도 형편없습니까?"

국수집 주인이 분개했다. 그러나 홍 수형리의 귀에는 그 말이 들어오지 않았다. 막 주점으로 들어서려는 두건 쓴 사내의 뒷모습을 홍은 놓치지 않았다.

안도의 한숨이 절로 새어 나왔다. 조심조심 걸음을 내딛어 사람들 머리 위로 살그머니 엿보았다. 땟국에 절은 간판의 글자는 반쯤 지워지다시피 했지만 홍은 어렵사리 읽어 낼 수 있었다. 그곳은 '춘풍'이었다.

홍은 아는 얼굴이 없나 하고 지나가는 사람을 유심히 살폈지만 지게꾼과 잡상인밖에는 보이지 않았다. 그때 가끔 신세를 지는 구두공의 얼굴이 눈에 띄었다. 홍은 재빨리 그의 소매를 부여잡았다. 남자는 난데없는 봉변에 욕을 퍼부으려다가 홍의 얼굴을 알아보고 미소를 지었다.

구두공이 공손히 말했다.

"어떻게 지내십니까, 나으리? 소인이 멋진 겨울 구두 한 켤레를 만들어 드릴깝쇼?"

홍은 그를 길 한구석으로 끌고 갔다. 그러고는 소매에서 순시증을 넣어 두는 빛 바랜 작은 양단 주머니와 은전 한 닢을 꺼냈다.

홍이 속삭였다.

"잘 듣게. 지금 관아로 쏜살같이 달려가서 현령 어른을 뵙게. 포졸들에게는 내 심부름으로 급한 전언을 가지고 왔다고 하고 이 주머니를 증표로 제시하게나. 현령 어른을 뵙거든 수하 셋을 거느리고 바로 이곳 주점으로 오셔서 우리가 찾고 있던 사내를 체포하십사고 말씀드리게. 수고비 조로 내 은전 한 닢을 줌세!"

은전을 보더니 구두공의 눈이 둥그레졌다. 구두공이 머리를 조아리면서 감사의 말을 내뱉자 형리는 재빨리 그 말을 잘랐다.

"어서 가게! 젖먹던 힘까지 다 내서 달리라고!"

그렇게 말한 다음 홍은 주점으로 걸어가서 안으로 들어갔다.

밖에서 예상한 것보다 실내는 넓었다. 쉰 명은 족히 되어 보이는 사람들이 삼삼오오 탁자 앞에 어울려 앉아 싸구려 술을 마시면서 왁자지껄 떠들었다. 무뚝뚝한 종업원이 술병이 놓인 쟁반을 높이 쳐들고 몸의 균형을 아슬아슬 유지하면서 부지런히 돌아다녔다.

홍은 기름등에서 나오는 매캐한 연기 사이로 실내를 재빨리 훑어보았다. 검은 두건을 쓴 사람은 없었다.

탁자 사이를 비집고 들어가던 홍은 술집 안쪽에 좁은 문이 하나 있고 그 옆에 구석진 자리가 있는 것을 발견했다. 작은 탁자 하나가 겨우 들어갈 수 있는 곳이었다. 두건 쓴 사내는 그곳에서 등을 보이고 앉아 있었다.

홍은 사내 앞에 놓은 술병과 좁은 문을 바라보았다. 가슴이 철렁했다. 이런 싸구려 술집에서는 주문한 즉시 술값을 치러야한다. 따라서 두건 쓴 남자는 마음만 먹으면 바로 술집을 나갈 수 있다. 디 공이 도착할 때까지 무슨 수를 써서라도 저 남자를 술집에 묶어

두어야 한다.

홍은 구석배기로 걸어가서 두건 쓴 사내의 어깨를 톡톡 두드렸다. 사내는 깜짝 놀라 고개를 뒤로 돌렸다. 그 바람에 사내가 여지껏 들여다보고 있던 비취 두 개가 바닥으로 떨어졌다.

사내의 얼굴을 알아본 홍 형리의 얼굴이 창백해져서 어이가 없다는 듯이 물었다.

"여기서 뭘 하는 건가?"

사내는 실내를 쓰윽 둘러보았다. 이쪽에 관심을 기울이는 사람은 아무도 없었다. 사내는 손가락을 입가에 대고 속삭였다.

"앉게. 경위를 설명할 터이니."

사내는 걸상 하나를 자기 옆으로 끌어당겨 홍을 앉혔다.

"잘 듣게."

사내는 그렇게 말하면서 홍 쪽으로 몸을 기울였다. 그와 동시에 그의 오른손이 길고 가느다란 칼을 옷소매에서 꺼냈다. 그러고는 번개같이 형리의 가슴을 깊숙이 찔렀다.

홍이 눈을 치켜 떴다. 소리를 지르려고 했지만 입에서 나온 것은 검붉은 핏줄기였다. 홍은 탁자 위로 쓰러져 쿨럭쿨럭 기침을 뱉으며 신음을 토했다.

두건 쓴 남자는 무표정하게 그 모습을 지켜보면서 동시에 주위를 돌아보았다. 아무도 이쪽을 보고 있지 않았다.

홍의 오른손이 움직이고 있었다. 떨리는 손가락으로 홍은 탁자 위의 피를 묻혀 이름 한 글자를 썼다. 그러다가 몸 전체가 경련을 일으키더니 잠시 후 꼼짝도 하지 않았다. 두건 쓴 남자는 가소롭다는 듯이 글자를 지우고, 피 묻은 손가락을 홍 형리의 어깨에 닦았다. 그런 다음 주위를 쓰윽 훑어보고 자리에서 일어나 뒷문을 열고 밖으로 나갔다.

디 공이 마중, 차오타이, 타오간을 거느리고 '춘풍'으로 꺾어지는 골목으로 접어들었을 때 주점 앞에 내걸린 호롱불 밑에 사람들이 모여서서 웅성거리고 있었다.

디 공은 가슴이 철렁 내려앉았다. 누군가 소리를 질렀다.

"관아에서 살인 사건을 조사하러 나왔다!"

사람들이 서둘러 길을 내주자 디 공은 세 수하와 함께 안으로 들어갔다. 그는 구석배기에 모여선 사람들을 옆으로 밀었다. 그러고는 그 자리에 돌부처처럼 얼어붙었다. 홍 수형리는 피가 흥건히 고인 탁자 위에 엎어져 있었다.

술집 주인은 무언가 말을 하려다가 네 남자의 험악한 얼굴을 보고 재빨리 물러서더니 다른 사람들까지 몰아서 맞은편으로 자리를 피했다.

한참 만에 디 공이 허리를 숙이더니 죽은 수형리의 어깨를 살며시 만졌다. 이어 잿빛으로 변한 얼굴을 조심스럽게 들어 올리고 옷을 풀어헤쳐 상처를 조사했다. 그런 다음 머리를 탁자 위에 도로 내려놓았다. 팔짱을 끼고 선 디 공을 세 수하는 재빨리 외면했다. 디 공의 뺨에서 눈물이 줄줄 흐르고 있었다.

하늘이 무너지는 듯한 충격으로부터 맨 먼저 벗어난 사람은 타오간이었다. 그는 탁자 위를 면밀히 조사하더니 이어 홍의 오른손을 들여다보았다. 그러고는 말했다.

"수형리는 자기 피로 무언가를 쓰려고 했던 것 같습니다. 여기 이상한 얼룩이 남아 있습니다!"

"우린 그 양반 발 뒤꿈치도 못 따라가요!"

차오타이였다. 마중은 입술을 깨물었다. 피가 턱 끝에서 방울방울 떨어질 정도였다.

타오간은 무릎을 꿇고 바닥을 조사했다. 거기서 찾아낸 비취 두 개를 말없이 디 공에게 보여 주었다.

디 공은 고개를 끄덕였다.

"그 비취라면 내가 알지. 하지만 이제는 너무 늦었다."

잠시 말을 멈추었다가 다시 덧붙였다.

"술집 주인에게 홍 수형리가 흑두건을 쓴 사내와 함께 왔더냐고 물어보아라."

마중은 주인을 불렀다. 주인은 마른침을 꿀꺽 삼키더니 더듬더듬 입을 열었다.

"저희는……이 사건에 대해서 아무것도 모릅니다요. 두……두건을 쓴 남자는 이 구석에 혼자 앉아 있었습니다. 우리 모두 처음 보는 얼굴이었습지요. 종업원 말로는 술 한 병을 시키고 값을 치렀다고 합니다. 그리고 얼마 있다가 이 불쌍한 나리께서 그 남자와 합석을 한 모양입니다. 종업원이 발견했을 때 남자는 이미 사라진 다음이었습지요."

마중이 캐물었다.

"어떻게 생겼던가?"

"종업원은 그 사람 눈만 보았답니다. 콜록콜록 기침을 했고 귀덮개가 달린 흑두건을 입까지 오도록 꾹 눌러쓰고 있었기 때문에……"

디 공이 덤덤한 목소리로 끼어들었다.

"그건 중요하지 않아!"

주인은 총총히 사라졌다.

디 공은 침묵을 지켰다. 세 수하는 감히 말을 걸지 못했다.

갑자기 디 공이 고개를 들었다. 이글거리는 눈을 마중과 차오타이에게 고정했다. 디 공은 잠시 생각을 가다듬고 나서 거칠게 말했다.

"잘 들어라! 내일 새벽 너희는 우양 마을로 간다. 추타위안과 함께 가라. 그가 지름길을 잘 알고 있을 게다. 우양 마을 여관으로 찾아가서 판펑이 그 여관에 머무는 동안 만났던 남자의 인상 착의를 묻도록 해라. 그리고 추타위안과 함께 관아로 돌아오도록 해. 알아들었나?"

두 형리가 고개를 조아리자 디 공이 기운없는 목소리로 덧붙였다.

"홍 형리의 시신을 관아로 옮겨라."

그는 돌아서서 말없이 술집을 나섰다.

새벽같이 말을 타고 나섰던 세 사람이 돌아오고
속아 넘어갔던 여인이 전말을 털어놓는다.

다음날 정오 무렵, 말을 탄 세 남자가 털모자 위에 눈을 수북히 뒤집어쓰고 관아 앞에 당도했다. 많은 사람들이 정문을 통해 관아로 쏟아져 들어가고 있었다.

마중은 깜짝 놀라 추타위안에게 말했다.

"재판이 있는 모양이야!"

차오타이가 말했다.

"어서 들어가세!"

그들은 안뜰에서 타오간과 마주쳤다.

타오간이 설명했다.

"어르신께서 특별 재판을 여셨네. 화급한 처리를 요하는 중대한 사실이 밝혀졌거든!"

추타위안이 애가 달아서 말했다.

"집무실에 가서 빨리 알아보세! 형리의 살인 사건에 관한 소식일 거야!"

타오간이 말했다.

"재판이 바로 시작하네. 지금은 나리께서 아무도 접견하기를 원치 않으셔."

차오타이가 말했다.

"그렇다면 우린 동헌으로 바로 가는 게 좋겠군. 추 군, 자네도 같이 가세. 단상 부근에 자리를 잡아 줄 터이니."

추타위안이 대꾸했다.

"나야 앞줄에 앉아 있으면 그만이지."

"하지만 뒷문으로 나를 좀 데리고 들어가 주게. 그러지 않으면 사람들을 밀치고 앞으로 나가야 하거든. 보아하니 사람들로 미어 터지겠어."

세 남자는 복도를 통하여 디 공이 이용하는 단상 뒤편의 문으로 동헌에 들어갔다. 마중과 차오타이는 단상으로 올라가 판관석 옆에 섰고 추타위안은 포졸 바로 뒤편의 방청석 맨 앞줄에 섰다.

재판정은 사람들로 북새통을 이루어 시끌벅적했다. 사람들은 하나같이 기대에 찬 표정으로 높은 탁자 뒤의 텅 빈 판관석을 바라보고 있었다.

갑자기 장내가 쥐 죽은 듯 조용해졌다. 디 공이 단상에 모습을 드러냈다. 마중과 차오타이는 의자에 앉은 디 공의 얼굴이 어제 저녁보다 한결 초췌해져 있음을 감지했다.

경당목을 탕탕 두드리고 나서 디 공이 입을 열었다.

"베이저우 관아의 이번 특별 재판은 골동품상 판펑의 집에서 일어난 살인 사건과 관련하여 새로이 밝혀진 중요한 내용을 다루기 위해서 열렸다."

그러고는 포두에게 지시했다.

"첫 번째 증거를 내오라!"

포두가 기름종이에 싼 커다란 꾸러미를 가져왔다. 그는 조심스럽게 꾸러미를 바닥에 놓은 다음 소매에서 둘둘 만 기름종이 한 장을 꺼내 탁자 한 끝에 펼쳐 놓았다. 그리고 꾸러미를 들어 그 위에 놓았다.

디 공은 앞으로 몸을 숙여 재빨리 꾸러미를 풀었다. 포장지가 밑으로 처지면서 사람들의 입에서 탄식이 터져나왔다. 탁자 위에는 눈사람 머리가 있었다. 두 눈은 붉은 보석 두 개로 만들었는데 그것이 마치 악의 어린 눈초리로 사람들을 노려보는 것 같았다.

디 공은 아무 말 없이 추타위안을 뚫어지게 바라보았다.

추는 눈사람 머리에 눈을 박고서 한발한발 앞으로 나왔다.

디 공이 위엄 있게 신호를 보내자 포졸들은 재빨리 옆으로 비켜섰다. 추는 머리가 놓여 있는 탁자 바로 앞까지 와서 섰다. 공허한 눈길로 멍청히 눈사람 머리를 바라보았다.

갑자기 추가 소리 질렀다.

"내 보석 돌려주십시오!"

추의 장갑 낀 손이 올라가자 디 공이 손을 앞으로 쭉 뻗었다. 디 공은 경당목으로 눈사람의 머리 위를 내리쳤다. 그러자 눈이 부서져 내렸다. 그 속에서 나타난 것은 여자의 잘린 머리였다. 얼굴은 물기에 젖은 머리 타래로 절반쯤 가려져 있었다.

마중의 입에서 무서운 욕설이 튀어나왔다. 그와 동시에 추타위안을 향해 단상에서 몸을 날리려고 했지만 디 공이 마중의 팔을 움켜잡았다. 이만저만한 완력이 아니었다.

디 공이 꾸짖었다.

"그 자리에 있게!"

차오타이가 옆으로 튀어나와 마중을 만류했다.

돌부처처럼 얼어붙은 추타위안은 여자의 머리를 멍하니 바라보았다. 죽음 같은 침묵이 주위에 깔렸다.

천천히 추가 눈길을 옆으로 돌리며 고개를 떨구었다. 그러더니 갑자기 허리를 숙여 앞서 눈덩이와 함께 떨어진 두 개의 비취를 집었다. 추는 장갑을 벗어 온통 물집투성이에 퉁퉁 부어오른 왼 손바닥에 보석을 올려놓고 오른쪽 손가락으로 그것을 비벼 댔다. 어린애 같은 미소가 그의 펑퍼짐한 얼굴 위에 번져 갔다.

추가 중얼거렸다.

"참으로 아름답구나! 참으로 아름다워! 마치 핏방울 같구나!"

사람들은 장난감을 앞에 둔 어린아이처럼 행복하게 웃는 그 흉측한 거한을 일제히 바라보았다. 그 바람에 타오간이 판관석 앞으로 데리고 들어온, 머리에 천을 두른 키 큰 여자를 아무도 보지 못했다. 여자가 추타위안과 마주서자 디 공이 불쑥 물었다.

"랴오리엔팡 소저의 잘린 머리를 알아보겠는가?"

그 말이 떨어지기 무섭게 타오간이 여자의 얼굴에서 천을 걷어냈다.

추는 별안간 꿈에서 깨어난 사람 같았다. 그의 눈은 맞은편에선 여자의 얼굴에서 탁자 위의 머리에 가서 꽂혔다. 그러더니 음흉한 미소를 지으면서 여자에게 말했다.

"우린 어서 이걸 눈으로 덮어야 돼!"

쇠못 살인자 175

추는 바닥에 무릎을 꿇고 포석(鋪石)을 더듬었다.

군중들의 술렁거림이 고조되었다. 그러나 디 공이 준엄한 표정으로 한 손을 쳐들자 순식간에 잠잠해졌다.

그가 추에게 물었다.

"예타이는 어디 있는가?"

"예타이?"

추가 되물으면서 고개를 들었다. 그러더니 너털웃음을 터뜨리면서 크게 소리쳤다.

"또 눈 속에 있지! 또 눈 속에 있지!"

갑자기 고개를 떨군 추의 얼굴에 이번에는 공포의 빛이 번졌다. 여자를 힐끔 바라보더니 애절한 목소리로 호소했다.

"날 도와줘! 눈이 더 필요해!"

여자는 주춤주춤 뒤로 물러섰다. 그러고는 두 손에 얼굴을 묻었다.

추타위안은 버럭 고함을 질렀다.

"눈을 더 줘!"

그는 미친 듯이 바닥을 문지르면서 포석과 포석 사이의 틈새에 손톱을 파묻었다.

디 공이 포두에게 신호를 보냈다. 포졸 둘이 추의 팔을 붙잡고 끌어당겼다. 추는 악을 쓰고 욕을 하면서 거칠게 저항했다. 입에서는 거품이 일었다. 포졸 넷이 더 합세하여 광인을 간신히 족쇄에 채우고 끌고 갔다.

디 공은 무겁게 말했다.

"본관은 랴오리엔팡 소저를 죽인 혐의로 지주 추타위안을 고발

한다. 그는 예타이도 죽인 것으로 보인다. 공범은 판 부인이다."

한 손을 들어 청중의 성난 아우성을 잠재운 다음 디 공이 말을 이었다.

"오늘 아침 나는 추타위안의 집을 뒤져 판 부인이 집 안의 격리 구역에 혼자 살고 있음을 발견했다. 랴오 소저의 머리는 옆 정원 가운데 하나에 있던 눈사람에서 찾아냈다. 지금 앞에 보이는 증거물은 목재 모조품이다."

그런 다음 디 공은 여자를 겨냥하여 말했다.

"이제 판 부인은 본관이 고발한 추타위안과의 관계를 소상히 털어놓고 추타위안이 어떻게 랴오리엔팡 소저를 유괴했고 나중에 어떻게 죽였는지 설명할 것이다. 본관은 판 부인이 이 사건을 공모하였다는 명명백백한 증거를 확보하고 있으며 그에 따라 사형을 언도할 것이다. 그러나 지난 일을 솔직히 털어놓을 경우 사형 중에서도 가장 정도가 가벼운 것으로 부과할 작정이다."

여자는 천천히 고개를 들었다. 그리고 낮은 목소리로 진술을 시작했다.

"천첩은 지금부터 한 달쯤 전에 천막 시장의 보석상 앞에서 추타위안을 처음 만났습니다. 그 사람은 비취가 박힌 금팔찌를 하나 샀는데, 그걸 부러워하는 저의 눈초리를 의식했나 봅니다. 나중에 시장 골목을 한참 더 가 한 가게에서 제가 빗을 사고 있는데 그 사람이 제 옆에 서 있지 않겠습니까. 그 사람은 저한테 말을 걸었습니다. 제 소개를 했더니 저희 남편한테서 골동품을 가끔 샀다는 것이었어요. 그 사람이 저한테 관심을 가진 것 같아 기분이 좋았습니다. 언제 한번 놀러 가도 좋으냐고 그 사람이 물었을 때 선뜻 그러라고 했어요. 남편이 오후에 집을 비우는 날을 말해 주면서요. 그 사람은 팔찌를 제 옷소매에 넣어 주고 갔어요."
　판 부인이 말을 멈추었다. 약간 머뭇거리더니 고개를 숙이고 말을 이었다.
　"약속한 날 오후 저는 제일 좋은 옷을 입고 온돌을 덥힌 다음 따끈한 술 한 병을 준비했어요. 집에 온 그 사람은 저에게 자상한 말을 하면서 똑같은 인간으로 대해 주었어요. 그러고는 금세 술에 취했지만 제가 기대하고 있던 그런 제안은 한마디도 하지 않았습니다. 참다 못해 제가 옷을 벗으니까 갑자기 불편해하는 기색이 역력했어요. 속옷마저 벗어던지니까 고개를 돌리더군요. 그 사람은 옷을 입으라고 담담히 말했어요. 그러고는 앞서 보다 더 자상한 말씨로 당신은 참 아름답다, 내 애인이 되어 주었으면 좋겠다고 말했습니다. 하지만 그전에 일을 좀 거들어 주어야 제가 믿을 만한 사람인지 아닌지 확인할 수 있다는 것이었습니다. 저는 선뜻 그러겠다고 했습니다. 이렇게 돈 많은 남자와 연애를 하면 아낌없는 보답을 받게 될 거라고 확신했기 때문이었어요. 저는 그 외딴 집에서 외롭게 지내야 하고 쥐꼬리만 한 돈이라도 모으면 오빠가 날름 집어 가는 생활이 지겨워서……."
　여자가 말끝을 흐렸다. 디 공이 눈짓을 하자 포두가 여자에게 쓴 차를 한 잔 권했다. 여자는 벌컥벌컥 차를 들이키고 다음 말을 계속했다.
　"그 사람은 저에게 정해진 날 노파와 함께 천막 시장을 찾는 소저가 있다고 했습니다. 저는 같이 시장에 가서 그 사람이 문제의 소저를 짚어 주면 노파가 눈치 채지 못하도록 소저를 꾀어내야 한다는 거였어요. 그 사람은 날짜와 만날 장소를 귀띔하고 금팔찌를 하나 더 준 다음 가 버렸습니다.

저는 약속한 날, 그 사람을 만났습니다. 그 사람은 검은 두건으로 얼굴을 감추고 있었습니다. 우리는 시장으로 갔지요. 저는 소저한테 접근하려고 했지만 노파가 찰거머리처럼 그 옆에서 떨어질 생각을 안 하는 겁니다. 그래서 포기할 수밖에 없었지요."

디 공이 끼어들었다.

"그 소저를 알아보았는가?"

판 부인이 소리 질렀다.

"아니요. 정말 몰랐습니다! 그저 이름깨나 있는 고급 매춘부인 줄로만 알았어요. 며칠 뒤 우리는 다시 한번 시도했습니다. 두 여자는 시장 남쪽 구역을 느긋하게 쏘다니더니 달단인의 곰 재주 공연을 구경하는 것이었습니다. 저는 소저 옆에 살짝 다가서서 그 사람이 시킨 대로 귀엣말을 던졌지요. '위캉 씨가 보잔답니다.' 소저는 군소리 없이 제 뒤를 따라왔습니다. 저는 그 사람이 알려 준 근처 빈집으로 소저를 데리고 갔습니다. 그 사람은 뒤에서 바짝 따라왔고요. 문이 약간 열려 있었습니다. 그 사람은 소저를 재빨리 안으로 밀어 넣었어요. 그러고는 나중에 보자면서 제 앞에서 문을 쾅 닫았습니다. 거리에 나붙은 방을 보고 그제야 추 그 사람이 양가집 소저를 유괴했다는 걸 깨달았습니다. 저는 남편의 심부름인 척 꾸며서 그 사람 집으로 달려가 소저를 풀어 주라고 애걸했습니다. 그러니까 그 사람 하는 말이, 벌써 집 안의 격리된 장소로 소저를 비밀리에 옮겨 놓았기 때문에 아무도 알 리가 없다는 것이었습니다. 그 사람은 저에게 돈을 집어 주면서 일간 한번 들르겠다고 말했어요. 사흘 전 저는 시장에서 그 사람을 만났습니다. 소저가 집안 사람들의 이목을 끌려고 말썽을 피운다는 것이었습니다. 그 사람은 소저한테 두 손 들었다고 했어요. 저희 집이 외따로 있으니까 소저를 하룻밤 묵게 해 달라고 부탁하더군요. 마침 그날부터 남편이 이틀 동안 집을 비우게 되어 있어서 저는 그러라고 했지요. 그날 밤 저녁 때가 지나서 그 사람은 소저를 비구니로 변장시켜서 저희 집으로 끌고 왔습니다. 저는 소저에게 말을 붙이려고 했지만 그 사람은 저를 문 쪽으로 떠밀면서 두 번째 야경꾼이 돌기 전까지는 오지 말라고 했습니다."

판 부인은 손으로 눈을 문질렀다. 다시 말을 시작했을 때는 목이 쉬어 있었다.

"그 방으로 다시 가 보니 그 사람이 망연자실한 얼굴로 멍청히 앉아 있었어요. 제가 무슨 일이 있었느냐고 캐물으니까 소저가 죽었다고 두서없이 내뱉는 것이었어요. 저는 부리나케 침실로 달려 갔습니다. 소저는 목이 졸려 죽어 있었습니다. 저는 까무러칠 것 같았습니다. 그 사람한테 가서 포졸을 부르겠다고 했어요. 그 남자가 외도를 하건 말건 제가 상관할 바 아니었지만 살인 사건에 제가 연루되는 것만은 두고 볼 수 없었어요. 그 사람은 별안간 침착을 되찾았습니다. 저도 이미 공범이니 관아에 잡혀가면 그땐 죽은 목숨이라고 엄포를 놓았어요. 자기가 감쪽같이 해결할 테니 걱정 말라는 것이었습니다. 그러면서 아무도 모르게 첩으로 집 안에 들이겠다는 것이었어요.

그 사람은 저를 침실로 데려가더니만 옷을 벗으라고 했어요. 제 몸 구석구석을 살피더니 별다른 상처나 모반이 없으니 다행이라면서 만사가 잘 해결될 거라고 했습니다. 그런 다음 제 손가락에서 은반지를 빼고는 바닥에 있던 비구니의 옷을 입으라고 했어요. 제가 속옷부터 입으려고 하니까 그 사람은 화를 벌컥 내면서 제 어깨에 옷을 걸어 준 다음 침실 밖으로 밀어내고 잠시 기다리라고 했습니다.

추위와 공포에 떨면서 얼마나 오래 앉아 있었는지 모릅니다. 마침내 그 사람이 커다란 보퉁이 두 개를 들고 방에서 나왔습니다. '잘라 낸 그 계집의 머리와 당신 옷가지, 신발이야.' 그 사람은 조용히 말했습니다. '이제 저 시체를 모두들 당신으로 볼 터이니, 당신은 나의 귀여운 정부로 집 안에서 곱게 지내는 거야!'

'미쳤어!' 저는 악을 썼습니다. '저 여자는 처녀야!' 그 사람은 별안간 길길이 날뛰면서 저한테 욕을 퍼부었습니다. 입에 개거품을 물고서요. '처녀?' 그 말에 비웃음이 담겨 있었습니다. '저 음란한 계집이 내 집 지붕 밑에서 내 비서와 함께 놀아나는걸 봤는데도?' 노여움에 떨면서 그 사람은 제 손에 보퉁이 하나를 쥐어 주었습니다. 우리는 집을 나섰습니다. 그 사람은 바깥쪽에서 대문을 잠그라고 했어요. 야음을 틈타 우리는 그 사람 집으로 갔습니다. 저는 너무 가슴이 떨려서 추운 줄도 몰랐어요. 그 사람은 자기 집 뒷문을 슬그머니 열고는 보퉁이 하나를 정원 한구석의 키 작은 나무 밑동에다 놓았습니다. 그러고는 어두운 복도를 여러 개 지나 별채로 데려갔습니다. 필요한 건 뭐든 여기 다 있으니 걱정 말라면서 어디론가 사라졌습니다. 제 방은 호사스럽게 꾸며져 있었습니다. 귀머거리에 벙어리인 늙은 여자가 저에게 맛난 음식을 갖다 주었어요. 다음날 그 사람이 나타났습니다. 그러더니 아주 근심 어린 표정으로 자기가 준 보석을 어떻게 했느냐고 묻는 거예요. 저는 옷 상자의 비밀 함에다 넣어 두었다고 말했습니다. 그랬더니 자기가 가져오겠다지 뭡니까. 그래서 이왕 가는 김에 입을 옷도 몇 벌 갖다 달라고 제가 부탁했지요. 다음날 다시 저에게 온 그 사람은 보석이 없었다며 옷가지만 건네주었습니다. 저는 제 옆에 있어 달라고 말했지만 그 사람은 손을 다쳤다며 다음에 오겠다고 했습니다. 그 이후로는 그 사람을 다시 보지 못했어요. 이게 전부입니다."

디 공이 신호를 보내자 서기가 판 부인의 진술 기록을 큰 소리로 낭독했다. 판 부인은 풀이 죽어 모두 사실임을 인정하고 진술서에다 엄지손가락을 찍었다.

이어 디 공이 무겁게 입을 열었다.

"너는 몹시 어리석은 행동을 저질렀으니 너의 목숨으로 응분의 대가를 치러야 하겠다. 그러나 발단은 추타위안에게 있고 그자가 강제로 너를 끌어들였으니 가장 고통이 덜한 방법으로 죽여 주마."

포두가 흐느끼는 판 부인을 옆문으로 데려가자 기다리고 서 있던 쿠오 부인이 여자를 감옥으로 데려갔다.

디 공이 말했다.

"검시관이 범인 추타위안의 정신 상태를 감정할 것이다. 앞으로 이삼 일 안에 그자가 정상인지 비정상인지 가려질 것이다. 추타위안이 정신을 되찾는 대로 랴오 소저와 예타이를 죽인 죄로 가장 끔찍한 형벌을 내리겠다. 우리 관아의 형리도 그놈 손에 죽었지. 이제부터 예타이의 시신을 찾아낼 작정이다.

본관은 여식을 하루아침에 잃은 랴오 행회장에게 깊은 애도를 표하는 바이다. 그러나 아울러 아버지 된 의무는 여식의 나이가 찼을 때 마땅한 신랑감을 물색하는 것은 물론 가급적 혼례를 빨리 치르는 것이라는 점을 강조하지 않을 수 없다. 우리 조상님들께서 인생의 지침을 알려 주실 때는 다 이유가 있었다. 가솔을 거느린 모든 가장은 유념해야 할 대목이다.

랴오리엔팡 소저의 시체가 들어 있던 관을 판펑이 랴오 행회장에게 넘길 터이니 되찾은 머리와 함께 매장할 수 있을 것이다. 살인범을 어떻게 처리할지 상부에서 결정을 내리는 대로 추타위안의 재산에서 랴오 행회장에게 사망 보상금이 지급될 것이다. 추타위안의 저택은 당분간 관아에서 파견된 감사관이 위캉 비서의 도움을 받아 관리할 것이다."

디 공은 폐정을 선언했다.

디 공이 끔찍한 범행을 설명하고
종이 고양이의 비밀을 깨닫는다.

일행과 함께 집무실로 돌아온 디 공은 피곤한 목소리로 말했다.
"추타위안은 이중인격자였어. 겉으로는 씩씩하고 쾌활했지. 마중, 차오타이, 자네 둘이 흠뻑 반한 것도 무리는 아니었지. 하지만 바탕은 썩을 대로 썩어 있었어. 자신의 육체적 결함을 자꾸만 곱씹다 보니까 그렇게 되었지."

타오간은 디 공이 눈짓을 하자 재빨리 잔에다 차를 따랐다. 디 공은 목을 축이고 나서 마중과 차오타이에게 하던 말을 계속했다.
"추의 집을 수색하되 그가 모르게 감쪽같이 해치워야 했지. 귀신처럼 눈치가 빠른 친구거든. 그래서 자네 두 사람과 같이 우양 마을로 거짓 심부름을 보낸 것이야. 홍이 죽지만 않았어도 어젯밤 내가 추를 범인으로 보는 이유를 설명했을 테지. 하지만 홍이 죽게 되자, 홍을 죽인 사람 앞에서 자연스럽게 행동해 달라고 자네들에게 부탁했을 때 과연 그것이 먹혀들지 솔직히 자신이 없었네. 나라도 그렇게는 못했을 테니까."

마중이 이를 갈았다.

"제가 알았더라면. 그 개자식의 모가지를 제 양손으로 비틀었을 겁니다!"

디 공은 고개를 끄덕거렸다. 한동안 침묵이 흘렀다.

그러자 타오간이 입을 열었다.

"어르신께서는 목 잘린 시체가 판 부인이 아니라는 사실을 언제 아셨습니까?"

"그걸 진작에 알았어야 했는데 말이야!"

디 공은 입술을 깨물었다.

"시신에 한 가지 눈에 띄는 모순점이 있었거든."

타오간이 캐물었다.

"그게 뭔데요?"

"반지! 부검 때 예쁜은 비취가 반지에서 빠져 있었다고 했지. 살인범이 보석을 노렸다면 그냥 시체에서 반지를 그대로 빼 가지 않았을까?"

타오간이 이마를 손으로 탁 쳤다. 디 공의 설명이 이어졌다.

"그게 살인범의 첫 번째 실수였어. 하지만 나는 그 모순점을 깨닫지 못했을 뿐 아니라, 시신이 판 부인의 것이 아니라는 것을 암시하는 또 하나의 단서도 간과하고 말았네. 그게 뭐냐, 여자의 신발이 없었다는 거야!"

마중이 고개를 끄덕이면서 말했다.

"색시가 입는 헐렁한 옷이나 얇은 속옷이 몸에 맞는 것인지 안 맞는 것인지를 판별하기란 쉽지 않은 노릇입니다. 하지만 신발이라면 사정이 다르지요."

디 공이 무릎을 쳤다.

"바로 그거야. 범인은 판 부인의 신발만 가져가고 옷은 남겨놓을 경우 우리가 의심할 것으로 생각했어. 그렇다고 해서 신발을 남겨놓았다간 그 신발이 시체의 발에 맞지 않는다는 것을 우리가 발견할 가능성이 있지. 해서 모조리 싹 쓸어서 내간 것이야. 그렇게 되면 우리가 없어진 신발의 의미를 간과하고 넘어가리라고 계산한 게지."

디 공은 한숨을 후 내쉬었다.

"불행하게도 그 친구의 계산은 정확히 들어맞았네. 그렇지만 두 번째 실수가 그 뒤에 나타났지. 그 실수를 보고서 나는 비로소 올바른 길로 찾아들었고 내가 이전에 간과한 것이 무엇인지를 명쾌히 깨달았네. 추는 비취에 빠진 사람이라 그 금쪽 같은 물건이 판의 집에 방치되어 있는 것을 용납할 수가 없었을 테지. 그래서 판이 옥에 갇혀 있는 동안 침실로 침입하여 옷 상자에서 그걸 꺼내온 게야. 게다가 입을 옷을 몇 벌 갖다 달라는 판 부인의 부탁을 어리석게도 선선히 들어주었지. 나는 옷이 없어진 것을 보고 판 부인이 틀림없이 살아 있다고 확신했거든. 범죄를 저질렀을 당시 범인이 비밀 함의 위치를 알고 있었더라면 진작에 보석을 가져갔을 걸세. 결국 누군가 나중에 귀띔해 주었다고밖에 볼 수 없는 상황이었어. 그럴 만한 사람은 판 부인 말고는 없지. 비취가 달랑 빠진 반지의 의미도 어렴풋이 이해가 갔네. 범인이 왜 옷을 몽땅 없앴는지도 납득이 갔고. 그것은 시체가 판 부인의 것이 아니라는 사실을 우리가 못 알아차리도록 하기 위해서였어. 죽은 여자의 남편이 보면 당장에 알아보겠지만, 판펑이 옥에서 풀려났을 때는 시체는 이미 관 속에 들어간 상태이리라는 점까지 정확히 범인은 내다보았지."
차오타이가 물었다.
"추타위안을 범인으로 점찍으신 게 언제입니까?"
"판펑과 마지막으로 대화를 나눈 다음이었네. 처음에 나는 예타이를 의심했지. 죽은 여자가 누구일까 생각해 보니, 랴오 소저일 수밖에 없더군. 실종 신고를 받은 유일한 여자였으니까. 검시관은 처녀의 시체가 아니라고 했지만 위캉의 고백을 들은 나로서는 죽은 랴오 양도 처녀가 아니라는 사실을 알고 있었기 때문에 문제 될 것이 없었지. 게다가 어디까지나 우리가 그때 그렇게 생각한 것이지만, 예타이는 랴오 소저를 유괴했고, 그 여자의 머리를 자를 수 있을 정도의 완력은 충분히 있었네. 나는 예타이가 순간적으로 격분한 끝에 랴오 소저를 살해했고 예타이의 누이는 범죄를 호도하기 위해 자의로 모습을 감추었다는 그럴듯한 추론에 한동안 빠져 있었지. 그렇지만 그 추론을 곧바로 버리게 되었어."
타오간이 재빨리 물었다.
"왜요? 제 눈에는 그것이 합당해 보이는데요. 예타이는 누이와 아주 가깝게 지냈습니다. 거기다가 판 부인으로서는 마음에 안 드는 남편 곁을 떠날 수 있는 좋은 기회 아니었습니까?"
디 공이 고개를 가로저었다.
"잊어서는 안 될 것이 바로 옻독의 단서야. 판펑의 진술을 듣고 나는 옻칠을 하여 축축한 탁자를 잘못 건드린 사람은 범인일 수밖에 없다고 생각했지. 판 부인이 그랬을 리는 만무해. 그런 탁자는 만지면 안 된다는 것을 너무도 잘 알고 있었으니까. 예타이의 몸에서는 옻독이 올랐다는 신체적 징후를 찾아볼 수 없었지. 예타이가 장갑을 꼈을지도 모른다는 반론이 나올 수 있지만, 장갑을 끼고 살인을 저지른다는 것은 불가능하다고 보아야지. 옻독을 생각하니 추타위안이 찜찜한 거라. 그 자체로만 봐서는 별 것 아니었지만 두 가지 사건이 갑자기 머리를 때리더구먼. 먼저, 추가 사냥 만찬을 평상시처럼 실내에서가 아니라 갑자기 야외에서 하겠다고 생각을 바꾼 것은 옻독이 올랐기 때문일 수도 있겠다는 생각이 드는 거야. 손에 옻독이 오른 사실을 숨기려다 보니 내내 장갑을 끼고 있을 수밖에 없었을 테지. 다음으로, 살인을 저지르고 다음날 아침 마중, 차오타이와 함께 사냥에 나섰을 때 추가 늑대를 향해 쏜 화살이 빗나간 것도 옻독으로 설명이 되네. 지난밤 끔찍한 살인을 저지른 터라 손이 떨렸던 게지. 거기다 살인범은 판의 집 근처에 살고, 아주 큰 저택을 소유한 자라는 생각이 들었네. 범인은 큼지막한 보따리와 여자를 데리고 사람 눈에 띄지 않고 판의 집에서 나와야 했지. 야경꾼이나 순찰병한테 걸릴 위험성을 감수했을 리는 없네. 그 친구들은 야밤에 커다란 보따리를 들고 다니는 사람은 덮어놓고 붙들어서 검문을 하기로 유명하거든. 판의 집 주위에는 인가가 몇 채 없지만 거기서부터 낡은 창고만 다닥다닥 붙어 있는 성벽 안쪽을 따라 죽 걸어가면 추의 저택 뒤편이 나오네."

타오간이 반문했다.

"하지만 저택에 닿기 전에. 동문 부근에서 큰길을 건너야 했을 터인데요?"

"그건 별로 위험하지 않아. 성문을 지키는 감시병은 문으로 드나드는 사람만 꼼꼼히 조사하지 성안에서 문 옆을 지나가는 사람은 신경 쓰지 않지. 그렇게 추타위안을 가장 강력한 용의자로 점찍었을 때 나는 당연히 그의 범죄 동기가 무엇이었을지 생각하지 않을 수 없었네. 그때 불현듯 떠오른 것이 추의 인간적 불행이었지. 신체 건강하고 늠름한 데다 부인을 여덟씩이나 거느린 사내가 자식이 없다면 그 친구에게 신체적 결함이 있다는 소리지. 남자의 성격을 이상하게 만들 소지가 다분한 위험 요인이었네. 반지에서 비취를 일부러 빼낼 정도로 비취에 이상한 집착을 보인다는 점과 팔찌를 찾기 위해서 판의 집에 침입했다는 점도 추의 인물 됨됨이를 파악하는 데 중요한 열쇠가 되었지. 추는 비뚤어진 마음을 갖고 있었네. 결국 광포한 증오심 때문에 랴오 소저를 죽인 것이야."

타오간이 재차 물었다.

"어떻게 그때 그 사실을 아셨습니까?"

"처음에는 질투심이라고 생각했네. 젊은 연인에 대한 중년 사내의 질투. 한데 그렇게 보기는 어려웠어. 위캉과 랴오 소저는 삼 년 전 이미 혼인을 약정한 사이인 데다 추의 광포한 증오심은 아주 최근에 생겨난 것일세. 그때 나는 이상한 일화를 떠올렸지. 예타이가 위캉과 랴오 소저의 밀회를 늙은 하녀에게서 들었다면서 자기를 협박했다고 위캉이 말한 사실은 자네들도 기억할 게야. 그때 예타이는 추타위안의 서재 앞 복도에 서서 하녀와 이야기를 나누었다고 했네. 위캉은 그 뒤 다시 그 하녀를 붙잡아 세워서는 그런 말을 한 적이 있는지 다그쳤다지. 이번에도 추타위안의 서재 앞에서였어. 그러자 추가 두 번의 대화를 모두 엿들었을지도 모른다는 생각이 불현듯 떠오르더구먼. 먼저, 하녀가 예타이에게 위캉의 침실에서 이루어지는 밀회를 귀띔하는 것을 엿듣고 추가 랴오 소저를 증오했을 법하네. 자기 집 안에서 자기는 못 누리는 즐거움을 다른 남자한테 주었거든. 랴오 소저는 추가 느끼는 좌절감의 상징처럼 되었다고 추정할 수 있지 않을까. 그래서 추는 랴오 소저를 소유하는 것만이 자신의 잃어버린 남성성을 되찾는 길이라고 생각했을 테고. 위캉과 하녀가 나눈 두 번째 대화를 엿듣고 추는 예타이가 공갈꾼이라는 사실을 알았지. 추는 예타이가 누이와 절친했다는 사실을 알고 있었기 때문에 판 부인이 자기들의 밀회를 털어놓을까 봐, 한술 더 떠서 천막 시장에서 소저를 꼬셨던 일까지 발설할까 봐 불안해졌지. 예타이의 귀에 그 사실이 들어가는 날에는 평생 예타이의 협박 공갈에 시달려야 할 게 불을 보듯 뻔했지. 추는 결코 그런 사태를 좌시할 수 없었네. 해서 예타이도 없애기로 한 게지. 그러한 추리는 사실과도 정확히 들어맞아. 예타이는 위캉이 하녀와 이야기를 나누었던 바로 그날 오후 실종되었거든. 추타위안에게 그런 범죄를 저지를 만한 동기와 기회가 모두 있었다는 사실을 입증하니까 또 다른 생각이 내 머리를 스쳤지.

자네들도 알다시피 나는 미신을 믿지 않네. 하지만 그렇다고 해서 초자연적 현상이 일어날 가능성을 깡그리 부정하는 입장은 아니야. 추타위안의 집에서 만찬이 있던 날 밤 나는 정원 한구석에서 있는 눈사람을 보았지. 나는 그때 추악한 죽음의 분위기를 던지는 섬뜩하고 불길한 예감에 젖었네. 지금 기억으로는 그때 추는 그것이 하인의 자식들이 만든 눈사람 가운데 하나인 것처럼 나한테 말했지. 그러나 마중과 차오타이는 추가 그런 눈사람을 직접 만들어 화살 표적으로 삼는다고 그전에 말했네. 그때 내 머리를 스친 생각은 잘라 낸 사람 머리를 이 매서운 추위 속에서 숨기려면 거기다

눈을 입혀 눈사람 머리로 삼는 것도 괜찮은 방안일지 모른다는 것이었지. 추로서는 더욱더 끌릴 법한 방안이었지. 랴오 소저를 향한 광포한 증오심을 충족할 수 있었으니 말이야. 눈사람 머리를 향해 신나게 화살을 쏘아 대는 것이었지."

디 공은 말을 멈추고 부르르 떨었다. 그러고는 모피 망토로 몸을 바짝 감쌌다. 세 명의 수하는 초췌하고 파리한 얼굴로 디 공을 응시했다. 도착적 범죄의 음울한 분위기가 방 안을 짓누르고 있었다.

한참 만에 디 공이 다시 말을 이었다.

"그 즈음에는 추타위안이 범인이라는 확신을 얻었지. 다만 구체적 증거가 부족했어. 사실은 어젯밤 심리가 끝나고 내가 왜 추에게 혐의점을 두고 있는지를 자네들에게 설명할 참이었네. 그런 다음 그 사람 집을 전격적으로 수색하는 방안을 논의하고 싶었어. 거기서 판 부인을 발견했더라면 추는 두 손 들었을 거야. 그런데 추가 홍 수형리를 죽였어. 판평과 한나절만 일찍 이야기를 했어도 추가 홍을 죽이기 전에 붙들었겠지. 하지만 운명은 다른 길을 택했네."

슬픔 침묵이 감돌았다.

디 공이 다시 입을 열었다.

"나머지는 타오간한테 듣도록 하게나. 자네 둘이 추와 함께 성 밖으로 나간 뒤 나는 타오간과 포두를 거느리고 추의 저택으로 가서 판 부인을 찾아냈네. 밀폐된 가마에 태우고 아무도 모르게 그 여자를 관아로 압송했지. 타오간에 따르면 침실마다 엿보는 구멍이 있었다더구먼. 늙은 하녀를 내가 직접 신문해 보니 위캉의 일에 대해서 전혀 모르더군. 판 부인의 실토에서도 드러났네만, 사실 위캉과 약혼녀의 동정을 엿본 것은 추 자신이었어. 내 짐작으로는 어쩌다가 예타이 앞에서 그런 말을 실수로 내뱉었고 눈치 빠른 그 깡패 녀석이 앞질러 전후 사정을 다 알아차린 게야. 그리고 막상 위캉이 어떻게 그 사실을 알게 되었느냐고 캐물었을 때는 늙은 하녀한테서 들은 이야기라고 둘러댄 거지. 자기가 공갈을 치는 일에 괜히 추를 끌어들일 필요는 없다는 판단에서지. 예타이가 배짱 좋게 나중에 추한테까지 과연 공갈을 쳤기 때문에 예를 없앴는지, 아니면 추가 위캉과 하녀의 대화를 엿듣고 예가 자기를 협박할지도 모른다는 불안감 때문에 그 친구를 해치웠는지, 그건 영원히 미제로 남을 수밖에 없는 문제지. 나는 후자일 것으로 보지만 말이야. 추는 정상인이 아니거든. 내 생각에 예타이의 시신은 저 눈 쌓인 벌판 어딘가에 엎어져 있을 거야.

　나는 추의 여덟 부인과도 이야기를 나누었네. 그 여자들이 들려준 추와 보낸 생활은 차마 입에 담기 어려운 것이었네. 다들 친정으로 보낼 생각이야. 필요한 명령은 벌써 내가 내려 놓았지. 사건이 종결되면 그 여자들은 추의 재산에서 상당한 부분을 배당받을 게야. 추타위안의 광기는 법의 울타리를 벗어나고 있네. 판결은 상부에서 내릴 게야."

　디 공은 책상 앞에 놓여 있는 홍의 낡은 신분증을 집어들었다. 손끝으로 빛 바랜 신분증을 만지작거리더니 가슴팍에 조심스럽게 집어넣었다.

　이어 책상 위에 종이를 펼치고 붓을 들었다. 세 수하는 황급히 일어서서 자리를 피했다.

　디 공은 먼저 도독 앞으로 랴오리엔팡 살인 사건에 대한 자세한 보고서를 쓰고, 두 장의 편지를 더 썼다. 하나는 타이위안에 사는 디 공 동생 집의 청지기로 있는 홍 수형리의 맏아들에게 보내는 편지였다. 수형리는 홀아비였기 때문에 이제 그의 아들이 집안의 가장으로서 아버지를 묻을 장지를 결정해야 했다.

다음 편지는 역시 타이위안의 장모댁에 머물고 있는 첫째 부인에게 보내는 편지였다. 디 공은 먼저 장모의 병환은 차도가 있는지 예의 바르게 물은 다음 수형리의 죽음을 알렸다. 몇 가지 의례적인 안부의 말을 던지고 나서 좀 더 개인적인 심정을 덧붙였다. 디 공은 이렇게 썼다.

"소중했던 사람이 곁을 떠날 때. 우리는 그 사람뿐만 아니라 우리 자신의 일부까지 잃는 것이오."

급히 보내라며 편지를 사령에게 건넨 다음 디 공은 우울함에 잠겨 외로운 점심을 먹었다.

란의 피살 사건이나 루라는 여자에 관해서는 생각하고 싶지 않았다. 극도로 피곤했다. 디 공은 사령을 시켜 흉년이 들었을 때 나라가 농부들에게 무이자로 돈을 빌려 주는 계획을 담은 자신의 기안서를 가져오도록 했다. 호조의 승인을 얻을 수 있는 방안을 마련하기 위해 수많은 밤을 홍 수형리와 머리를 맞대면서 고생 끝에 작성한, 그로서는 애착이 가는 정책 시안이었다. 홍은 다른 부문의 허리띠를 졸라매면 실현 가능한 정책이라고 생각했다. 수하들이 들어왔을 때 디 공은 열심히 계산을 하고 있었다.

서류를 옆으로 밀면서 디 공이 말했다.

"란 사범의 피살 건을 두고 논의를 할 필요가 있겠어. 그가 여인의 손에 독살당했다는 나의 생각은 지금도 변함이 없다. 그러나 현재까지 란 사범의 여자 관계를 암시하는 유일한 증거는 젊은 제자의 진술뿐이다. 제자라는 그 친구는 밤에 란 사범을 찾아온 여자가 있었는데 몇 마디 엿들은 것만 가지고는 그 여자가 누군지 알 수 없다고 했다지."

마중과 차오타이가 고개를 끄덕이며 아쉬워했다.

차오 타이가 말했다.

"한 가지 눈길을 끄는 것은, 두 사람 다 존댓말을 쓰지 않았다는 점입니다. 그만큼 잘 아는 사이였다는 결론을 내릴 수 있겠지요. 하지만 전에도 말씀하셨다시피, 여자가 들어오는데도 란 사범이 벗은 몸을 가리려고 하지 않은 점으로 보아 두 사람이 친숙한 사이라는 것은 이미 부인할 수 없는 사실이었지요."

디 공이 물었다.

"그 청년이 들었다는 말이 정확히 어떤 내용인가?"

마중이 답변에 나섰다.

"그건 별 거 아닙니다. 란 사범이 피하니까 여자가 화를 내는 것 같았답니다. 란 사범은 상관없다면서 '새끼 고양이' 라나 뭐라나 하는 말을 덧붙였다고 합니다."

디 공은 별안간 똑바로 앉았다.

"새끼 고양이?"

믿기 어렵다는 얼굴이었다.

디 공의 머리에 루 부인의 어린 딸이 했던 물음이 불쑥 떠올랐다. 그 아이는 엄마를 찾아온 손님이 말을 걸던 새끼 고양이가 어디 있냐고 물었던 것이다. 사태는 돌변했다! 디 공은 마중에게 서둘러 말했다.

"어서 말을 타고 판펑의 집으로 가라. 판은 루 부인이 아직 어린아이일 때부터 잘 알았어. 루 부인한테 별명이 있었느냐고 물어봐!"

마중은 어안이 벙벙한 모양이었다. 그러나 꼬치꼬치 캐묻는 성미가 아니었기 때문에 황급히 밖으로 뛰쳐나갔다.

디 공은 더 이상 말을 하지 않았다. 타오간에게 차를 부탁한 다음 차오타이와 함께 군 기찰대가 민간인 사법 관할권을 갖고 있는 데서 야기되는 어려움에 관해 의견을 나누었다.

마중은 바람처럼 빨리 돌아왔다.

"저기, 판은 풀이 팍 죽어 있었습니다. 아내가 죽었다는 기별을 처음 받았을 때보다 아내가 부정을 저질렀다는 소식이 더 충격적이었나 봅니다. 제가 루 부인에 대해서 물으니까, 친구들이 부르던 별명이 '새끼 고양이'였다고 했습니다."

디 공은 주먹으로 탁자를 쾅 내리치며 소리 질렀다.

"바로 내가 찾던 단서가 그것이야!"

검시관의 부인이 갇힌 두 여자에 대해 보고하고
젊은 과부가 다시 문초를 받는다.

디 공의 세 수하가 방에서 물러간 뒤 쿠오 부인이 들어왔다.
디 공이 반색을 하면서 차를 권했다. 이 여자에게는 아주 미안한 마음이 들었다.
여자가 책상 앞으로 몸을 숙여 디 공의 찻잔을 먼저 채울 때 코에 익은 향기가 다시금 풍겼다.
"보고드릴 것이 있어서 왔습니다. 판 부인이 식음을 전폐한 채 계속 울기만 합니다. 단 한 번이라도 좋으니 남편을 만나게 해 달라고 저한테 사정입니다."
디 공이 얼굴을 찡그리며 대답했다.
"법에 위배되는 일이오. 두 사람에게도 하나 득 될 것이 없지."
쿠오 부인이 부드럽게 말했다.
"그 여자는 자기가 처형당할 것이라는 사실을 알고 있습니다. 목숨에 대한 미련은 버렸습니다. 하지만 남편에 대한 애착이 여러 모로 느껴지는가 봐요. 남편에게 사죄를 하고, 자기가 저지른 잘못을 조금이나마 속죄하고 눈을 감고 싶은가 봅니다."

디 공은 생각에 잠겼다가 잠시 후 대답했다.

"법의 중요한 목적은 정의를 회복하고 범죄로 야기된 피해를 최대한으로 보상하는 데 있소. 판 부인의 사죄가 남편에게 위로가 될 수 있다면 그 요청을 받아들이리다."

쿠오 부인의 말이 이어졌다.

"또 한 가지, 루 부인의 등에 난 상처에 각종 연고를 발랐습니다. 상처는 곧 나을 겁니다. 그런데."

쿠오 부인이 말꼬리를 흐렸다. 디 공이 어서 말해 보라고 고개를 끄덕이자 말을 이었다.

"몸이 약해 보입니다. 그나마 쓰러지지 않고 버티는 것은 의지가 아주 강하기 때문입니다. 또다시 등에 채찍을 맞으면 몸을 아예 상하게 될까 그 점이 걱정스럽습니다."

디 공이 말했다.

"좋은 충고요. 내 유념하리다."

쿠오 부인이 절을 했다. 그러더니 잠시 머뭇거리다가 말을 이었다.

"그 여자가 하도 말이 없기에 주제넘은 일이지만 제가 어린 딸에 대해서 물어보았습니다. 그 여자 말로는 이웃들이 보살피고 있긴 하지만 아무래도 걱정이 되어 빨리 나갔으면 좋겠다는 것이었습니다. 그래서 제가 루 부인의 집 근처로 가서 한번 확인을 하려고요. 아이가 풀이 죽어 있으면 제 집으로 데려가는 게 어떨까 싶기도 하고."

"그렇게 하시오. 그리고 이왕 간 김에 루 부인의 집을 뒤져서 검은 달단 옷이나 그 비슷한 옷이 있는지 한번 알아보는 것도 좋겠소. 그런 건 여자가 봐야 잘 알거든."

쿠오 부인은 웃으면서 허리를 숙였다. 디 공은 루 부인과 란 사범이 남몰래 관계를 맺었다고 보는지 의견을 묻고 싶은 충동에 휩싸였지만 재빨리 그런 충동을 억눌렀다. 관아에서 벌어지는 일을 가지고 아녀자와 논의를 했다는 것 자체가 이미 정상적인 일이라고 볼 수 없었다. 대신에 디 공은 남편이 추타위안의 상태에 대해서 어떻게 생각하는지를 물었다.

쿠오 부인은 작은 머리를 천천히 흔들었다.

"저희 바깥양반이 다시 강한 최면제를 처방했습니다. 이미 구제 불능의 광기에 빠져 있다고 보는가 봅니다."

디 공은 한숨을 쉬었다. 그가 고개를 끄덕이자 쿠오 부인이 자리를 떴다.

저녁 심리를 재개하면서 디 공은 먼저 군 기찰대의 사법 관할권에 대한 원칙을 발표하고 고을 전체에다 그 내용을 방으로 써 붙이겠다고 덧붙였다. 그런 다음 포두에게 루 부인을 동헌으로 데리고 오라고 일렀다.

디 공은 그 여자가 이번에도 몸치장에 공을 들였음을 눈치 챘다. 루 부인은 머리를 묶어 올렸다. 머리 모양은 단순했지만 아주 매혹적이었다. 비단옷까지 갖춰 입고 있었다. 분명히 어깨가 욱씬거릴 텐데도 허리를 꼿꼿이 세웠다. 무릎을 꿇고 앉기 전에 한번 주위를 쓰윽 둘러보았지만 방청인이 몇 사람 안 보이자 실망의 빛이 역력했다.

디 공이 차분히 말을 시작했다.

"어제 너는 본 관아를 모독했다. 네가 어리석은 여인은 아니니, 이번에는 묻는 말에 성심성의껏 대답하리라 믿는다. 그것이 정의를 위해서도, 너 자신을 위해서도 바람직한 길이다."

루 부인이 차갑게 응수했다.

"저는 거짓말을 한 적이 없습니다!"

"그렇다면, 너에게 새끼 고양이라는 별명이 있다는 것이 사실이렷다?"

여인이 빈정거렸다.

"절 놀리시는 건가요?"

디 공이 차분히 말했다.

"질문을 하는 것은 본관의 특권이다. 대답하라!"

루 부인은 별일 다 보겠다는 듯이 어깨를 으쓱하려다가 갑자기 얼굴이 일그러졌다. 침을 꿀꺽 삼키고 나서 답변에 나섰다.

"그런 별명이 있는 건 사실입니다. 돌아가신 아버지께서 저를 그렇게 불렀어요."

디 공은 고개를 끄덕거리더니 재차 물었다.

"죽은 남편도 이따금 그렇게 불렀는가?"

루 부인의 눈에서 불꽃이 튀더니 한마디로 일축했다.

"아닙니다!"

디 공의 질문은 이어졌다.

"그럼, 달단 남자들이 입는 검은 옷을 가끔씩 입곤 하느냐?"

루 부인이 소리 질렀다.

"이런 모욕은 참을 수가 없습니다! 어떻게 정숙한 여인이 남자

옷을 입습니까?"

"그런 옷이 네 집에서 발견되었기에 하는 소리야."

디 공은 처음으로 루 부인이 흔들리는 듯한 느낌을 받았다. 잠시 머뭇거리다가 여자가 대답했다.

"제 친척 중에 달단 사람이 있다는 사실을 아시는지 모르겠군요. 그 옷은 저의 집에 오래전부터 있었습니다. 제 손아래 사촌이 국경 너머에서 가져온 옷이에요."

"다시 옥으로 데려가라. 잠시 후에 다시 부르겠다."

루 부인이 끌려가자 디 공은 개정된 유산 상속법에 관한 공식 발표문을 큰 소리로 읽었다. 이제 동헌은 사람으로 가득 찼고 아직도 꾸역꾸역 방청인이 들어오고 있었다. 루 부인의 신문이 재개되었다고 누가 말을 퍼뜨린 모양이었다.

포두가 코 밑에 수염이 돋아나기 시작한 젊은이 셋을 판관석으로 데리고 왔다. 그들은 몹시 불안한 눈길로 포졸들과 디 공을 힐끔힐끔 쳐다보았다.

"무서워할 필요 없느니라."

디 공이 자상한 말투로 운을 뗐다.

"방청객 맨 앞줄에 서서 곧 이 자리에 나타날 사람을 보는 거다. 그런 다음 그 사람을 보았는지, 보았으면 언제 어디서 보았는지를 말해 주면 되느니라."

쿠오 부인이 루 부인을 데리고 들어왔다. 루 부인은 쿠오 부인이 집에서 찾아낸 검은 옷을 입고 있었다.

루 부인은 거들먹거리면서 재판대 앞으로 다가섰다. 우아한 몸짓으로 검은 옷의 윗부분을 끌어내리자 작고 탄탄한 가슴과 둥근 엉덩이가 드러났다. 방청인을 향해 반쯤 돌아서서 머리를 감싼 검은 목도리를 살짝 고쳐 매었다. 여자는 살포시 웃더니 불안한 듯이 옷자락을 손끝으로 자꾸만 잡아뜯었다. 디 공은 여자의 탁월한 연기술에 혀를 내둘렀다. 디 공이 신호를 보내자 포두가 세 명의 젊은이를 앞으로 끌고 나왔다.

디 공이 그중 가장 어른스러워 보이는 친구에게 물었다.

"이 사람을 본 적이 있느냐?"

그는 입을 벌리고 여자를 바라보았다. 루 부인은 뺨에 홍조를 띠우면서 살짝 곁눈질을 했다.

"못 봤습니다."

청년은 더듬거렸다.

디 공이 참을성 있게 물었다.

"목욕탕 앞에서 본 사람이 아니더냐?"

청년이 웃으며 말했다.

"그럴 리 없습니다. 그 사람은 남자였습니다."

디 공은 다른 친구들을 쳐다보았다. 그들도 고개를 설레설레 저었다. 다들 여자한테 녹아 있었다. 루 부인은 요염한 눈매로 그들을 바라보더니 재빨리 한 손으로 입을 가렸다.

디 공은 한숨을 쉬었다. 포두에게 그들을 데리고 나가라고 일렀다.

그들이 사라지자 루 부인의 얼굴은 언제 그랬느냐는 듯이 귀신처럼 돌변했다. 차갑고 심술궂은 예전의 그 모습이었다.

여자가 비꼬았다.

"제가 뭣 때문에 이런 복장을 해야 하는지 물어도 되나요? 등짝을 실컷 두드려 맞은 여자가 그것도 모자라서 남자 옷을 입고 사람들 앞에서 망신까지 당해야 하나요?"

사악한 여인이 디 공을 헐뜯고
종이 고양이가 갑작스럽게 변신한다.

증거 확보에는 실패했지만 디 공은 루 부인의 능란한 연기를 보고 그 여자가 범인이라는 생각을 더욱 굳혔다.
　앞으로 당겨 앉으며 그가 단호히 말했다.
　"지금은 고인이 된 권법의 대가 란 사범과 어떤 관계였는지 소상히 밝히도록 하라!"
　루 부인은 고개를 빳빳이 쳐들고 소리쳤다.
　"저를 고문하고 모욕하려거든 얼마든지 하세요. 저한테 무슨 일이 닥치든 상관하지 않아요. 하지만 국가적 영웅이며 우리 고장의 자랑이었던 란타오쿠이 사범에 대한 소중한 기억을 욕되게 하는 그런 더러운 계략에는 절대로 말려들 수 없습니다!"
　방청객들의 환호성이 터졌다.
　디 공은 경당목을 탕탕 두드렸다.
　"조용하라!"

그는 호통을 친 다음 루 부인을 다그쳤다.
"질문에 답하라!"
루 부인이 큰 소리로 외쳤다.
"못 합니다! 아무리 저를 고문해도 란 사범을 그 사악한 계략에 끌어들일 수는 없을 겁니다!"
디 공은 화가 치밀어오르는 것을 간신히 눌렀다.
"너는 본관을 모독하였다."
루 부인에게 체벌을 가할 때는 조심해야 한다는 쿠오 부인의 충고가 떠올랐다. 디 공은 포두에게 명령했다.
"이 여자의 엉덩이를 회초리로 스무 번 갈겨라!"
방청객들이 웅성거리기 시작했다. 누군가가 소리를 질렀다.
"란 사범을 죽인 범인이나 잡아라!"
또 누군가가 외쳤다.
"창피한 줄 알아라!"
디 공이 대갈일성을 토했다.
"조용! 질서를 유지하라! 본 법관은 란 사범 자신이 이 여인을 꾸짖었다고 하는 부인할 수 없는 증거를 곧 제시할 것이다!"
청중이 잠잠해졌다. 돌연 루 부인의 비명이 허공에 울려 퍼졌다. 포졸들은 여인의 머리를 밑으로 누르고 달단 바지를 끌어내렸다. 그리고 드러난 엉덩이를 포두가 재빨리 젖은 수건으로 가렸다.
여자의 알몸은 사형 집행을 할 때만 드러낼 수 있도록 법에 명시되어 있기 때문이었다. 포졸 둘이 루 부인의 팔과 다리를 붙들고 포두는 회초리로 엉덩이를 때렸다.
루 부인은 날카로운 비명을 지르면서 몸부림을 쳤다. 열 대째 때리자 디 공은 포두에게 신호를 보냈다. 매질이 중단되었다.
디 공이 차갑게 말했다.
"이제 질문에 답하여라."
루 부인은 고개를 들었지만 말을 할 수가 없었다. 한참 만에 간신히 입을 열었다.
"못 해요!"
디 공이 어깨짓을 하자 회초리가 다시 허공을 갈랐다. 루 부인의 엉덩이를 덮은 천 조각에 혈흔이 배어 나왔다. 별안간 여자의 몸이 축 늘어졌다. 포두는 매질을 멈추었다. 포졸들이 여자의 몸을 뒤집었다. 그들은 여자의 의식을 되살리기 위해 안간힘을 썼다.
디 공이 포두에게 호령했다.
"두 번째 증인을 데려오너라!"
다부지게 생긴 청년이 디 공 앞으로 걸어나왔다. 머리는 빡빡밀었고 수수한 갈색 통옷을 입고 있었다. 호감을 주는 정직한 얼굴이었다.
디 공이 명령했다.
"이름과 직업을 밝히게!"
청년이 공손히 답했다.
"소인은. 메이청이라고 합니다. 사 년이 넘도록 란 사범님을 곁에서 모셨습니다. 지금 권법 칠 단입니다."
디 공이 고개를 끄덕였다.
"메이청, 자네가 삼 주 전 어느 날 저녁때 보고 들은 내용을 말해라."
"대개 저는, 저녁 운동이 끝난 다음 사범님 댁에서 물러납니다.

그런데 현관을 나서려다가 쇠공을 도장에 깜빡 놓고 온 게 기억 나지 뭡니까. 저는 다시 쇠공을 가지러 갔습니다. 아침 운동을 하려면 쇠공이 있어야 하거든요. 앞뜰로 막 들어서는데 사범님이 손님을 집 안으로 들이면서 막 문을 닫고 계셨습니다. 제가 어렴풋하게 본 것은 검은 옷입니다. 사범님의 친구 분들은 저도 다 잘 알기 때문에 방해가 안 될 거라고 생각하고 문 쪽으로 걸어갔지요. 그때 여자 목소리가 들렸습니다."

"그 여자가 뭐라고 말하던가?"

"문이 가로막고 있어서 똑똑히 듣지는 못했습니다만, 전혀 들어본 적이 없는 목소리였습니다. 자기를 왜 보러 오지 않느냐고 여자가 화를 내는 것 같았습니다. 사범님이 대답을 하실 때 저는 새끼고양이라는 말을 똑똑히 들었습니다. 제가 알아서는 안 되는 일인 것 같아서 곧바로 물러났습니다."

디 공이 고개를 끄덕이자 기사관이 메이청의 진술 내용을 큰 소리로 낭독했다. 디 공은 엄지손가락으로 문서에 날인을 끝마친 청년에게 그만 물러가도 좋다고 말했다.

그동안 루 부인은 의식을 되찾았다. 두 포졸의 부축을 받으며 다시 무릎을 꿇고 있었다.

디 공은 경당목을 두드렸다.

"본관은 그날 밤 란 사범을 찾아간 여자가 루 부인이라고 본다. 교묘한 방법을 동원하여 란 사범의 환심을 샀겠지. 그런 다음 유혹에 유혹을 거듭했지만 어디 란 사범이 꿈쩍이나 해야 말이지. 복수심에 불탄 여자는 달단인으로 변장하여 목욕탕으로 침입했다. 방금 전 세 증인이 범인의 얼굴을 알아보지 못한 것은 사실이지만,

이 여자의 놀라운 연기술을 감안해야지. 달단 사람처럼 꾸미고 싶을 때는 남자의 거동을 흉내 내다가, 지금은 자신의 여자다운 매력을 한껏 발산하고 있다. 거기에 현혹되어서는 안 된다 이 말이야. 이제부터 란 사범이 이 악녀를 곧바로 지목하는 단서를 어떻게 남겼는지 보여 주겠다."

방청인들이 술렁거리기 시작했다. 디 공은 분위기가 자기에게 유리하게 바뀌고 있음을 감지했다. 신뢰감을 주는 청년의 증언은 청중에게 좋은 인상을 남겼다. 디 공은 타오간에게 신호를 보냈다.

타오간은 디 공의 지시에 따라 만든 네모난 흑판을 가지고 왔다. 하얀 마분지로 만든 칠반 가운데 여섯 조각이 그 위에 고정되어 있었다. 조각 하나의 너비가 두 자가 넘어 방청객들도 똑똑히 볼 수 있었다. 타오간은 단상 위 기사관의 책상에 흑판을 기대어 놓았다.

디 공이 입을 열었다.

"여기 있는 것이 칠반 가운데 여섯 조각이다. 란 사범이 있던 방의 탁자 위에서 발견되었던 그대로 배열한 것이지."

디 공은 삼각형 조각을 높이 들면서 말을 이었다.

"일곱 번째 조각이 바로 이 삼각형인데, 죽은 사람이 오른손에 꼭 움켜쥐고 있었다. 맹독이 순식간에 온몸에 퍼지면서 혀가 퉁퉁 부어올라 소리를 지를 수가 없었지. 그래서 마지막으로 독이 든 차를 마시기 전까지 갖고 놀았던 칠반을 이용해서 범인이 누구인지 알리려고 시도한 게지. 불행하게도 그림을 다 맞추기도 전에 경련이 시작되었다. 괴로워 몸부림을 치다가 바닥으로 쓰러지면서 칠반을 건드려 그중 세 조각이 흐트러졌어. 하지만 그 세 조각의 위치를 살짝 옮기고 그의 손에서 발견된 삼각형을 덧붙이면 원래 의도했던 모양을 확실하게 다시 짜맞출 수 있지."

디 공은 자리에서 일어섰다. 세 조각을 들어 위치를 살짝 옮겨 놓았다. 네 번째 조각을 추가하여 고양이 모양을 완성하자 여기저기서 탄식이 새어나왔다.

디 공은 도로 의자에 앉으면서 말했다.
"이 모양으로 란 사범은 루 부인을 살인범으로 지목한 게야."
갑자기 루 부인이 고함을 쳤다.
"거짓말이야!"
여자는 포졸들의 손아귀를 뿌리치면서 손발로 기어 단상으로 올라왔다. 얼굴은 고통으로 일그러져 있었다. 그녀는 재판대 발치에 쪼그리고 앉아 울부짖었다. 가쁜 숨을 토하면서 왼손으로 흑판 가장자리를 움켜잡았다. 그리고 심하게 몸을 떨면서 디 공이 고정해 놓은 세 조각의 위치를 옮겼다. 여자는 네 번째 조각을 자기 가슴팍에 대고 청중을 휘 둘러보았다. 그리고 악을 썼다.
"봐요! 이건 속임수예요!"
루 부인은 신음을 뱉으면서 무릎을 꿇고 삼각형을 맨 위에 올려놓았다.

그녀가 소리를 질렀다.

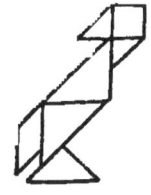

"란 사범은 새를 만들었어요! 단서 같은 건 안 남겼어요."
갑자기 여자의 얼굴이 흙빛으로 변하더니 맥없이 바닥에 쿵 쓰러졌다.

디 공의 집무실로 들어서면서 마중이 혀를 찼다.
"그 계집은 사람도 아니군요!"
디 공이 말했다.
"그 여자는 나를 미워한다. 나라는 인간이 어디 하나 마음에 들지 않는 게지. 독한 여자야. 하나 강한 의지와 기민한 머리 회전은 알아줄 만하다. 한번보고 단번에 고양이를 새로 바꾸는 솜씨는 대단했어. 고통으로 머리가 빠개질 듯이 아팠을 터인데 말이야."
차오타이가 끼어들었다.
"비범한 여자입니다. 그렇지 않았다면 란 사범의 눈에 들었을 리 만무하지요."
디 공이 걱정스럽게 말했다.
"그건 그렇고. 그 여자 때문에 우리 입장이 아주 난처해졌네. 그녀를 란의 살인범으로 모는 이제까지의 방식은 벽에 부딪혔어. 이제부터는 그 여자 남편의 죽음에 석연치 않은 구석이 있고 거기에 그 여자도 연루되어 있다는 사실은 증명해야 하네."

타오간이 곱사등이 쿠오 검시관과 함께 돌아왔을 때 디 공이 말했다.

"쿠오, 일전에 루밍의 시체가 눈이 불룩 튀어나와 있어 어딘가 이상한 생각이 들었다고 말했지. 머리 뒤편을 강하게 얻어맞았을 때 그런 현상이 나타난다고 들었네. 하지만 설령 쾅 의원이 연루되어 있었다고 하더라도 시체를 염한 루밍의 형제나 장의사가 그 상처를 눈치 채지 않았을까?"

쿠오는 고개를 저었다.

"눈치 챌 수 없습니다. 방망이 끝을 두꺼운 천으로 휘감아 가격했을 경우에는 피가 나지 않습니다."

디 공은 고개를 끄덕였다.

"부검을 해 보면 두개골이 부서졌는지는 알 수 있을 테지. 하지만 만일 그런 추정이 빗나갔을 경우 그 시체가 피살체라는 증거를 달리 확보할 수가 있나? 다섯 달도 전에 일어난 사건인데 말이야."

"어떤 종류의 관을 썼고 무덤 내부 상태가 어떠했는가에 달려 있지요. 하지만 시체의 부패 정도가 심하다고 하더라도 피부라든지 골수의 상태 같은 걸 보면 독극물의 흔적을 알아낼 수 있습니다."

디 공은 잠시 생각에 잠겼다.

"법은 타당한 이유 없이 시체를 발굴할 경우 엄벌에 처한다. 부검 결과 루밍이 살해되었다는 요지부동의 증거가 나오지 않는다면 나는 사직서를 제출하고 무덤을 욕되게 한 데 대해 상부의 처벌을 달게 받아야 할 것이다. 거기다가 루 부인을 남편 살인범으로 엉뚱하게 몰아세웠다고 누군가 고발이라도 하면 목숨을 부지하기가 어려워진다. 관리는 나라를 등에 업고 일을 하지만 실수를 저지르는 날에는 가차없이 그 대가를 감수해야 하는 법. 제국의 관료 체계는 너무도 방대해서 아무리 선의를 갖고 있었더라도 잘못을 범한 관리에게는 일체 관용을 베풀지 않는다."

디 공은 일어서서 방 안을 서성거렸다. 세 수하는 걱정스럽게 그를 지켜보았다. 갑자기 디 공이 걸음을 멈추더니 단호히 말했다.

"부검을 실시한다! 책임은 내가 지겠네!"

차오타이와 타오간의 얼굴에 불안의 빛이 떠올랐다. 타오간이 입을 열었다.

"그 여자는 온갖 술수에 통달해 있습니다. 만일 마법이라도 걸어서 남편을 죽였다면 어떻게 됩니까? 그럴 경우 몸에는 아무런 흔적이 남지 않을 터인데요."

디 공은 초조한 빛으로 고개를 흔들었다.

"나 역시 이 세상에는 우리 머리로 이해할 수 없는 일이 수없이 많다고 보네. 하지만 하늘이 주술의 힘만 가지고 사람을 죽이도록 방치할 리는 없다고 생각해. 마중, 필요한 지시를 포두에게 내리게! 루밍의 시체에 대한 부검은 오늘 오후 묘지에서 실시한다!"

묘지에서 부검을 하고
중상을 입은 남자가 이상한 이야기를 한다.

북문에서는 마치 거대한 인구 이동이 이루어지고 있는 것 같았다. 거리를 가득 메운 사람들은 모두 북문으로 향하고 있었다.
디 공을 태운 가마가 문으로 빠져나갈 때 사람들은 마지못해 묵묵히 길을 비켜주었다. 그러나 루 부인이 탄 작은 밀폐식 가마가 모습을 나타내자 환호성을 터뜨렸다.
사람들은 꼬리에 꼬리를 물고 눈 쌓인 언덕을 지나 도시의 서쪽으로 나아갔다. 그곳 고지대에는 커다란 묘지가 들어서 있었다. 사람들은 크고 작은 묘지 사이로 구불구불 난 길을 따라가 묘지 중심부의 뻥 뚫린 무덤으로 모여들었다. 포졸들은 그곳에다 거적으로 임시 오두막을 세워 놓았다.
가마에서 내리던 디 공은 임시 방편이기는 하지만 공을 들여 지은 흔적이 역력한 가설 재판대도 보았다. 높은 나무 탁자가 판관석 앞에 놓여 있었고 선임 기사관은 보조 탁자 앞에 앉아서 꽁꽁 언

손을 호호 불어 녹이고 있었다. 파헤친 무덤 앞에는 커다란 관이 버팀대 위에 올려져 있었다. 장의사와 그를 돕는 조수들이 관 옆에 서 있었다. 쿠오는 휴대용 화로 옆에 쪼그리고 앉아 열심히 불을 피우고 있었다.

삼백 명 정도의 군중이 넓은 원을 그리면서 사방을 둘러싸고서 있었다. 디 공은 탁자 뒤의 유일한 의자에 앉아 있었고 마중과 차오타이는 판관의 양옆에 서 있었다. 타오간이 관 쪽으로 걸어가서 그것을 조심스레 살폈다.

가마꾼들이 루 부인의 의자 가마를 내려놓자 포두가 휘장을 젖혔다. 그는 기겁을 하고 뒷걸음질쳤다. 루 부인이 미동도 하지 않은 채 가로대 위에 무너져 있었다.

군중들이 아우성을 치며 몰려들었다.

"그 여자를 살펴보아라!"

디 공은 타오에게 지시한 다음 다른 수하들에게 속삭였다.

"하늘은 저 여자를 우리 손에 죽게 하지 않을 것이다."

쿠오는 살며시 루 부인의 머리를 들었다. 돌연 여자의 눈꺼풀이 움직였다. 그녀는 깊은 숨을 들이쉬었다. 쿠오는 가로대를 떼어 내었다. 여자는 쿠오의 부축을 받고 자기 손으로 지팡이를 짚으면서 비틀비틀 오두막으로 걸어갔다. 파헤친 무덤을 보자 뒤로 주춤 물러서면서 소매로 얼굴을 가렸다.

타오간이 못마땅하다는 듯이 말했다.

"연기하는 것이 몸에 배였군."

디 공이 걱정스럽게 말했다.

"그러게 말이야. 하지만 사람들은 그걸 좋아하거든."

루 부인이 묘지에 도착한다.

디 공은 경당목으로 탁자를 두드렸다. 확 트인 추운 공간에서 그 소리는 이상하리만큼 약하게 들렸다.
"이제부터 루밍의 시신을 부검하겠다."
디 공은 큰 소리로 말했다.
별안간 루 부인이 고개를 들었다. 지팡이에 몸을 기댄 채 느릿느릿 말을 이어나갔다.
"현령께서는 우리네 백성의 어버이나 마찬가지입니다. 오늘 아침 제가 관아에서 무례하게 말씀드린 것은 젊은 과부인 저의 명예와 란 사범의 명예를 지키기 위해서였습니다. 저의 도를 벗어난 행동에 대해서는 그에 합당한 처벌을 받았습니다. 이제 저는 현령께서 문제를 이 정도에서 매듭 짓고 제 불쌍한 남편의 관을 열지 말아 주십사고 이렇게 무릎 꿇고 빕니다."
여자는 무릎을 꿇고 이마를 땅에다 세 번 내리찧었다.
구경꾼들은 여자를 동정하는 듯 술렁거렸다. 그런 선에서 절충하는 것이 그들에게는 합리적 제안으로 보였던 것이다. 그것은 사람들이 일상 생활에서 문제에 부딪힐 때 흔히 택하는 해결방식이었다.
디 공은 경당목을 두드렸다.
"본관은 루밍이 살해당했다는 충분한 증거가 없었더라면 이번 부검을 명령하지 않았을 것이다. 이 여인은 언변에 능하지만 나는 책무를 다할 것이니라. 관을 열어라!"
장의사가 앞쪽으로 다가서자 루 부인이 다시 일어섰다. 그녀는 군중 쪽으로 비스듬히 돌아서서 소리소리 질렀다.
"어떻게 백성을 이렇듯 억누를 수 있단 말입니까? 고을 수령은 마땅히 그래야 하는 건가요? 당신은 내가 남편을 죽였다고 주장하지만, 그렇다면 증거를 제시했습니까? 당신이 우리 고을의 수령인 건 사실이지만 무소불위의 권력을 누려도 된다는 것은 아닙니다! 박해당하고 짓눌리는 백성도 나랏님에게 호소할 수 있는 길은 얼마든지 열려 있다는 것쯤은 저도 압니다. 고을 수령이 무고한 백성을 괴롭혔을 때 법은 가해자에게 그가 무고한 백성에게 부과하려 했던 벌과 똑같은 처벌을 내린다는 사실을 똑똑히 기억하셔야 합니다! 비록 의지할 데 없는 젊은 과부지만 당신이 옷을 벗는 날까지 끝없이 싸우겠어요!"

군중들이 고함을 질러 댔다.

"옳소! 부검을 하지 마시오!"

디 공이 호통을 쳤다.

"조용! 부검 결과 명백한 살해 물증을 확보하는 데 실패하면 나는 저 여인한테 가했던 벌과 똑같은 처벌을 달게 받을 용의가 있다!"

루 부인이 다시 입을 열려고 하자 디 공은 관을 가리키면서 재빨리 다음 말을 이었다.

"증거가 저기 있는데 지체할 필요가 어디 있겠는가?"

군중의 기세가 꺾이자 디 공은 장의사에게 명령했다.

"진행하라!"

장의사는 끌을 관 뚜껑에다 우겨넣었다. 두 조수는 맞은편에서 작업에 들어갔다. 그들은 얼마 안 가서 무거운 관 뚜껑을 떼어 바닥에 내려놓았다. 목도리로 입과 코를 막고 두꺼운 거적을 들어 그 위에 놓여 있던 시신을 밖으로 꺼냈다. 시신은 재판대 앞에 놓여졌다. 호기심이 발동한 구경꾼 몇이 시신에 바짝 다가섰다가 황급히 뒤로 물러섰다. 시신은 처참하게 부패해 있었다.

쿠오는 향이 타오르는 그릇을 시신 양옆에 놓았다. 시신의 얼굴을 얇은 수건으로 가린 다음 두꺼운 장갑을 얇은 가죽 장갑으로 바꾸어 꼈다. 그러고는 디 공의 지시를 기다리는 듯 고개를 들었다.

디 공은 공문서를 작성하고 나서 장의사에게 말했다.

"부검에 들어가기에 앞서 무덤을 어떻게 파헤쳤는지 말해 보아라."

장의사가 공손히 말했다.

"나리의 분부에 따라 소인이 두 조수를 데리고 점심 지나서 무덤을 열었습니다요. 무덤에 석판이 덮여 있는 것으로 보아 다섯 달 전에 매장할 당시와 똑같은 상태인 것으로 사료되옵니다."

디 공은 고개를 끄덕이고 검시관에게 신호를 보냈다.

쿠오는 더운 물에 적신 수건으로 시신을 닦아 낸 다음 꼼꼼히 살피기 시작했다. 모두들 긴장에 휩싸여 숨을 죽이고 그의 동작을 지켜보았다.

몸의 앞쪽을 다 살핀 쿠오는 시신을 뒤집어 두개골 뒤를 조사하기 시작했다. 그는 머리 밑부분을 손가락으로 눌러 보더니 서서히 몸 쪽으로 내려갔다. 디 공의 얼굴이 점점 창백해졌다.

마침내 쿠오가 일어나서 디 공에게 보고했다.

"시체의 바깥쪽은 조사를 완료했습니다. 살해당한 흔적이 없었다는 것을 보고드립니다."

구경꾼들이 고함을 지르기 시작했다.

"수령이 거짓말했다! 여자를 풀어 주어라!"

그러나 앞줄에 선 사람들은 뒤에 선 사람들에게 조용히하라고 소리친 다음, 이어지는 보고에 귀를 기울였다.

"따라서 소인은 독약을 먹었는지 검증하기 위해 나리의 허락을 얻어 몸 안도 조사했으면 합니다."

디 공이 미처 대답을 하기 전에 루 부인이 악을 썼다.

"아직도 모자라서? 불쌍한 시신이 또다시 모욕을 당해야 한다는 건가요?"

앞줄에 서 있던 한 남자가 고함을 쳤다.

"그놈 목에다 올가미를 매시오. 루 부인! 당신은 죄가 없소!"

루 부인은 다시 악을 쓸 기세였지만 디 공의 신호가 이미 검시관에게 떨어진 뒤였다. 사람들은 루 부인에게 기운을 내라고 소리쳤다.

쿠오는 순은제 얇은 칼로 시체를 한참 동안 조사했다. 뭉그러진 살 밖으로 삐어져 나온 뼈 끄트머리도 세심하게 살폈다.

부검을 마친 쿠오는 일어서서 난감한 표정으로 디 공을 쳐다보았다. 사람들은 이제 쥐죽은 듯 조용했다. 잠시 미적대다가 쿠오가 입을 열었다.

"시신의 안에서도 독물을 먹었다는 증거가 나타나지 않았음을 보고드립니다. 제가 가진 지식을 모두 동원하여 판단할 때 이 남자는 자연사를 했습니다."

루 부인이 뭐라고 소리를 질렀지만 성난 군중의 아우성에 묻혀버렸다. 군중은 오두막 쪽으로 쏠리면서 포졸들을 밀어냈다. 앞줄에 섰던 사람들이 소리 질렀다.

"저 못된 관리를 죽여라! 저자가 무덤을 파헤쳤다!"

디 공은 의자에서 일어나 우뚝 섰다. 마중과 차오타이가 옆으로 붙었지만 디 공은 두 사람을 뿌리쳤다.

앞줄에 선 사람들은 디 공의 얼굴에 떠오른 표정을 보고 자기도 모르게 주춤주춤 물러나 잠잠해졌다. 뒤에 있던 사람들도 아우성을 그치고 어떻게 돌아가는지 알아보기 위해 가만히 귀를 기울였다.

디 공은 팔짱을 끼고 우렁차게 말했다.

"물러나겠다고 약속했으니 그 약속을 지키겠다! 하지만 그전에 한 가지 더 확인할 내용이 있다. 사직서를 제출하기 전까지는 아직 내가 이곳의 수령임을 명심하기 바란다. 여러분이 나를 죽이고 싶다면 그것은 여러분 마음이다. 하나 그러는 날에는 여러분은 나라에 반기를 든 역도가 된다는 사실을 명심하라. 그 대가를 톡톡히 치르게 될 것이야! 어서 결정하라! 나는 달아나지 않겠으니!"

군중은 이 늠름한 인물을 경외의 눈으로 바라보았다. 그들은 망설였다.

디 공이 서둘러 뒷말을 이었다.

"이 자리에 행회장이 있거든 나와 보시오. 시신을 책임지고 다시 묻을 사람이 필요해서 그렇다오."

푸주한 행회장으로 있는 억센 사내가 앞으로 걸어나왔다. 디 공이 지시를 내렸다.

"당신은 장의사들이 시신을 관 속에 제대로 넣는지 감독하고 관이 무덤에 바로 놓이도록 만전을 기하시오. 그런 다음 무덤을 잘 덮고."

디 공은 돌아서서 가마에 올라탔다.

그날 밤도 이슥했는데 디 공의 집무실에는 서글픈 침묵이 감돌았다. 디 공은 짙은 눈썹을 잔뜩 일그러뜨린 채 책상 앞에 앉아 있었다. 화로를 달구던 석탄이 재로 변하여 커다란 방은 몹시 썰렁했다. 그러나 디 공도, 수하들도 추위를 의식하지 못했다.

책상 위의 커다란 초가 치직 소리를 내며 꺼지자 디 공이 드디어 입을 열었다.

"이제 우리는 이 사건을 해결할 수 있는 모든 가능성을 타진해 보았네. 새로운 증거를 못 찾아내면 나는 끝장이라는 사실을 자네들도 알겠지. 증거를 찾아야 해. 그것도 한시 바삐."

타오간이 새로 불을 붙였다. 가물거리는 촛불이 그들의 초췌한 얼굴을 비추었다.

그때 문 두드리는 소리가 났다. 사령이 들어와 다급한 어조로 예핀과 예타이가 뵙기를 원한다고 알렸다.

디 공은 깜짝 놀라 그들을 불러들이도록 했다.

예핀이 들어오고, 형의 부축을 받으며 예타이도 들어왔다. 예타이의 머리와 손에는 붕대가 칭칭 휘감겨 있었다. 푸르뎅뎅한 얼굴빛은 도저히 정상이라고 볼 수가 없었다. 그는 제대로 걷지도 못했다.

마중과 차오타이의 부축으로 예타이는 간신히 긴 의자에 앉을 수 있었다. 예핀이 말했다.

"오늘 오후에 동문을 통해서 농부 네 사람이 동생을 들것에 싣고 왔습니다. 눈더미 위에 의식을 잃고 쓰러져 있는 것을 우연히 발견했답니다. 머리 뒤에 깊은 상처가 났고 손가락은 동상에 걸렸습니다. 하지만 그 사람들이 간호를 한 덕으로 오늘 아침에야 의식을 되찾고 신분을 밝히더랍니다."

디 공이 캐물었다.

"어떻게 된 일인가?"

예타이가 죽어 가는 목소리로 말했다.

"제가 마지막으로 기억하는 것은, 이틀 전 저녁을 먹으러 집으로 가다가 갑자기 뒤통수를 호되게 얻어맞았다는 사실뿐입니다."

디 공이 말했다.

"자네를 공격한 사람은 추타위안이야. 위캉과 랴오 소저가 자기 집에서 밀회를 나눈다고 추가 언제 말하던가?"

"저한테는 말하지 않았습니다. 한번은 추의 서재 밖에서 기다리는데 안에서 큰 소리가 들리더군요. 저는 누구와 추가 말다툼을 벌이나 보다 생각하고 귀를 문에다 바짝 갖다 댔습니다. 추는 위캉과 랴오 소저가 자기 집에서 놀아나고 있다면서 노발대발했습니다. 입에 담지 못할 상소리를 섞어 가면서요. 그때 집사가 와서 문을 두드렸지요. 추는 갑자기 입을 다물었습니다. 제가 안으로 들어갔을 때 추는 혼자였고 아주 차분해진 상태였습니다."

수하들에게 디 공이 말했다.

"랴오 소저의 살인 사건에서 마지막으로 모호했던 구석이 이로써 명확해졌다."

그러고는 예타이에게 말했다.

"그렇게 우연히 주워들은 것을 가지고 너는 불쌍한 위캉에게 공갈을 쳤지. 하늘이 네놈을 가만둘 줄 알았더냐!"

예타이가 풀이 죽어 말했다.

"저는 손가락을 잃었습니다."

디 공은 예핀에게 물러가라고 손짓했다. 마중과 차오타이의 도움을 받으면서 예핀은 동생을 문으로 데려갔다.

부관이 긴급 서신을 갖고 오고
　　디 공은 조상을 모신 사당에서 보고한다.

다음날 일찌감치 디 공은 말을 타고 나섰다. 거리를 오가던 사람들이 그에게 고함을 질렀다. 고루 부근에선 하마터면 돌에 맞을 뻔했다.

그는 옛 훈련원 자리로 말을 몰고 가서 그 주위를 빠른 속도로 몇 차례 돌았다. 다시 관아로 돌아온 디 공은 루 부인 사건을 해결 짓기 전까지는 밖으로 나다니지 않는 것이 좋겠다고 생각했다.

그 다음 이틀은 밀린 행정 사무를 처리하면서 보냈다. 세 형리는 새로운 단서를 발견하기 위하여 매일같이 밖으로 나갔다. 그러나 이렇다 할 소득이 없었다.

둘째 날, 유일하게 좋은 소식이 들어왔는데 그것은 첫째 부인이 타이위안의 친정집에서 보낸 장문의 편지였다. 그녀는 어머니가 위험한 고비를 넘겼으며 몸이 완전히 회복될 날도 얼마 남지 않았다고 썼다. 가까운 시일 안에 베이저우로 돌아올 예정이라고 덧붙었다. 디 공은 루 부인 사건을 해결하지 못할 경우 가족의 얼굴도 두 번 다시 못 보게 될 것이라고 생각하니 마음이 심란했다.

셋째 날 이른 아침, 디 공이 집무실에 앉아서 아침을 들고 있을 때였다. 군 수비대에서 무관 한 사람이 서신을 가지고 왔는데 현령에게 직접 전하고 싶어한다는 사령의 전갈이었다.

꺽다리 사내가 눈이 수북히 앉은 갑옷을 입고 들어섰다. 그는 절을 하더니 디 공에게 커다란 봉함 서신을 건네고 무뚝뚝하게 말했다.

"바로 답신을 받아오라는 분부였습니다."

디 공은 호기심에 찬 눈빛으로 상대를 바라보았다.

"앉게."

한 마디 툭 던지고 봉투를 뜯었다.

군 기찰대의 비밀 요원들이 베이저우 주민의 심상치 않은 분위기를 보고했다는 내용이었다. 북쪽 저 너머에 도사린 미개한 유목민에 대한 군사적 방어 태세를 언급한 대목도 있었다. 사령관은 북로군의 후방 지역이 안정되어 있어야 군사적으로 위험이 뒤따르지 않는다고 강조했다. 그러면서 베이저우의 수령이 요청할 경우 아군 수비대를 그 지역에 당장 주둔시킬 용의가 있다는 뜻을 비추었다. 편지에 사령관을 대신하여 서명 날인한 사람은 군 기찰대 책임자였다.

디 공의 얼굴이 창백해졌다.

그는 재빨리 붓을 들어 세 줄의 답신을 썼다.

"베이저우 수령은 신속한 통보에 감사드리는 바이올시다만, 이곳의 평화와 질서를 빠른 시일 안에 복원하는 데 필요한 제반 조치를 오늘 아침 직접 발표할 예정입니다."

디 공은 관아의 커다란 붉은 인장을 찍은 다음, 편지를 무관에게 주었다. 편지를 받아든 무관은 꾸벅 절을 하고 방에서 나갔다.

디 공은 일어서서 사령을 불렀다. 그리고 예복을 가져오고 세 형리를 불러오도록 명령했다.

마중, 차오타이, 타오간은 디 공이 반듯이 예복을 차려입고 금줄이 박힌 의례용 모자까지 쓴 모습을 보고 어안이 벙벙했다.

자신이 친구처럼 믿고 아끼는 세 수하의 얼굴을 서글픈 눈으로 바라보면서 디 공이 입을 열었다.

"이대로 상황을 방치할 수는 없네. 방금 수비대 사령부로부터 베이저우 주민의 소요 사태를 우려하는 비밀 서신을 받았네. 이곳에 군대를 주둔시키는 게 어떻겠는가라는 제안이 있었지. 나의 통치 능력이 의심받고 있다는 소리지. 집에서 간단한 의식을 거행하려 하니 자네들이 입회해 주게나."

디 공은 관아와 사택을 연결하는 지붕 덮인 통로를 따라 걸어갔다. 생각해 보니, 가족이 타이위안으로 떠난 뒤 처음 집으로 향하는 걸음이었다.

디 공은 곧바로 안방 뒤편의 조상을 모신 사당으로 부하들을 데리고 갔다. 냉기가 감도는 사당에는 천장까지 오는 커다란 제대와 왼편에 제단이 달랑 놓여 있을 뿐이었다.

디 공은 향에 불을 붙이고 제대 앞에 무릎을 꿇었다. 세 형리는 입구 쪽에 무릎을 꿇고 앉았다.

자리에서 일어난 디 공은 제대의 높직한 양쪽 문을 조심스럽게 열었다. 선반 위에는 나무로 된 작은 위패가 빼곡히 늘어서 있었다. 위패 하나하나는 나무를 깎아 만든 받침대 위에 얹혀 있었다. 그것은 디 공 선조들의 위패였다. 고인의 이름과 벼슬, 생몰 년도의 날짜와 시각까지 금으로 적어 놓았다.

디 공은 다시 무릎을 꿇고 이마가 바닥에 닿도록 세 번 절을 했다. 그런 다음 눈을 감고 마음을 하나로 모았다.

마지막으로 위패당의 문을 연 것은 지금으로부터 이십 년 전, 그러니까 디 공의 아버지가 아들의 정혼을 조상님께 알릴 때였다. 그때 디 공은 아버지 뒤에서 첫째 부인과 함께 절을 했다. 그의 앞에 서 계시던 아버님은 몸이 말랐고 하얀 수염을 기르셨다. 얼굴에는 주름살이 깊게 패였지만 기품이 서려 있었다.

이제는 그 아버님의 얼굴도 차갑게 식은 위패로 남았다. 디 공은 널찍한 방 입구에 아버님이 서 계신 것을 보았다. 방 좌우에는 근엄한 표정을 한 선조들이 미동도 하지 않고 나란히 도열하여, 아버지 발치에 무릎을 꿇은 디 공을 일제히 응시하고 있었다. 널찍한 공간을 가로질러 방 안쪽으로 눈길을 돌리니 높은 의자에 앉으신 시조님의 번쩍거리는 긴 옷자락이 얼핏 눈에 들어왔다. 그분은 지금부터 팔백 년 전에 사셨으니 공자의 가르침을 생생히 접할 수 있었던 분이셨다. 엄숙한 사당에서 무릎을 꿇고 있으니 디 공은 절로 마음이 여유로워지고 편안해졌다. 마치 길고 힘들었던 여행을 마치고 돌아온 사람처럼, 디 공은 낭랑한 목소리로 말했다.

"훌륭한 디 가문의 부끄러운 후손인 저 런지에는 돌아가신 디청위안 대신의 막내아들입니다. 저는 나라와 백성에 대한 저의 책무를 제대로 수행하지 못하여 오늘 사직서를 제출하려 하옵니다. 그와 동시에 저는 두 가지 중죄, 그러니까 충분한 이유 없이 무덤을 파헤친 죄와, 무고한 백성을 살인범으로 몬 죄를 저질렀음을 고백합니다. 비록 선한 의도를 가지고 있었다 하더라도 부족한 자질 때문에 저에게 맡겨진 임무를 제대로 수행하지 못했습니다. 이러한 사실을 보고드리면서 조상님의 용서를 간절히 비옵니다."

디 공이 말을 마치자 좌우로 늘어섰던 조상들이 그의 마음의 눈앞에서 서서히 사라졌다. 마지막까지 남아 있던 사람은 아버님이었다. 아버님은 낯익은 몸짓으로 길고 붉은 옷의 주름을 조용히 펴고 계셨다.

디 공은 일어섰다. 다시 세 번 절을 하고 위패당 문을 닫았다.

그는 돌아서서 수하 셋에게 따라 나오라고 손짓했다.

집무실에 돌아온 디 공은 침착한 목소리로 말했다.

"이제부터는 혼자 있고 싶다. 공식 사직서를 작성해야겠어. 자네들은 점심 전에 이리 와서 나의 사직을 알리는 방을 곳곳에 써 붙이게. 그래야 백성들이 안심을 할 것 아닌가."

세 형리는 말없이 무릎을 꿇고 세 번 절을 했다. 디 공에게 무슨 일이 생기더라도 그들의 충성심에는 하등의 변화가 있을 수 없다는 것을 알리기 위해서였다.

부하들이 방에서 나가자 디 공은 도독에게 자신이 수사에 실패한 경위를 소상히 설명하고 두 가지 중죄를 저지른 것도 밝혔다. 그리고 자신은 엄벌을 받아 마땅하다고 썼다.

서명을 하고 편지를 봉한 다음 디 공은 의자에 기대어 깊이 한숨을 쉬었다. 이것이 베이저우 현령으로서 그의 마지막 공식 업무였던 것이다. 오후에 방이 나붙는 대로 그는 관인을 서열상 바로 아래인 선임 기사관에게 넘길 예정이었다. 새로운 현령이 부임해

올 때까지 선임 기사관이 행정을 맡을 것이다.

차를 마시면서 디 공은 임박한 자신의 재판을 냉정히 성찰할 수 있는 여유를 얻었다. 사형 언도는 피할 수 없다. 그가 기댈 수 있는 유일한 언덕은 푸양 현령으로 봉직할 당시 황제의 표창을 받았다는 사실뿐이었다. 그는 상부에서 이 점을 감안하여 재산을 전부 몰수하지 않기만을 간절히 빌었다. 처자식은 물론 타이위안에 있는 동생이 거두어 줄 것이다. 그러나 아무리 형제 간이라 하더라도 얹혀 산다는 것은 서글픈 노릇이다.

장모님의 병환이 차도를 보인다니 그나마 안심이었다. 장모님이 살아 계시면 첫째 부인이 혼자서 역경을 헤쳐가는 데 여러 모로 도움이 될 것이다.

디 공은 뜻밖의 방문객을 맞이하고
이차 부검을 결심한다.

디 공은 일어나서 화로로 걸어갔다. 두 손을 녹이고 있는데 뒤에서 문 열리는 소리가 들렸다. 혼자만의 시간을 빼앗기는 데 짜증이 나서 디 공은 돌아섰다. 쿠오 부인이었다.
 디 공은 살짝 웃고 나서 부드럽게 말했다.
 "쿠오 부인, 난 지금 아주 바쁘오. 중요한 용무가 있거들랑 선임 기사관에게 보고하시오."
 그러나 쿠오 부인은 떠날 눈치가 아니었다. 그녀는 눈을 내리깔고 묵묵히 그 자리에 서 있었다. 잠시 후 나지막이 말했다.
 "저희 곁을 떠나신다는 이야기를 들었습니다. 제 남편과 저에 대한 그동안의 배려에……감사드리고 싶었습니다."
 디 공은 창문 쪽으로 돌아섰다. 문풍지 사이로 밖의 은세계가 빛나고 있었다. 디 공은 어렵사리 입을 열었다.
 "고맙소. 쿠오 부인. 내가 이곳에 봉직하는 동안 당신 부부가 나에게 준 도움은 잊지 못할 것이오."
그는 가만히 서서 문을 닫고 나가는 소리가 들리기를 기다렸다.
말린 약초의 향이 코끝을 간지럽혔다. 부드러운 목소리가 뒤에서 들렸다.
"남자가 여자의 마음을 알기란 쉽지 않습니다."
디 공이 휙 고개를 돌리자 여자는 서둘러 뒷말을 이었다.
"여자는 남자가 도저히 눈치 챌 수 없는 자기만의 비밀을 갖고 있습니다. 나리께서 루 부인의 비밀을 알아차리지 못한 것도 무리는 아니지요."
디 공은 여자 옆으로 갔다. 그는 잔뜩 긴장했다.
"그렇다면. 새로운 단서라도 찾아냈다는 소리요?"
쿠오 부인이 한숨을 뱉었다.
"아뇨. 새로운 단서는 아닙니다. 기존에 있었던 단서……, 루밍의 피살을 입증할 수 있는 유일무이한 단서지요."
디 공은 뚫어지게 여자를 바라보았다.
"말해 보시오!"
쿠오 부인은 목도리를 바짝 당겼다. 떨고 있는 것 같았다. 그러곤 아주 기운 없이 설명을 시작했다.
"더 이상 기울 데도 없는 옷을 기우고, 낡은 신발 밑창을 때우고, 자질구레한 집안일에 얽매이면서 우리의 생각은 산만해지네. 깜빡이는 촛불 아래 피곤한 눈을 부릅뜬 채, 우리는 일하고 또 일하다가, 멍청히 의문에 잠긴다……. 이게 전부일까. 구두 밑창은 단단하고 손가락은 얼얼하여라. 우리는 길고 가느다란 못을 잡고, 나무 망치를 잡고, 밑창에 구멍을 뚫는다. 한 번 또 한 번……."

머리를 숙인 채 서 있는 여자의 여린 자태를 뚫어지게 쳐다보면서 디 공은 무언가 다정스러운 말을 건네려고 애를 썼다. 그러나 피로하면서도 어딘지 초연해 보이는 여자의 목소리는 계속 이어졌다.

"우리는 바늘을 넣었다 빼고 또 넣었다 뺀다. 우리의 서글픈 상념도 이리저리 넘나든다. 버림받은 둥지 부근에서 퍼덕거리는 기분 나쁜 잿빛 새들."

쿠오 부인은 고개를 들어 디 공을 바라보았다. 그는 반짝이는 커다란 눈망울과 마주치자 깜짝 놀랐다. 여자의 말은 아주 느릿느릿 계속되었다.

"그러던 어느 날 밤, 생각이 떠오른다. 여자는 바느질을 멈추고, 긴 못을 집어, 그것을 바라본다⋯⋯. 마치 처음 보는 물건처럼 자기의 아픈 손가락을 살려 주는 충직한 못, 서글픈 상념에 젖어야 했던 그 숱한 외로움의 시간을 지켜 주었던 충직한 반려자."

디 공은 소스라치게 놀랐다.

"그러니까 부인의 말은⋯⋯."

쿠오 부인이 여전히 담담한 목소리로 말했다.

"그렇습니다. 그 못은 대가리가 아주 작아요. 머리털 사이로 정수리에다 망치로 박아 넣으면 절대로 발견되지 않습니다. 남자를 어떻게 죽였는지 아무도 모르게 되지요⋯⋯. 여자는 자유의 몸이 되고요."

디 공은 이글거리는 눈으로 여자를 바라보았다.

"아, 당신이 나를 살렸소! 이제야 알았어! 그 여자가 왜 부검을 그토록 두려워했는지. 부검에서 왜 아무런 소득이 없었는지 이제야 납득이 가는구려!"
 초췌한 얼굴에 따뜻한 미소를 머금으면서 디 공은 부드럽게 덧붙였다.
 "부인 말이 맞구려! 여자가 아니고는 모를 일이로세!"
 쿠오 부인은 말없이 디 공을 보았다. 그는 재빨리 물었다.
 "왜 슬픈 표정을 짓는 거요? 당신 말이 옳다니까. 그것이 유일한 해결책이지!"
 쿠오 부인은 망토에 달린 모자를 세워 머리에 썼다. 그러고는 디 공을 보며 부드럽게 웃었다.
 "맞아요. 그게 유일한 해결책임을 아시게 될 겁니다."
 여자는 그 말을 남긴 채 문을 닫고 나갔다.
 디 공은 닫힌 문을 멍청히 바라보았다. 그의 얼굴빛이 갑자기 하얘졌다. 그는 오래토록 그렇게 서 있었다. 그러고는 사령을 불러 당장 세 형리를 집무실로 호출하도록 했다.
 마중, 차오타이, 타오간은 기운 없이 들어섰다. 그러나 디 공의 얼굴에 나타난 표정을 본 순간 그들의 얼굴에는 놀랍게도 환한 미소가 번졌다.
 디 공은 팔짱을 낀 채 책상 앞에 서 있었다. 눈에는 생기가 감돌았다.
 "이보게들, 마지막 순간에 우리는 루 부인의 혐의를 입증할 수 있게 되었네! 루밍의 시신을 이차 부검하세!"
 마중은 기가 막혔는지 두 동료를 바라보았다. 그러더니 빙긋이 웃었다.
 "그렇게 자신 있게 말씀하시는 걸 보니 사건이 해결된 게로군요. 언제할까요?"

"빠를수록 좋아!"

디 공이 힘차게 말했다.

"이번에는 우리가 묘지로 갈 것이 아니라 관을 이리고 가져오는 거야."

"아시다시피 사람들 분위기가 심상치 않습니다. 저도 밖에서 부검을 하는 것보다는 이 안에서 하는 편이 안전하다고 생각합니다."

차오타이가 고개를 끄덕거렸다.

그러나 타오간은 미심쩍다는 얼굴이었다. 그가 천천히 자기 생각을 토로했다.

"사령에게 방을 붙이도록 지시하면서 사람들 얼굴을 보니까 다들 당연하다는 표정을 짓고 있었습니다. 지금쯤 어르신께서 물러난다는 소식이 좍악 퍼졌을 겁니다. 이차 부검을 한다는 사실을 알면 폭동이라도 일으키지 않을지 걱정이 되네요."

"나도 그 정도는 예상하고 있네."

디 공이 침착하게 말했다.

"그런 모험을 감수할 용의가 있어. 쿠오에게 관아에서 부검을 할 수 있도록 만반의 준비를 갖추어 놓으라고 이르게. 마중과 차오타이는 푸주한 행회 사람들과 랴오 행회장한테 가서 내 생각을 전하고 묘지로 데려가서 관 파헤치는 자리에 입회시켰다가 같이 관아로 오게. 만사가 순조롭게 아무 탈 없이 진행되면 사람들이 낌새를 알아차리기 전에 관을 이리로 가져올 수 있을 게야. 설령 소문이 퍼진다고 해도 사람들은 처음에 나한테 반감을 품기보다는 호기심을 더 많이 느낄 거라고 보네. 사람들의 신망을 얻는 행회원들이 있으니 성급하게 행동하려는 사람을 막아 줄 수도 있을 터이고, 어쨌든 여기 관아에서 재판을 다시 벌일 때까지 아무 탈이 없기를 바라는 수밖에 없지."

디 공은 세 형리에게 격려의 미소를 보냈다. 세 형리는 곧장 자리를 떴다.

디 공의 미소는 이내 얼어붙었다. 부하들 앞에서 보였던 미소는 사실 억지로 짜낸 것이었다. 그는 책상으로 걸어가서 의자에 앉아 얼굴을 두 손에 파묻었다.

관아에서 특별 재판이 열리고
마침내 여인이 놀라운 실토를 한다.

점심때 디 공은 사령이 가져온 밥과 국에 전혀 입을 대지 않았다. 차 한 잔만 마셨을 뿐이었다.
쿠오는 관이 아무 이상 없이 관아에 도착했다고 보고했다. 그러나 군중이 정문 앞으로 모여들어 함성을 지르고 있었다.
마중과 차오타이가 걱정스러운 얼굴로 나타났다.
"동헌에 모인 사람들이 격앙되어 있습니다."
마중이 심각한 표정으로 말했다.
"안으로 들어오지 못한 사람들은 거리에서 욕설을 퍼부으면서 이리로 돌을 던지고 있습니다."
디 공이 퉁명스럽게 받았다.
"마음대로 하라고 그래!"
마중은 애원하듯이 차오타이를 바라보았다. 차오타이가 나섰다.
"군대를 부르는 것이 어떨까요? 관아 둘레에다 방어선을 치게 하면……."

디 공은 주먹으로 탁자를 쾅 내리치며 화를 버럭 냈다.

"이곳 수령은 나라는 걸 모르나? 여기는 내가 다스리는 고을이고 이 사람들은 내 백성이다. 남의 도움은 원치 않는다. 나 혼자서 해 나갈 수 있어!"

두 형리는 아무 말도 하지 않았다. 말해 보아야 소용없다는 것을 잘 알고 있었다. 그러나 이번에는 디 공의 판단이 틀렸을지도 모른다는 불안감에 젖어 있었다.

징이 세 번 울렸다.

디 공은 일어나서 두 형리를 거느리고 복도를 지나 동헌으로 갔다.

동헌은 사람들로 미어터졌다. 지정된 자리에 포졸들이 서 있었지만 그들은 왠지 불안해 보였다. 왼쪽에 루밍의 관이 있었고 그 옆에 장의사와 조수들이 붙어 서 있었다. 루 부인은 지팡이에 몸을 의지한 채 관 앞에 서 있었다. 타오간과 쿠오는 기사관 책상 옆에 서 있었다.

디 공이 경당목을 탕탕 두드렸다.

"개정을 선언한다."

루 부인이 느닷없이 소리를 질렀다.

"물러나는 수령이 무슨 권리로 재판을 하는 거냐?"

성난 군중들이 술렁거리기 시작했다.

디 공이 맞받았다.

"이 재판은 솜집을 하던 루밍이 잔인하게 살해당했다는 사실을 증명하기 위해 열렸다. 장의사, 관을 열게!"

루 부인이 연단 한 구석으로 올라섰다. 그녀는 악을 썼다.

"여러분은 이 못된 관리가 제 남편의 관을 다시 열도록 방치할 셈입니까?"

사람들이 벌 떼처럼 들고 일어났다.

"디런지에 물러가라!"

사방에서 외침이 터져나왔다. 마중과 차오타이는 옷자락 속에 숨겨 둔 칼자루 쪽에 손을 가져갔다. 앞줄에 서 있던 사람들이 포졸들을 옆으로 밀어냈다.

루 부인의 눈동자에 표독스러운 빛이 스치고 지나갔다. 그녀의 승리였다. 그 여자의 몸에 흐르는 달단인의 야성적인 피가 폭력 사태와 유혈극을 코앞에 두고 기뻐 날뛰고 있었다. 그 여자가 한 손을 쳐들자 군중은 일제히 잠잠해지면서 이 당찬 여자를 바라보았다. 루 부인은 심호흡을 한번 하더니 디 공 쪽으로 돌아섰다.

"이 못된……."

여자가 다시 숨을 들이마시는 순간, 디 공이 갑자기 냉정히 내뱉었다.

"신발 생각을 하시지!"

루 부인은 비명을 지르면서 허리를 푹 꺾었다. 그 여자가 다시 허리를 폈을 때 디 공은 처음으로 그 여자의 눈에 공포가 서려 있는 것을 보았다. 앞줄에 서 있던 사람들은 이 예기치 못했던 디 공의 발언을 뒷사람들에게 전했다. 루 부인은 정신을 차리고 군중을 향해 뭐라고 말을 하려 했지만 군중들의 왁자지껄한 소음에 묻혀 버렸다.

"디 공이 뭐라고 말했소?"

뒷줄에 서 있던 사람들이 못 참겠는지 소리를 질러 댔다. 루 부인이 다시 입을 열었지만 그녀의 말소리는 장의사가 내리찧는 망치 소리에 파묻혔다. 타오간의 도움을 받아 장의사는 관 뚜껑을 재빨리 땅바닥에 내려놓았다.
디 공이 위엄 있게 큰 소리로 말했다.
"이제 답변을 들을 수 있을 것이다!"
"저 사람 말을 믿지 말아요. 저 사람은……."
루 부인은 더듬더듬 말을 시작했지만, 사람들의 관심이 방금 관에서 꺼내어져 거적 위에 놓인 시체에만 쏠려 있는 것을 보고 말문을 닫았다. 그녀는 거적 위에 눕혀 놓은 참혹한 시신을 멍청히 바라보았다.
디 공이 경당목을 두드리고 나서 말했다.
"이제 검시관이 시신의 머리만을 조사할 것이다. 특히 정수리에 주안점을 두고 머리털 사이를 자세히 살펴야 한다."
쿠오가 쭈그리고 앉았다. 발 디딜 틈 없이 방청객이 들어선 재판정이 찬물을 끼얹은 듯 조용해졌다. 바깥에 모인 사람들이 외치는 고함소리만이 간간이 들릴 뿐이었다.
갑자기 쿠오가 허리를 폈다. 얼굴에 생기가 감돌았다. 그가 걸걸한 목소리로 말했다.
"머리털 사이에서 작은 쇠못 대가리 같은 것을 발견했다고 보고드립니다."
루 부인은 침착을 되찾고 소리 질렀다.
"흉계다! 관에다 장난질을 친 거야!"
그러나 군중들은 이제 호기심에 압도당해 있었다. 땅딸한 체구의 푸주한이 앞줄에서 그 말에 반박했다.

"우리 행회장께서 직접 무덤을 덮었다고! 당신은 입 다물고 있으시오. 우린 진상을 알고 싶으니까!"

디 공이 쿠오에게 명령했다.

"그 주장을 입증하게!"

검시관은 소매에서 머리 깎는 가위를 꺼냈다. 루 부인이 그에게 달려들었지만 포두가 다시 붙들어 세웠다. 여자가 들고양이처럼 몸부림을 치는 동안 쿠오는 두개골에서 길다란 못을 빼내었다. 그는 그 못을 사람들에게 높이 쳐들어 보여 준 다음 디 공 앞의 탁자 위에 올려놓았다.

루 부인의 몸에서 기운이 빠졌다. 포두가 풀어 주자 그녀는 기사관의 책상 쪽으로 비실비실 걸어가더니 머리를 숙이고 책상 가장자리에 기대어섰다.

앞줄 방청객들이 자기네가 본 내용을 뒷사람에게 큰 소리로 전했다. 사람들이 술렁거렸다. 어떤 사람은 소식을 전하기 위해 거리로 뛰쳐나가기도 했다.

디 공은 경당목을 두드렸다. 아우성이 가라앉자 그는 루 부인에게 말했다.

"네가 머리 꼭대기에 못을 박아 넣어 남편을 살해했다는 것을 자백하겠느냐?"

루 부인은 천천히 고개를 들었다. 부르르 몸을 떨었다. 헝클어진 머리 다발을 이마 위로 빗어 넘기면서 그녀는 힘없이 말했다.

"자백합니다."

이 결정적 발언이 다시 속속 전달되자 장내에 파문이 일었다.

디 공은 의자에 몸을 묻었다. 장내가 조용해지자 그는 피곤한 목소리로 말했다.
"이제부터 너의 자백을 듣겠노라."
루 부인은 가냘픈 몸에 걸친 옷을 한 번 여미고 나서 절망에 싸인 목소리로 입을 열었다.
"이제는 너무 오래된 일인데 그게 그리도 중요한가요?"
책상에 몸을 기대고서 그녀는 벽에 높이 달린 창문을 바라보았다. 그러더니 갑자기 말을 시작했다.
"제 남편 루밍이란 사람은 둔하고 답답한 사람이었어요. 그렇게 꽉 막혀 있을 수가 없었습니다. 저는 그 사람과 같이 살 수가 없었어요. 그 사람은 오로지……."
그녀는 한숨을 내쉬고 뒷말을 이었다.
"저는 딸을 낳았어요. 그런데 남편은 아들을 바라는 거예요. 저는 더 이상 참을 수가 없었습니다. 어느 날 남편이 배가 아프다고 했습니다. 저는 약 대신 먹으라며 독주를 주고 거기에 수면제를 섞었습니다. 남편이 깊이 잠든 다음 저는 신발 밑창에 구멍을 뚫는 데 쓰는 길다란 못을 꺼내 그 사람 정수리에 대고 망치로 박아 넣었습니다. 쑥 들어갈 때까지요."
"그 계집을 죽여라!"
누군가 소리 지르자 성난 군중의 아우성이 뒤따랐다. 군중은 사태의 반전에 민감하게 반응하면서 자신들의 분노를 이제 루부인에게 터뜨리고 있었다.
디 공은 경당목을 두드리며 호령했다.
"조용! 질서를 지켜라!"

장내는 순식간에 잠잠해졌다. 디 공의 권위가 회복된 것이다.
 "쾅 의원은 심장마비라고 하더군요."
 루 부인은 가소롭다는 듯이 덧붙였다.
 "저는 도움을 얻어내기 위해 그 사람의 정부가 되어야 했습니다. 쾅 의원은 주술에 통달한 것처럼 행세했지만 사실은 초보자일 뿐이었어요. 그 사람이 사망 증명서에 서명을 하자마자 저는 그 사람과의 관계를 끊었습니다. 그러고는 자유의 몸이 되었지요. 어느 날, 그러니까 지금부터 한 달쯤 전에, 가게를 나서다가 눈길에 미끄러졌어요. 한 남자가 저를 부축해 주었습니다. 저는 가게 안의 의자에 앉았고 남자는 저의 발목을 주물러 주었습니다. 그의 손끝이 저의 몸에 닿을 때마다 저는 짜릿한 전율에 휩싸였습니다. 그 사람이야말로 제가 기다리던 남자라는 것을 깨달았지요. 그 남자를 제 사람으로 만들기 위해 저는 열과 성을 다했지만, 남자는 저를 꺼리는 것 같았습니다. 그러다가 그 사람이 떠나고 말았지요. 그래도 저는 돌아올 거라고 생각했습니다."
 루 부인의 말투에서 그 옛날의 격정이 다시금 느껴졌다.
 "제 예상은 빗나가지 않았습니다. 남자는 돌아왔고 저는 이겼어요. 그 남자는 불덩어리 같았습니다. 저를 사랑하면서도 동시에 증오했고, 저를 사랑하는 자기 자신을 증오했습니다. 하지만 저를 사랑하는 마음은 어쩔 수 없었지요. 우리 두 사람은 인생의 뿌리부터 단단히 묶여 있었습니다……"
 여자는 말을 멈추고 고개를 숙였다. 그 다음 말에서는 왠지 피로가 다시금 느껴졌다.
 "얼마 안 가서 저는 그 남자가 제게서 멀어지고 있다는 것을 알

앉습니다. 그 사람은 제가 자기 정기를 빨아먹어서 수련에 방해가 된다고 불평을 늘어놓았어요. 그러면서 헤어지자고 했습니다……. 저는 미칠 것만 같았어요. 그 남자 없이는 살 수가 없었습니다. 그 남자가 사라지면 제 인생을 떠받치는 힘도 빠져나갈 수밖에 없었습니다……. 당신이 나를 버리면 남편을 죽였던 것처럼 당신을 죽이겠다고 그 남자한테 엄포를 놓았습니다."

비탄에 잠겨 고개를 흔들면서 여자는 말을 이었다.

"그런 말은 하는 게 아니었지요. 그 사람 표정을 보는 순간 알았습니다. 끝장이구나. 저는 남자를 죽일 수밖에 없다고 생각했습니다. 말린 치자 꽃에 독을 넣고 달단 청년처럼 차려입고 목욕탕으로 갔습니다. 저는 그 사람에게 사과하러 왔다고 했습니다. 좋게 끝내고 싶다고 말했습니다. 제 말을 들어주기는 했지만 그 사람은 냉정했습니다. 저의 비밀을 지켜 주겠다고 약속하지 않기에 치자 꽃을 찻잔에 넣었습니다. 독 기운이 온몸에 퍼지자 그 사람은 한 번 무섭게 저를 노려보았지요. 입은 열었지만 말은 하지 못했습니다. 하늘은 못 속인다면서 저를 저주했을 테지요. 아, 그 남자는 제가 사랑을 느꼈던 유일한 사람이었습니다. 그렇지만 죽일 수밖에 없었어요."

갑자기 루 부인이 고개를 들었다. 그러더니 디 공의 눈을 똑바로 응시했다.

"이제 저는 죽은 목숨입니다. 제 몸을 어떻게 요리하건 상관하지 않겠습니다."

디 공은 갑작스럽게 변한 여자의 모습에 두려움을 느꼈다. 보드라운 얼굴에 굵은 주름이 나타났고 눈동자도 탁했다. 갑자기 열 살은 더 늙어 보였다. 고집스럽고 강인한 정신력이 사라진 지금 남아 있는 것은 빈 껍데기뿐이었다.

디 공이 기사관에게 명령했다.

"자백을 낭독하라!"

죽음 같은 침묵이 감도는 가운데 기사관이 진술서를 큰 소리로 읽었다.

디 공이 물었다.

"진술서 내용이 자백과 일치하는가?"

루 부인은 고개를 끄덕였다. 포두가 진술서를 내밀자 그녀는 엄지손가락으로 날인했다.

디 공은 폐정을 선언했다.

디 공이 잠행 길에 나서 약산을 다시 찾아간다.

디 공은 재판정을 떠났다. 세 수하가 그의 뒤를 따랐다. 머쓱하게 서 있던 군중들이 간간이 박수를 보냈다. 복도로 들어서자 마중이 차오타이의 어깨를 툭툭 쳤다. 그들은 흥분을 감출 길이 없었다. 타오간도 싱글벙글하면서 디 공의 집무실로 들어섰다.

그러나 막상 디 공이 돌아섰을 때 그의 얼굴 표정이 재판을 진행할 때와 다름없이 냉정하고 담담한 것을 보고 부하들은 깜짝 놀랐다.

"오늘은 수고들 했네. 차오타이와 타오간은 그만 가서 쉬어도 좋아. 마중, 자네는 미안하지만 좀 남아 있게."

차오타이와 타오간이 어리둥절한 표정을 지으며 나가자 디 공은 상부로 보내려던 편지를 집어들었다. 그는 편지를 박박 찢어 종이 조각을 활활 타오르는 화로에다 집어넣었다. 그러고는 편지 조각이 재로 변하는 것을 물끄러미 지켜보았다.

"가서 사냥복으로 갈아입게. 말 두 마리를 대기해 놓고."

마중은 어안이 벙벙했다. 이유라도 조금 캐묻고 싶었지만 디 공의 표정을 보고 말없이 밖으로 나갔다.

안뜰에는 굵은 눈발이 흩날리고 있었다. 디 공은 잿빛 하늘을 올려다보더니 마중에게 말했다.

"서둘러야겠군. 눈이 오면 날이 금세 어두워지거든."

디 공은 목도리를 끌어올려 얼굴 밑 부분을 가린 다음 훌쩍 말에 올라탔다. 두 사람은 옆문으로 관아를 빠져나왔다.

큰길로 접어드니 눈발이 퍼붓고 매서운 바람이 이는데도 사람들은 노점마다 떼 지어 서 있었다. 기름을 먹인 유포로 덮은 가설 천막 밑에서 그들은 조금 전에 일어난 놀라운 사건을 놓고 쑥덕거렸다. 그들은 말을 탄 두 사람이 지나가는 것도 아랑곳하지 않았다.

북문에 닿자 벌판에서 불어오는 차가운 바람이 얼굴을 때렸다. 디 공은 채찍 손잡이로 위병소 문을 두드렸다. 군졸이 나타나자 두꺼운 기름종이로 싼 악천후용 초롱을 마중에게 갖다주라고 일렀다.

성문 밖으로 나온 디 공은 서쪽 방향으로 말을 달렸다. 땅거미가 내렸지만 눈발은 점차 가늘어졌다.

마중이 걱정스럽게 물었다.

"멀리 가시는 건가요? 이런 날씨에 산야를 헤매다가는 길 잃기 딱 좋습니다!"

디 공이 무뚝뚝하게 받았다.

"길은 내가 안다. 곧 도착할 게야."

디 공은 묘지로 향하는 길을 잡았다.

묘지로 들어서자 디 공은 천천히 말을 몰면서 주변의 봉분을 면밀히 살폈다. 루밍의 열린 무덤도 지나쳐서 묘지 끄트머리까지 갔다. 거기서 디 공은 말에서 내렸다. 마중을 뒤따르게 하고 그는 무어라고 중얼거리면서 무덤과 무덤 사이를 누비고 다녔다.
갑자기 디 공이 걸음을 멈추더니 커다란 봉분을 가리고 있던 석판의 눈을 소매로 털어 냈다. 석판에 새겨진 왕이라는 이름을 확인하고 마중에게 말했다.
"여기다. 이 무덤을 파기로 하세. 내 안장 주머니에 삽이 두자루 있어."
디 공과 마중은 석판 밑동을 따라 눈과 흙을 파내어 석판을 헐겁게 하기 시작했다. 그것은 이만저만 어려운 작업이 아니어서 마침내 석판을 앞으로 넘겼을 때는 날이 캄캄해져 있었다. 짙은 구름이 달빛을 가렸다.
디 공은 추운 날씨인데도 땀을 흘렸다. 그는 호롱을 마중의 손에서 빼앗더니 허리를 숙이고 무덤 안으로 들어갔다.
퀴퀴한 냄새가 나는 무덤 안은 기괴한 정적에 잠겨 있었다. 디 공이 호롱을 들었다. 그 안에는 세 개의 관이 있었다. 디 공이 비문을 자세히 살피더니 맨 오른쪽 관으로 갔다.
"호롱을 들어!"
자기도 모르게 말소리를 낮추면서 마중에게 지시했다.
마중은 기이한 눈빛으로 디 공을 쳐다보았다. 깜빡거리는 호롱불이 초췌한 얼굴을 비추었다. 마중은 디 공이 소매에서 끌을 꺼내는 것을 보았다. 삽을 망치 삼아 디 공은 관 뚜껑을 떼어 내기 시작했다. 둔탁한 굉음이 귓전을 때렸다.

디 공이 마중을 다그쳤다.

"그쪽도 떼어 내라고!"

호롱을 바닥에 내려놓고 삽을 홈에다 끼워 넣는 마중의 머리속으로 별의별 상념이 스쳐 지나갔다. 그들은 관을 열었다. 좁은 공간이라 공기는 훈훈했지만 마중의 몸은 부르르 떨렸다.

시간이 얼마나 흐르는지도 모르고 마중은 그렇게 작업에 몰입했다. 마침내 관을 떼어 냈을 때에야 비로소 등이 욱신거리는 것을 느꼈다. 삽을 지렛대로 삼아 그들은 관 뚜껑을 들어올릴 수 있었다.

"오른쪽으로 떨어뜨리세."

디 공이 가쁜 숨을 몰아쉬었다.

그들은 뚜껑을 밀었다. 뚜껑은 쿵 하고 바닥으로 떨어졌다.

디 공은 코와 입을 목도리로 가렸다. 마중도 황급히 코와 입을 막았다.

디 공은 열린 관 위로 호롱을 비추었다. 앙상한 뼈가 보였다. 여기저기 널린 뼈 사이사이로 썩은 수의가 아직도 남아 있었다.

마중은 주춤 물러섰다. 디 공은 호롱을 넘기고 나서 관으로 허리를 숙여 해골을 조심스럽게 만졌다. 그는 해골이 떨어져 나온 것을 확인하고는 그것을 들어 올려 좀 더 자세히 뜯어보았다. 침침한 호롱불로 보니, 바짝 들이민 디 공의 얼굴을 해골의 눈구멍이 흘겨보는 것 같았다.

돌연 디 공이 해골을 흔들었다. 딸그락거리는 금속음이 들렸다. 디 공은 해골 윗부분을 뚫어져라 보더니 그 언저리를 손끝으로 만졌다. 그러고는 해골을 관에다 도로 넣었다. 디 공은 목이 잠겨 말했다.

"됐어. 이만 가 보세."

무덤 밖으로 기어나오니 어느새 구름은 걷히고 보름달이 쓸쓸한 묘지를 은색 달빛으로 물들이고 있었다.

디 공은 호롱불을 껐다.

"석판을 도로 얹어 놓으세."

두 사람은 낑낑거리면서 한참 만에야 돌덩어리를 제자리에 올려놓을 수 있었다. 디 공은 눈과 흙을 석판 밑 부분에 도로 채워 넣은 다음 말에 올랐다.

묘지 입구가 나타나자 마중은 더 이상 궁금증을 참을 수가 없었다.

"거기 묻힌 사람이 누굽니까?"

"내일 알게 될 게야. 오전 심리 때 또 다른 살인 사건을 파헤칠 생각이야."

북문 앞에 도달하자 디 공은 말을 세웠다.

"눈보라가 걷히니 오늘 밤은 경치가 좋구먼. 나는 약산으로 잠시 바람을 쐬고 올 터이니 먼저 관아로 가게."

마중이 미처 대답도 하기 전에 디 공은 말머리를 돌려 저 멀리 사라져 갔다.

디 공은 동쪽으로 향하고 있었다. 약산 자락에 도달한 그는 말을 세우고 안장에 오른 채 허리를 숙여 눈을 조사했다. 그러고는 말에서 내려 고삐를 나무 등걸에 묶은 다음 산을 오르기 시작했다.

회색 털옷을 입은 호리호리한 형체가 바위 산 꼭대기의 난간에 기대서서 새하얀 벌판을 내려다보고 있었다.

약산에서 마지막 상봉

사박사박 디 공의 눈 밟는 소리에 여자가 천천히 돌아섰다.

여자가 조용히 말했다.

"이리 오실 줄 알고 있었습니다. 나리를 기다리고 있었습니다."

디 공이 말없이 앞에 다가서자 여자는 재빨리 뒷말을 이었다.

"옷이 더럽군요. 신발은 진흙투성이고. 거기에 가셨나요?"

디 공은 느릿느릿 말했다.

"그렇소. 마중과 함께 갔소. 그 오래전 살인 사건도 관아에서 다룰 작정이오."

여자가 눈을 둥그렇게 치떴다. 디 공은 그녀의 눈길을 외면하면서 다음 말을 궁리했다.

여자는 망토를 바짝 여미더니 담담한 어조로 말했다.

"이렇게 될 줄 알고 있었습니다."

"하지만……."

그녀는 잠시 머뭇거리다가 쓸쓸히 다음 말을 이었다.

"나리는 모르십니다."

"알고 있소!"

디 공이 거칠게 가로막았다.

"당신이 오 년 전에 왜 그런 일을 저질렀는지 나도 아오. 그리고 당신이 왜…… 나한테 얘기했는지도……."

여자는 고개를 숙이고 흐느꼈다. 이상하게도 소리가 없는 흐느낌이었다.

"정의는 바로 세워야만 하오."

디 공이 갈라진 목소리로 말을 이었다.

"설령…… 그것이 우리를 파멸에 빠뜨린다 해도 말이오. 정의는 나보다 강한 것이오. 진심이외다. 앞으로 부인에게 남아 있는 나날은 생지옥과 다름없을 것이오. 나 역시 마찬가지고. 나도 다른 길을 택할 수 있기를 하늘에 빌었소, 하지만 어려웠소……. 당신이 나의 은인인데도 말이오. 용서하시오……."

"그런 말씀 마세요."

여자가 정색을 했다. 그녀는 눈물이 그렁그렁 맺힌 눈으로 살며시 웃으면서 부드럽게 덧붙였다.

"처음부터 그러시리라는 걸 알고 있었어요. 그렇지 않았으면 말씀드리지도 않았을 겁니다. 저는 나리의 지금 그런 모습이 좋습니다."

디 공은 무언가 말을 하려고 했지만 감정이 복받쳐 목이 메었다. 그는 절망에 싸여 여인을 바라보았다.

그녀는 눈길을 외면하면서 격양된 듯이 말했다.

"말씀하지 마세요! 저를 보지도 마세요. 도저히 견딜 수가……."

여자는 얼굴을 두 손에 파묻었다. 디 공은 돌부처처럼 그 자리에 서 있었다. 싸늘한 칼날이 자신의 가슴을 도려 낸 듯한 그런 느낌을 받으면서.

갑자기 여자가 고개를 들었다. 디 공은 입을 열려고 했지만 여자가 재빨리 손가락을 입으로 가져갔다.

"하지 마세요."

여자는 떨리는 미소를 머금었다.

"지금은 아무 말씀 마세요. 눈 위로 떨어지는 꽃잎, 기억 나지 않으세요? 가만히 귀를 기울이면 그 소리가 들린답니다."

밝은 몸짓으로 디 공 뒤의 나무를 가리키고서 재빨리 다음 말을 이었다.

"어머, 오늘은 꽃이 피었네! 저것 좀 보세요!"

디 공은 뒤돌아섰다. 고개를 들었을 때 숨막힐 듯 아름다운 정경이 눈앞에 펼쳐져 있었다. 달빛에 물든 하늘을 등지고 나무 한 그루가 선명히 서 있고, 자잘한 붉은 꽃이 마치 보석처럼 은빛 가지를 덮고 있었다. 한 줄기 바람이 차가운 대기를 흔들었다. 꽃잎 몇 조각이 팔랑거리면서 천천히 눈 위로 떨어졌다.

갑자기 등 뒤에서 나무 쪼개지는 소리가 났다. 빙글 돌아선 디 공의 눈에 부서진 난간이 들어왔다.

그는 바위 산에 홀로 남았다.

검시관이 놀라운 보고를 하고,
중앙에서 두 관리가 온다.

디 공은 밤새 잠 못 이루고 괴로워하다가 다음날 아침 느즈막히 일어났다. 아침 차를 가져온 사령이 서글픈 듯이 말했다.
"검시관의 처가 사고를 당했습니다. 어젯밤 평소와 다름없이 약초를 캐러 약산에 갔답니다. 그런데 난간에 기대었다가 그만 밑으로 떨어진 모양입니다. 새벽녘에 한 사냥꾼이 바위 산 기슭에서 그 여자의 시신을 발견했습니다."
디 공은 애도를 표하고 나서 마중을 불러오라고 일렀다. 사령이 방에서 나가고 둘만 남자 디 공이 마중에게 심각하게 말했다.
"어젯밤 내가 실수를 저질렀네. 우리가 묘지에 갔던 일을 아무에게도 발설해서는 안 돼. 기억에서 지워 버리게!"
마중은 커다란 머리를 주억거리고는 조용히 입을 열었다.
"저는 머리는 잘 안 돌아갑니다만, 한번 내리신 분부는 어김없이 실행에 옮깁지요. 어르신께서 잊어버리라 하시면 저는 잊어버립니다."

디 공은 애정 어린 눈길로 마중에게 물러가라고 일렀다.

문 두드리는 소리가 나더니 쿠오가 들어왔다. 디 공은 후다닥 일어나서 그를 맞이했다. 그러고는 예를 갖추어 위로했다.

쿠오는 수심이 가득 담긴 커다란 눈으로 디 공을 올려보더니 조용히 입을 열었다.

"그건 분명 사고가 아니었습니다, 나리. 집사람은 그곳을 손바닥 들여다보듯 훤히 꿰뚫고 있습니다. 난간도 튼튼한 편이었고요. 집사람은 자살을 한 겁니다."

디 공이 눈썹을 치켜올리자 쿠오는 여전히 침착한 목소리로 다음 말을 이었다.

"사실은 제가 큰 죄를 저질렀습니다. 제가 청혼했을 때 집사람은 자기가 남편을 죽였다고 말했습니다. 저는 개의치 않는다고 했습니다. 그 남편이라는 작자는 사람, 동물을 가리지 않고 오로지 남에게 괴로움을 주는 것을 낙으로 알고 사는 불한당이었다는 사실을 저도 잘 알고 있었으니까요. 그런 놈은 없애 버려야 한다고 생각합니다. 물론 저는 그런 일을 저지를 만한 용기가 없지만서도요. 저는 그럴 만한 위인이 못 되지요."

그는 고개를 설레설레 흔들고는 계속 말했다.

"당시 저는 처에게 구체적으로 캐묻지 않았고 그 문제는 저희 부부 사이에서 그대로 유야무야되었습니다. 하지만 집사람은 자주 그 일을 떠올리면서 괴로워하는 눈치였습니다. 당연히 관가에 자수하도록 권유했어야 옳았겠지만 저는 이기적인 놈입니다. 집사람을 잃는다는 생각만 하면 저는 도저히……."

쿠오는 고개를 떨구고 바닥을 멍청히 내려다보았다. 입술 언저리가 실룩거렸다.

"왜 이제 와서 그 문제를 거론하는 건가?"

쿠오가 고개를 들더니 쿠오는 기다렸다는 듯이 응답했다.

"집사람이 그러길 바랄 테니까요. 루 부인의 재판이 가슴속을 파고들었나 봅니다. 스스로 목숨을 끊어 사죄해야 한다고 생각한 것입니다. 제 처는 신실한 여자였습니다. 자기가 지은 죄를 만천하에 밝혀야 한다고 생각했을 겁니다. 그래야 저승사자 앞에 떳떳이 설 수 있을 테니까요. 나리를 찾아뵈러 온 까닭은 죄인을 싸고돈 저의 죄를 말씀드리기 위해서입니다."

"자네의 죄가 얼마나 큰 죄인지 아는가?"

"압니다. 제가 따라서 죽으리란 것을 집사람도 알았을 겁니다."

디 공은 말없이 수염을 쓰다듬었다. 이 지극한 부부애에 가슴이 찡했다. 잠시 후 디 공이 입을 열었다.

"당사자가 죽었는데 이제 와서 사건을 수사한다는 것은 말이 되지 않네. 자네의 처는 남편을 어떻게 죽였는지 말한 적이 없으니 나로서는 낭설만 듣고서 부검을 위해 무덤을 열 수가 없어. 그것도 그렇지만, 만일 자네 처가 자기의 범죄가 만천하에 공개되기를 바랐다면 필시 글로 진상을 밝혀 놓았을 것이야."

쿠오가 시름에 젖어 답했다.

"그렇군요. 그 생각은 미처 못했습니다. 제가 하도 심란해서……"

그러더니 혼잣말처럼 중얼거렸다.

"외로워서……"

디 공은 자리에서 일어나 쿠오에게 걸어갔다.
"루 부인의 어린 딸아이가 아직도 자네 집에 있는가?"
쿠오의 입가에 미소가 감돌았다.
"그렇습니다. 얼마나 예쁘고 귀여운지 모릅니다요. 집사람도 그 아이한테 정이 흠뻑 들었지요."
디 공이 잘라 말했다.
"그렇다면 자네가 할 일은 분명하구먼. 루 부인 사건이 종결되는 대로 그 아이를 딸로 맞아들이게."
쿠오는 고마운 눈길로 디 공을 바라보았다. 그러더니 쑥스러운 듯이 말했다.
"하도 정신이 없다 보니 일차 부검 때 못을 찾아내지 못한 데 대한 사과 말씀도 드리지 못했군입쇼. 정말이지……."
디 공이 재빨리 가로막았다.
"지난 일은 잊어버리게."
쿠오는 넙죽 엎드려서 바닥에 이마가 닿도록 세 번 절을 했다.
"감사합니다."
바닥에서 일어나 돌아서면서 한마디 덧붙였다.
"나리는 정말로 훌륭하십니다."
쿠오는 발을 질질 끌면서 천천히 문으로 갔다. 디 공은 날카로운 채찍으로 한 대 얻어맞은 사람처럼 얼굴이 후끈거렸다.
엉거주춤 서 있다가 도로 자리에 앉았다. 처의 고민에 대해서 쿠오가 한 말이 떠올랐다.
"기쁨이 사라지고 남는 것은 회한과 슬픔이어라."
쿠오 부인은 시의 전체 내용을 알고 있었던 것이다.

"아……, 단 한 번의 새로운 사랑."

그는 책상 위에 얼굴을 묻었다.

한참 시간이 흘렀다. 그는 다시 몸을 세웠다. 오랫동안 잊고 지냈던 아버지와 나눈 대화가 불현듯 머리에 떠올랐다. 삼십 년 전, 과거에 처음 합격했을 때 그는 아버지 앞에서 웅대한 계획을 펼쳐 보였다.

아버지가 말씀하셨다.

"너는 틀림없이 그 일을 할 수 있을 거다. 런지에. 하나 그 과정에서 고난과 역경도 이겨 내야 한다는 점을 염두에 두거라. 벼슬이 높으면 그만큼 고독해지는 법이야."

그는 그때 자신 있게 말했다.

"남자는 역경과 고독 속에서 크는 법 아닐까요."

그러자 아버지께서 짓던 슬픈 미소를 그는 이해하지 못했다. 그러나 지금은 알았다.

사령이 더운 차가 든 주전자를 들고 왔다. 디 공은 천천히 차를 마셨다. 갑자기 눈앞이 아득해졌다.

"인생은 참으로 묘하다. 마치 아무 일도 일어나지 않은 것 같아. 그런데도 홍이 죽었고, 한 남자와 한 여자가 나를 참으로 부끄럽게 했고, 나는 여기에 앉아서 차를 마시고 있다. 인생은 흘러가고, 나는 변했어. 인생이 앞으로도 흘러가겠지만, 나는 더 이상 그 속에 말려들고 싶지 않다."

디 공은 몹시 피로했다. 관직에서 물러나 쉬고 싶었다. 그러나 그럴 수 없다는 것을 잘 알고 있었다. 의무가 없는 사람은 쉴 수 있을지 모르지만 디 공은 너무나 많은 책임을 지고 있었다. 이미 나라와 백성을 위해 몸 바쳐 일하기로 맹세한 것은 차치하고라도 그에게는 딸린 처자식이 있었다. 자신의 책무를 방기할 수 없었다. 책임이 버겁다고 해서 겁쟁이처럼 꽁무니를 빼고 달아날 수는 없었다. 그는 계속 나아가야만 했다.

이렇게 마음의 결심을 하고 디 공은 깊은 생각에 잠겼다.

갑자기 문이 벌컥 열리는 바람에 그는 소스라치게 놀라 사색에서 깨어났다. 세 수하가 달려 들어왔다.

차오타이가 다급히 외쳤다.

"어르신! 장안에서 고관 두 분이 오셨습니다. 밤새 오셨다는군요."

디 공은 깜짝 놀랐다. 두 고관을 영빈실로 모시라고 이르고는 그들이 여독을 푸는 동안 자기는 서둘러 의관을 정제하고 가겠다고 덧붙였다.

디 공이 영빈실로 들어서니 번쩍거리는 비단옷 차림의 두 남자가 있었다. 모자에 달린 표장으로 보아 두 사람이 중앙 형부의 고위직에 있음을 첫눈에 알 수 있었다. 무릎을 꿇으면서 디 공은 가슴이 철렁했다. 심상치 않은 문제가 발생했다는 뜻이었다.

늙은 관리가 다가와서 디 공을 일으켜 세웠다. 그는 공손히 입을 열었다.

"어르신께서 저희들한테 무릎을 꿇으시다니, 아니 될 말이지요."

디 공은 어안이 벙벙하여 상대가 이끄는 대로 상석에 가서 앉았다.

늙은 관리는 뒷벽에 맞닿아 있는 높은 제단으로 가더니 그 위에 얹어 둔 노란 두루마리 문서를 조심스럽게 집어 올렸다. 그는 두 손으로 그것을 살며시 들었다.

"황제 폐하의 교시를 읽어 보시옵소서."

디 공은 엉거주춤 일어서서 절을 하고 두루마리 문서를 받았다. 문서 꼭대기에 찍힌 옥새가 눈 아래로 내려가지 않도록 신경 쓰면서 천천히 두루마리를 펼쳤다.

그것은 황제의 칙령이었다. 관례적인 공식 표현으로 십이 년 동안 헌신적으로 복무한 점을 높이 평가하여 타이위안의 디런지에를 중앙 형부의 책임자로 임명한다는 내용이었다. 붉은색으로 황제의 친필 서명이 적혀 있었다.

디 공은 칙령을 다시 말아서 제단 위에 올려놓았다. 그런 다음 황제가 계신 수도 쪽으로 돌아서서 이마가 땅에 닿도록 아홉 번을 절하여 황제의 배려에 감사의 뜻을 올렸다.

디 공은 일어서자 두 고관이 꾸벅 머리를 숙였다.

늙은 관리가 정중히 말했다.

"저희들은 어르신의 보좌관으로 임명되었습니다. 외람된 일이오나 선임 기사관에게 황제 폐하께옵서 내리신 칙령의 사본을 만들어 성내 곳곳에 붙이도록 했습니다. 지금쯤 사람들은 고을 수령께서 입으신 영광을 진심으로 기뻐하고 있을 것입니다. 내일 아침 일찍 어르신을 모시고 저희는 수도로 가야 합니다. 한시라도 빨리 직무에 임하라는 것이 황제 폐하의 뜻이옵니다."

또 다른 관리가 말했다.

"어르신의 후임이 이미 결정되었으며 오늘 밤에라도 도착할 수 있을 것입니다."

디 공은 고개를 끄덕였다.

디 공이 황제의 칙서를 읽는다.

"이제 물러가도 좋소이다. 나는 집무실로 가서 후임자를 위해 서류를 정리해야겠소."

"저희가 도와드리겠습니다."

문서 보관실로 걸어가던 디 공은 멀리서 폭죽 터지는 소리를 들었다. 베이저우 사람들이 자기들 수령의 영전을 축하하는 잔치를 벌이는 모양이었다.

선임 기사관이 그들이 맞아 주었다. 선임 기사관은 관속들이 디 공에게 축하를 드리기 위해 모여 있다고 귀띔했다.

디 공이 단상에 올라서니 서기, 사령, 포졸, 옥리가 모두 재판대 앞에 무릎을 꿇고 있었다. 이번에는 세 수하도 그 속에 섞여 있었다.

두 고관을 양옆에 대동하고 디 공은 예를 갖추어 그동안 자기를 도와준 데 대해 치하했다. 그런 다음 품계와 직위에 따라 모든 관원에게 특별 공로금을 지불하겠다고 밝혔다. 디 공의 시선은 그동안 자기를 충심으로 받들어 준 세 형리에게 향했다. 이제는 친구처럼 가까운 사이였다. 그는 마중과 차오타이를 황실 근위대의 우수장 좌수장으로 각각 임명하고 타오간은 총서기로 임명했다.

관속들로부터 박수갈채가 터졌고 바깥 거리에 모여 있던 군중 사이에서도 환호성이 일었다.

"나리의 만수무강을 빕니다!"

사람들은 외쳤다. 디 공은 한 편의 희극과도 같은 인생살이에 쓴웃음을 지었다.

디 공이 퇴청하여 집무실로 향하자 마중, 차오타이, 타오간도 감사를 전하기 위해 서둘러 뒤를 따랐다. 그러나 두 근엄한 관리가 디 공의 예복을 벗기는 것을 보고 그 자리에 우뚝섰다.
디 공은 쓸쓸한 웃음을 짓고 있었다. 그들은 재빨리 물러갔다. 수하들이 문을 닫고 나가자 그제야 디 공은 그들과 화기애애하게 지냈던 좋은 시절이 끝났음을 실감했다. 그는 가슴이 아렸다.
늙은 관리가 디 공이 아끼는 모피 탕건을 건넸다. 늙은 관리는 조정에서 잔뼈가 굵어 자기 감정을 여간해서는 드러내지 않았지만, 해진 낡은 탕건을 보면서 자기도 모르게 한쪽 눈을 찌푸렸다.
젊은 관리가 부드럽게 말했다.
"곧바로 그런 높은 벼슬에 오르는 예는 드뭅니다. 폐하께서는 대개 나이 든 절도사 중에서 임명하셨지요. 어르신께서는 겨우 쉰다섯 살을 잡숫지 않으셨습니까."
디 공은 젊은 관리의 관찰력이 썩 뛰어난 편은 못된다고 생각했다. 그는 이제 겨우 마흔여섯이었던 것이다. 그러나 거울을 본 순간 디 공은 생각을 바꾸었다. 지난 며칠 동안 그의 검은 수염은 하얗게 세어 있었다.
디 공은 책상 위의 서류를 정리하면서 두 관리에게 간단한 설명을 덧붙였다. 홍 수형리와 함께 그토록 심혈을 기울여 만든 농민 부조(扶助) 기안 서류에 이르러서는 자기도 모르게 열을 올렸다. 두 관리는 공손히 듣고 있었지만 디 공은 곧 그들이 지루해하고 있다는 사실을 알아차렸다. 그는 한숨을 내쉬며 서류를 덮었다. 아버지의 말씀이 떠올랐다.
'벼슬이 높을수록 고독해지는 법이다.'

디 공의 세 수하는 위병소에서 돌바닥 한복판의 활활 타오르는 장작불 주위에 앉아 있었다. 조금 전까지는 홍 수형리 이야기를 하고 있었지만 지금은 말없이 불길을 바라보고 있었다.

타오간이 불쑥 말을 꺼냈다.

"중앙에서 오신 저 어르신네들과 오늘 밤 친목도 도모할 겸 마작이라도 한판 벌일 수 있을지 모르겠네."

마중이 고개를 들었다.

"마작에서는 이제 손 떼시지. 이제부터는 위치에 걸맞게 살아가야 한다고! 이제부터는 자네의 그 누더기를 안 봐도 될 터이니 속이 다 후련하이!"

타오간이 얌전히 대꾸했다.

"장안에 가면 싹 바꿔 입어야지. 자네도 이제부터는 그놈의 주먹질 좀 삼가라고. 말이 나온김에, 이제 이런 힘든 일은 젊은이한테 물려줄 때가 되지 않았나? 머리에 희끗희끗 새치가 돋았는데 그래?"

마중은 우악스러운 손으로 무릎을 쓸었다.

처량한 목소리로 마중이 받았다.

"아닌 게 아니라 이따금씩 팔다리가 뻐근할 때가 있긴 있어"

그러더니 갑자기 싱글거렸다.

"하지만 장안에는 널린 게 반반한 계집일 터인데 우리 같은 사지 멀쩡한 대장부가 그 좋은 기회를 놓칠 수 있겠는가."

타오간이 심드렁하게 대꾸했다.

"장안에 널린 게 멋쟁이 총각이라는 사실은 모르시는군."

마중이 고개를 떨구고 처량하게 머리를 긁었다.

차오타이가 타오간에게 호통을 쳤다.

"입 닥쳐! 앞으로 죽을 날도 멀지 않았고 독수공방 외로운 신세지만, 우리 곁을 영원히 떠나지 않는 물건이 있다고."

차오타이는 모자를 벗듯이 한 손을 들어올렸다.

마중이 소리치면서 벌떡 일어섰다.

"걸진 술이로군! 가세! 내 좋은 데로 안내할 터이니!"

타오간을 사이에 두고 그들은 정문을 향해 몰려갔다.

이 책에 대하여

여러 해 전에 나는 중국인의 전통 생활을 다룬 영문 자료를 조사하다가 임어당, 펄 벅, 앨리스 티즈데일 호버투가 남긴 소설, 기록, 회상기에서 참으로 많은 것을 배웠다. 매혹적인 필치로 쓴 그들의 관찰은 항구 도시를 무대로 하여, 그곳에 거주하는 귀족, 농민, 상공인의 생활상을 중심으로 중국 사회를 1930년대의 독자에게 격조 있게 소개하고 있었다. 그들은 또한 중국 통속 문학 가운데 몇 작품을 섬세하게 번역했다. 그러한 격조와 품격을 갖춘 자료는 2차 세계 대전을 고비로 하여 한동안은 좀처럼 접하기 어려웠다. 중국인은 물론이지만 중국을 관찰하던 대부분의 서양인도 국민당 정부의 쇠락과 몰락 과정, 권력을 장악한 공산주의자의 부상을 우선적으로 설명해야 한다는 강박 관념에 젖어 있었다. 따라서 1950년대의 독자가 디 공을 주인공으로 내세운 로베르트 반 훌릭의 추리 소설을 반기는 현상은 저으기 만족스럽고 가슴 뿌듯한 일이 아닐 수 없다.
　훌릭의 소설은 제국 중국을 열강의 국제적 이권 다툼에 놀아나는 줏대 없는 노리개가 아니라 활기 차고 스스로의 정체성을 지닌 문화로 묘사하고 있다. 새로운 중국을 찾아가 본다고 해도 과거의 중국을 다시 체험하기란 불가능하다. 따라서 훌릭의 소설은 과거 중국인이 영위했던 일상 생활의 단면을 되살리는 데 더없이 유용한 수단으로 지금까지 남아 있다.
　반 훌릭의 이력은 갖가지 빛깔의 실타래에서 뽑아 짠 장식 직물처럼 다채롭다. 그는 학자이며 외교관이며, 동시에 예술가였다. 훌릭은 1910년 네덜란드 령 겔드란트의 추트펜에서 인도네시아 주둔 네덜란드 육군 군의관의 아들로 태어났다. 세 살부터 열두 살까지 훌릭은 네덜란드의 식민지였던 인도네시아에서 살았다. 가족이 네덜란드로 돌아온 1922년, 어린 훌릭은 니즈메겐의 고전 어학교에 들어갔다. 이곳에서 그는 뛰어난 언어적 재능을 인정받는다. 암스테르담 대학에 재직 중이던 언어학자 C. C. 울렌버크의 지도로 그는 어린 나이에 벌써 산스크리트 어를 공부하고 아메리카의 블랙풋 인디언의 언어를 알게 되었다. 방과 후에 훌릭은 중국어 개인 교습을 받았다. 그에게 중국어를 가르친 사람은 바게닝겐에서 농학을 공부하던 중국 학생이었다.
　1934년 훌릭은 동아시아학 연구의 요람으로 유럽에서 몇 손가락 안에 꼽히던 라이덴 대학에 들어갔다. 여기서 그는 중국어와 일본어를 체계적으로 배우면서 한편으로는 전부터 관심을 가져 온 아시아의 여러 언어와 문헌에 대한 연구도 게을리하지 않았다. 한 예로 그는 1932년, 칼리다사(Kālidāsa, ?~400, 인도의 극작가이자 서

정 시인—옮긴이)가 쓴 고대 인도의 희곡을 네덜란드 어로 번역 출간한다. 중국, 인도, 일본, 티베트의 말(馬) 숭배를 다룬 그의 학위 논문은 1934년 위트레흐트 대학의 심사를 받아 아시아 관련서를 전문으로 내는 라이덴의 브릴 출판사에서 1935년에 책으로 출판되었다. 훌릭은 네덜란드에서 발행되는 잡지에다 틈틈이 중국, 인도네시아, 인도를 주제로 글을 실었다. 이 글에서 아시아의 고대 문화에 대한 애정과 격동하는 시대 상황에 대한 그의 겸손한 수용 의지가 처음으로 드러난다.

학위를 마친 훌릭은 1935년 네덜란드 외무부에 들어갔다. 첫 번째 임지는 도쿄 공사관이었다. 이곳에서 그는 근무 외 시간을 이용하여 개인적인 학문 연구를 계속할 수 있는 기회를 얻었다. 그가 탐구한 분야는 자신이 심취해 있던 중국의 전통적 학자상과 관련된 주제였다. 바쁜 외교관 활동으로 시간이 부족해 훌릭의 연구 범위는 한정되어 있었지만, 연구의 깊이는 만만치 않았다. 과거의 중국 선비처럼 훌릭도 희귀본, 소골동품, 족자, 악기를 직접 수집했다. 명품을 가려내는 훌릭의 학식과 안목에는 내로라 하는 동양 골동품 수집가도 혀를 내두를 정도였다. 훌릭은 미 푸(1051~1107, 중국 북송의 화가, 서예가—옮긴이)가 벼루에 새겨 놓은 유명한 중국어 문장도 번역했다. 그는 탁월한 서예가이기도 했는데, 그것은 서양인으로서는 도달하기 힘든 경지였다. 훌릭은 중국의 고대 현악기인 칠현금도 연주했으며 중국 문헌을 바탕으로 하여 그 악기에 관한 두 편의 논문도 썼다. 평화롭고 생산적이었던 이 시기에 그가 펴낸 책의 대부분은 베이징과 도쿄에서 간행되어 아시아와 유럽의 학자로부터 학문적 가치를 인정받았다.

2차 대전의 참화로 홀릭의 첫 도쿄 생활은 갑작스럽게 막을 내렸다. 홀릭은 1942년 다른 연합국 외교관과 함께 일본에서 철수하여 네덜란드 외교단 단장으로 중국에 파견되었다. 이 머나먼 땅에서 그는 유명한 선승이었으며 명나라가 망할 때까지 끝내 충성을 잃지 않았던 승려 퉁카오에 관한 탁월한 중국어판 연구서를 편집했다. 홀릭은 유럽에서 전쟁이 종식된 1945년까지 중국에 머물다가 1947년 헤이그로 돌아왔다. 그 다음 두 해 동안 주미 네덜란드 대사관의 참사관으로 있다가 1949년, 사 년 임기로 다시 일본으로 왔다.

1940년 홀릭은 저자 미상인 18세기의 한 중국 추리 소설을 우연히 입수했다. 그리고 그 작품에 매료되었다. 그 뒤 급변하는 전황과 그 여파로 홀릭은 많은 연구 자료에 접할 수 없게 되어, 낙으로 삼아 왔던 일도 잠시 접어 두어야 했다. 그러나 남아도는 자투리 시간을 쪼개어 중국의 통속 문화를 어렵게 공부해 나갔다. 그가 특히 관심을 가졌던 분야는 수사 및 재판과 관련된 소설이었다. 홀릭은 중국의 전통 추리담을 영어로 번역하는 작업에 들어가 1949년 도쿄에서 『디 공안: 디 판관이 해결한 세 가지 살인 사건(*Dee Goong An :Three Murder Cases Solved by Judge Dee*)』이라는 제목의 번역서를 한정판으로 펴냈다. 세 가지 일화로 구성된 이 소설의 간행으로 서구 세계는 중국 전통 추리담의 영웅 가운데 한 사람이었던 디 공의 위업을 출판물을 통해 처음으로 접하게 되었다.

중국의 지방 수령이자 유학자의 전형이었던 디 공에게 흠뻑 빠져든 홀릭은 중국의 사법 체계와 수사 체계를 더욱 깊이 있게 파고 들었다. 1956년 그는 당음비사(棠陰比事)라고 하는 13세기 중국 소송 사례집의 영문 번역서(Parallel Cases from Under the Pentree)를 냈다.

훌릭은 추리 문학에 심취한 데 이어 얼마 뒤에는 중국의 춘정문학(春情文學)과 춘화(春畵)에 관심을 품는다. 그가 특히 흥미로워했던 시대는 명나라(1368~1644)였다. 중국 사대부 계급에게 외도와 축첩은 벼루 수집이나 칠현금 연주만큼이나 생활의 일부로 자연스럽게 받아들여졌다. 이 점을 알리기 위해, 중국화에 조예가 깊었던 훌릭은 1951년 도쿄에서 기원전 206년의 춘화부터 1644년의 명나라 채색 춘화까지에 중국인의 성생활사를 주제로 다룬 육필 원고를 곁들여 오십 부 자비 출간했다. 유학자와 귀족에게 외도와 통속 소설은 일반적으로 금기시되었지만, 사대부 계급 가운데 상당수가 은밀히 통정을 일삼았고 남몰래 통속 소설을 읽고 또 썼다는 사실은 의문의 여지가 없다. 훌릭은 많은 작품을 통해, 중국의 전통적 사대부가 내세웠던 고상한 윤리적 기준은 겉발림이었고 정작 그들의 사생활은 그렇고 그런 뭇 인간의 도덕적 약점을 드러내고 있음을 보여 주었다.

훌릭이 펴낸 춘정 소설과 춘화는 소수의 독자에게만 유포되었지만 그가 간행한 수많은 중국 추리담 번역서와 각색물은 특히 1950년대에 '디 공'을 서양에서 유명한 인물로 만들었다. 뉴델리로, 헤이그로, 콸라룸푸르로 임지는 계속 바뀌었지만 훌릭은 '디 공 소설'을 꾸준히 발표하여 나중에는 열일곱 권 분량에 이르게 되었다. 외교관으로서 훌릭의 마지막 임지는 다시 도쿄였다. 그는 1965년 자신이 못내 열망하던 직책인 주일 네덜란드 대사로 일본에 부임했다. 이태 뒤 본국에서 휴가를 보내던 도중 훌릭은 마지막

붓을 놓고 세상을 떠난다.

비교적 짧았던 생애를 통해 훌릭은 외교관으로 공사다망하게 살아가면서도 틈틈이 시간을 내어 놀랍고도 아기자기한 전문적 주제를 파고들었고 자기의 연구 결과를 책으로 펴냈다. 훌릭은 중국이 안고 있는 커다란 정치적, 사회적, 경제적 문제의 의미를 모를 리 없었다. 학문적으로 논쟁이 붙고 있는 최신 주제가 무엇인지도 알았다. 매일매일 주위에서 일어나는 정치적 사건의 흐름에도 밝았다. 그러나 훌릭은 그런 문제에다 연구의 초점을 맞추지 않았다. 훌릭은 특정 시대의 전문가가 아니었다. 하다 못해 문학 한 분야의 전문가라고 말할 수도 없었다. 그러나 그의 탐구 범위는 중국의 고대(약 BC 1200~AD 200)로부터 청나라(1644~1911)의 몰락기까지 두루 뻗어 있었다. 그의 관심 영역은 제국이 몰락한 이후 혁명으로 점철된 20세기의 중국보다는 전통 중국에 국한되어 있었다. 훌릭은 아마추어 문학, 미술 애호가와 딜레탕트가 대개 선호하는 '작은 주제'를 찾았다. 이전까지 제대로 된 연구가 없었던 이 학문의 샛길을 탐구하면서 훌릭은 언어학자, 역사학자, 골동품 감식가로서의 탁월한 역량을 발휘했다. 그가 남긴 학문적 연구서는 소수의 독자만 읽었지만 그의 소설이나 사법(私法) 및 범죄 수사, 춘정 문학에 대한 연구 결과는 중국판 셜록 홈즈인 디 공의 위업을 그린 소설을 통해 서구의 많은 대중 독자들이 읽게 되었다.

금세기까지도 중국의 통속 문학은 중국에서도 서양에서도 진지한 학문적 연구 대상이 되지 못했다. 중국 통속 문학에 대한 집중적 연구가 시작된 것은 두 차례 세계 대전 사이의 시기였다. 1911~1912년의 중국 혁명과 1차 대전이 야기한 무질서의 틈바구니에서 공화국 중국의 새로운 지식층은 조국 근대화를 위해 구어인 백화(白話)를 표준어로 채택하고자 노력했다. 이 급진적 문화 운동에 앞장섰던 후 스, 루 쉰, 차이 위안페이 등은 지금까지도 그래 왔지만 앞으로는 더욱더 구어가 문학적 표현의 내실 있는 전달 수단이 되리라는 희망을 갖고, 과거의 통속 문학을 되살리기 시작했다. 그들은 또한 대중에게 새로운 읽을거리를 제공하겠다는 남다른 열정이 있었기 때문에 호소력 있는 이야기, 절묘한 구성, 도덕적 교훈을 과거에서 발굴하여 대중을 위해 다시 펴내거나 고쳐썼다. 지난 1975년에도 중국의 고고학자들은 허페이성에서 진나라(BC221~207)때의 죽서(竹書) 보관서를 발굴했다. 이 중에는 범죄와 수사에 관한 자료, 재판관으로 활약한 지방 수령이 주인공으로 등장하는 통속적인 이야기가 담겨 있었던 것으로 전해진다. 이렇듯 범죄 소설의 기원에 대한 추적은 지금도 계속되고 있다.

중국의 지식인과는 달리 통속 소설에 대한 편견을 품지 않았던 일본의 지식층은 오래전부터 중국의 대중극과 통속담을 수집하여, 그것을 일본인의 취향에 맞게 각색하여 새롭게 책으로 펴내기도 했다. 서양 학자, 그중에서도 금세기의 폴 펠리오(Paul Pelliot)로 대변되는 프랑스의 중국학계는 일찍부터 중국의 전설과 민담을 연구했다. 그것은 공화국 중국의 개혁파 학자가 정치적 강습과 선전의 수단으로서 전설과 민담이 갖는 중요성에 눈뜨기 이전의 일이었다. 1930년대엔 중국 공산주의자도 대중극의 선전적 기능을 똑같이 인식했다. 공산주의자가 정권을 장악한 1949년 이후로도 그들의 이런 생각에는 변함이 없었다.

펠리오가 주도하는 유럽 중국학의 영향권 아래 성장한 훌릭은 비교학과 이국적 주제에 강하게 끌렸다. 이 유럽의 중국학자는 지극히 사소하면서도 대단히 난해한 주제가 연구자의 탁월한 언어학적, 문학적, 예술적 분석과 감식안을 거치는 가운데 폭넓은 의미를 갖게 된다고 보았다. 요컨대 하나의 주제에 중요성과 내용성과 관련성을 부여하는 것은 연구자의 상상력과 재능이라는 입장이었다. 훌릭은 1935년 일본에 처음 도착한 지 얼마 안 되어 일본의 미술관과 도서관에 중국 서민 문화에 관한 자료가 풍부하게 비치되어 있다는 사실을 알아차렸다. 훌릭은 상상력이 넘치는 학자였지만 제한된 시간밖에 연구에 투자할 수 없었기 때문에 사대부가 지녔던 물품과 그들이 따랐던 관습을 집중적으로 연구하면 중국의 특권층이 향유했던 문화를 참신하게 규명할 수 있겠다는 데 재빨리 착안했다.

중국의 범죄 소설 또는 재판 소설은, 아득한 옛날부터 구전으로 전해 오는 중요한 장르의 하나인 추리담이 후대에 와서 변형된 모습이었다. 송나라(960~1279)때부터, 어쩌면 그 훨씬 이전부터 일반 백성은 도시와 읍내의 장터나 길거리에서 떠들던 이야기꾼의 이야기를 신명 나게 들었다. 디 공은 명수사관으로 이야기꾼의 입에 단골 손님처럼 오르내리던 영웅의 하나지만, 사실은 당나라 때의 재상으로 630년에서 700년까지 살았던 역사적 실존 인물 디런지에(狄仁傑, 629~700)이다. 디 공 말고도 다른 수령, 특히 파오 정(包拯, 999~1062)같은 인물은 중국의 이야기꾼, 극작가, 소설가들에게 두고두고 칭송을 받았다. 이런 과정을 밟으면서 디 공의 역사적 행적은 수사상의 걸출한 기량, 불요불굴의 강직한 처신, 초인적 통찰력을 상징하는 표본으로 작용했다. 디 공은 각종 통속 문화에 수사관으로서 정형화된 주인공으로 자리잡았다.

중국 전통 추리 소설의 주인공은 보통 지방 수령이다. 이야기는 수사에 임하는 수령의 시점에서 보통 구어체로 서술되는데 그는 수사관, 취조관, 재판관을 겸하면서 공공의 적에 대한 응징자의 역할까지 떠맡는다. 지방 수령은 대개 몇 개의 사건을 한꺼번에 처리한다. 한 건의 범죄에만 전념할 수 있는 여유를 갖기 힘든 것이 치안의 현실이었다. 여러 건의 범죄는 이야기의 초반부에 대부분 발생하며 대개는 얽히고 설켜 있다. 중국의 극이나 이야기는 일반적으로 설교적이지 않으며 사회를 대상으로 한 범법 행위보다는 개인을 상대로 저지른 범죄를 주로 다룬다. 범죄라고 할 때에는 어김없이 실정법의 구체적 위반을 가리켰으며 그 내용은 보통 살인이나 강간, 아니면 둘 다였다. 소설에 등장하는 디 공은 국가나 황제의 대리자로서 범행의 증거를 확립하고 범죄자를 체포하며 법의 규정에 따라 처벌을 내렸다. 또 소설 속의 디 공은 형량에 재량권을 행사한다거나 자비를 베푼다거나 사사로운 연고에 얽매이는 법이 없었다. 디 공은 용기, 지혜, 정직, 불편부당, 엄정성의 상징이었다. 수사관으로서 디 공은 남다른 육감으로 범인을 추적했는데, 그 경우 초인적인 통찰력이나 저승 세계의 귀신으로부터 직접 전달받은 지식의 도움을 얻을 때가 곧잘 있었다. 디 공의 부하는 종종 익살스러운 사건에 휘말리기도 하지만 디 공 본인은 근엄하고 신중한 자세를 여간해서는 흐트러뜨리지 않았다.

디 공은 언제나 교양 계급에 속한 중년 남성이었다. 그는 재물을 가볍게 여기고 약자나 피해자 편에 섰으며 뇌물과 아첨에 넘어가지 않았다. 범죄자, 특히 살인범은 대개가 피도 눈물도 없는 구제 불능의 악인이었으므로 자백을 얻어 내기 위해 호된 매질을 가하는 경우가 다반사였고, 법은 당연히 그런 사람에게 무서운 응징을 가했다. 범죄자는 나이와 계층, 성별에 관계없이 발생했다. 달단인, 몽골 인, 도인, 승려는 예외없이 악역으로 등장했다. 희생자는 일반적으로 농민이었다. 이야기꾼의 말을 열심히 듣는 것도 주로 농민이었다.

이야기의 저변에 깔린 내용은 사회적 정의라는 근원적 주제다. 제국 중국에서 사법 당국이 추구한 것은 응징과 교화였다. 지방 수령은 땅 위에서 벌어지는 일이 하늘의 뜻과 조화를 이루도록 유념하면서 이러한 기능을 충실하고 공정하게 수행했다. 모든 재판은 관아에서 만인이 보는 가운데 공개적으로 이루어졌다. 기소를 하는 디 공은 공개석상에서 피의자를 심문해야지 은밀하게 해서는 안 되었다. 디 공은 유죄와 무죄를 직관에 따라 즉각 판별할 수 있는 능력을 가진 존재로 간주되었지만 자신의 논거를 백성 앞에서 입증해야만 했으며 피의자의 자백을 얻어내야 했다. 재판의 전 과정은 세심하게 기록으로 남겨 보존하였으며 그 공소장이 효력을 발휘하기 위해서는 피의자의 서명 동의가 필요했다. 워낙 교활한 범죄자가 속출하는지라 디 공은 때로 혼돈에 빠지기도 했지만 그 혼돈은 오래가지 않았다. 조사는 주로 형리가 담당했지만 재판의 효율성이나 공정성을 기하기 위해 때로는 디 공이 직접 조사에 나서기도 했다. 일반 백성은 길거리나 재판이 벌어지는 자리에서 디 공의 행동과 판결을 비판하거나 칭송했다. 디 공이 돈을 먹었거나 정실에 이끌렸거나 실수를 범했다는 의혹이 들면 고을 사람들은 벌 떼처럼 들고일어났다. 문제가 있는 수령은 상급자에게 잘못이 적발될 경우 파직당하고 처벌받았다. 항의가 부당했고 국법을 문란케 했다는 판정을 받을 경우에는 고을 주민 전체가 처벌을 받았다.

1949년 디 공 이야기의 번역본을 처음으로 펴내면서, 훌릭은 요즘 독자를 위해 현대 추리 작가가 이렇게 중국을 무대로 한 작품을 써 보는 것도 괜찮지 않겠느냐고 제안했다. 그러나 아무도 그 제안을 받아들이지 않자 훌릭은, 비록 그전까지 소설을 써 본 적이 없었는데도 자기가 직접 나서기로 결심했다. 당초 훌릭은 도쿄와 상하이의 노점에서 팔리는 서양 추리 소설 번역서보다 예로부터 있어 온 동양의 추리 소설이 우수하다는 점을 보여 주고 싶었다. 그래서 처음 두 편의 소설을 영어로 쓰기는 했지만 이것을 책으로 펴낼 생각은 없었고, 나중에 일본어와 중국어 번역본으로 낼 작정이었다. 그런데 서양 친구들이 이 새로운 형식의 추리 소설에 찬사를 보내는 바람에 훌릭은 아예 영어로 펴내기로 마음먹었다. 영어는 훌릭의 모국어가 아니었지만 그는 영어에도 아주 능통했다.

학문적 연구와 번역의 세계에 머물러 있던 훌릭은 상상력이 요구되는 창작의 세계에 훌쩍 뛰어들었고, 결과는 대성공이었다. 학자로서의 훌릭은 남이 잘 건드리지 않는 주제를 연구해 왔는데 그런 학문적 이력은 분위기 있는 중국 추리 소설을 집필하는 데 더없이 값진 자산이 되었다. 이제 훌릭은 세세한 역사적 사실과 문헌에 얽매일 필요가 없었다. 배경을 정확히 기술하고 중국의 전통적 생활상을 실감 나게 그리면 나머지는 부차적인 문제였다. 디 공을 정형화된 주인공으로 내세우면서도 훌릭은 중국 문화 어디에서건 줄거리와 재료를 자유로이 빌려 올 수 있었다. 자신이 직접 학문적으로 연구하여 축적한 지식도 만만치 않았기 때문에 여기서도 기발하고 재미난 내용을 골라 얼마든지 덧붙일 수 있었다. 훌릭은 또 자기가 상상한 가공의 지도와 16세기의 목판 인쇄화를 바탕으로 중국의 생활상을 직접 재현한 그림을 곁들여 소설에 생동감을 불어넣었다.

1950년에서 1958년 사이에 집필한 훌릭의 초기 디 공 소설은 그가 나중에 쓴 작품에 비해 중국어 원작에 가깝다. 모두 다섯 편인데 『중국 종 살인 사건(The Chinese Bell Murders)』, 『쇠못 살인 사건(The Chinese Nail Murders)』이 여기에 들어간다. 『중국 종 살인 사건』은 훌릭이 1950년 도쿄에서 처음 쓴 소설이다. 이 책 『쇠못 살인 사건』은 1956년 베이루트에서 썼다. 그는 보통 공식 업무에 매여 있지 않은 시간에 줄거리와 인물을 선정했다. 그리고 상상의 도시를 머릿속에 지도로 그리면서 기본 얼개를 짜 나갔다. 『중국 종 살인 사건』에서는 세 가지 줄거리를 모두 중국의 전설에서 직접 따왔다. 디 공을 주인공으로 한 나머지 작품에서는 훌릭이 주제와 줄거리를 대부분 직접 창안했다. 본격적으로 집필에 들어가면 소설 한 편을 끝내는 데 대개 여섯 주가량 걸렸다.

훌릭은 처음부터 중국 전통 소설의 한계를 알았다. 중국 소설에 나타나는 살인, 간통, 수수께끼, 폭력은 서양 독자에게 충분히 호소력을 가질 수 있었다. 서양 독자는 그런 주제에 좀처럼 싫증을 내는 법이 없었다. 그러나 중국 구어체 소설의 또 다른 특징은 거부감 없이 수용될 가능성이 희박했다. 중국 소설에서 범죄자의 신원은 대개 작품 초반에 드러났다. 그러나 서양적 전통을 고려하지 않을 수 없었던 훌릭은 사건의 해결을 작품 말미에 갖다 놓았다.

중국의 작품 소재는 생경한 풍습이나 교리에서 따온 경우가 너무 많았고, 중국의 작가는 까다로운 수수께끼를 초자연적 지식이나 초자연적 개입에 힘입어 해결하는 것으로 만족하는 경우가 비일비재했다. 윤리가 도출되거나 동기가 해명되리라고 서양인이 기대하는 부분에서도 중국 작가는 그런 문제를 명백히 드러내지 않기 일쑤였다. 중국 소설의 인물 묘사는 사회적 인간 유형의 언급에 국한되곤 했다. 한 사람의 개성을 분석하거나 발전시키려는 시도, 환경이나 배경이 개인에 미치는 영향을 평가하려는 시도는 사실상 이루어지지 않았다고 보아야 한다.

중국 소설에 나타나는 디 공도 그 자체로서는 서양인에게 대단히 낯선 인물이었다. 훌릭은 많은 독자의 호응을 얻을 수 있도록 디 공을 좀 더 인간적으로 묘사하려고 노력했다. 그래서 디 공은 이따금 미소를 머금으며, 아름다운 여자 앞에서는 마음이 흔들리기도 하며, 자기 자신과 자신의 판단에 확신을 못 갖는 모습을 보이기도 한다. 훌릭은 중국적인 것의 절대적 우월성에 대한 확고부동한 신념, 외국인에 대한 무조건적 경멸, 극단적인 효도의 당위성에 대한 철통 같은 믿음, 고문을 지극히 당연시하는 태도, 불교와 도교에 대한 매몰찬 적대 의식에 반영되어 있는 디 공의 완고한 유교적 세계관을 누그러뜨렸다. 이런 전통적 특질을 깡그리 무시할 수는 없었지만 훌릭은 디 공의 입장을 완화하고 그를 충실한 가장, 서화에 조예가 깊은 사람으로 그려 인간적 면모를 강화하는 데 주안점을 두었다. 훌릭이 그리는 디 공은 중요한 고비에서 저승 세계의 개입 없이 범죄 사건을 이성적으로 해결하려고 노력한다.

훌릭은 서양 독자의 입맛에 맞게 이야기를 의도적으로 각색하였지만 제국 중국의 생활상을 뛰어나게 재현했다. 독자는 딸의 좋지 못한 행실을 방치한 아비를 디 공이 호되게 질타하는 대목에서 중국 사회에서 가정이 지니는 역할을 곱씹게 된다. 또 학생의 역할과 그가 사회에서 누리는 특권과 의무, 교육과 윤리의 관계도 이해하게 된다. 뿐만 아니라 디 공을 통해 불교 승려는 대부분 여자를 밝히며 정치적 술수에 뛰어나다는 점, 달단인은 신뢰할 수 없으며 도교도처럼 사악한 주술을 일삼는다는 점, 남쪽 사람과 북쪽 사람은 쓰는 말과 관습이 크게 다르다는 점을 배우게 된다.

홀릭은 또 벼루, 달단인의 구두 징, 도사의 징 문고리 같은 자질구레한 물건을 작품 요소요소에 박아 넣어, 이 신기한 물건이 어떻게 쓰이는지를 외국 독자에게 일깨우는 기회로 삼았다. 외국 독자는 글과 기록, 문서가 중국에서 대단히 중요시된다는 느낌을 자연스럽게 받게 된다. 뿐만 아니라 개방처럼 우리에게는 낯설기만 한 사회 단체가 중국에 범람하였으며, 중국인은 의식을 치르거나 인사를 할 때 지나치게 격식을 따진다는 것도 알게 된다. 생활의 어두운 면 역시, 여자아이를 노비로 팔아넘긴다든지 매춘이 성행한다든지 하는 대목에서 여지없이 드러난다. 중국의 대외 무역, 소금 전매 제도, '갈취(소소한 뇌물 수수)', 요리에 대한 언급도 이야기의 사실성을 더해 준다. 여자의 역할은 살림, 부부 관계, 바느질, 육아에 국한된 것으로 묘사되어 있다.

디 공의 이야기가 제국 중국의 생활상을 정확하고 완벽하게 재현한다고 속단해서는 안 된다. 무엇보다도 시대적 격차를 염두에 두어야 한다. 역사적 실존 인물로서의 디 공은 7세기에 살았지만 그를 다룬 중국 소설은 대부분 16세기에서 19세기 사이에 씌어졌기 때문에 후대의 가치 기준과 관습이 반영되어 있다. 홀릭이 각색한 것은 이 후대의 자료였다. 그는 명나라와 청나라시대에 관해 해박한 지식을 갖고 있었지만, 두세 차례의 짧은 방문과 2차 대전 때 몇 년간 머물렀던 기간을 제외하고는 중국인의 일상 생활과 접할 기회가 그리 많지 않았다. 홀릭은 서양과 일본의 파괴적 영향력에 휘둘리기 이전의 중국을 이상화한다. 그는 자신이 존경과 애정의 마음을 품고 있던 유교 사대부의 관점에서 제국 중국을 즐겨 바라보았다.

이런 한계와 편향성을 가지고 있지만 이 소설들은 제국 중국에서 펼쳐졌던 일상 생활의 구체적 모습을 비교적 정확하게 묘사한다. 홀릭의 개인적 관찰은 공산 정권이 아직 들어서기 전이라 마을과 읍에 전래의 옛 풍습이 아직도 남아 있었고 수령이 여전히 지방 행정을 장악하고 있었던 시절에 이루어졌다. 일상생활의 면면을 대단히 예리하게 파악했던 홀릭은 중국 사회에 대한 평이한 관찰자로 머물지 않았다. 연구를 통해, 중국 고관과의 만남을 통해, 그는 중국의 전통을 이해할 수 있는 독보적 위치에 올라섰다. 그것은 전문가도 감히 넘보기 힘든 자리였다. 아무리 고문헌, 지리지, 왕조 실록, 외교 문서를 많이 들여다보아도 중국 전통의 생활상을 속속들이 깊이 있게 파악하기는 어렵다. 중국의 통속 소설을 그대로 번역해 놓으면 다른 나라 사람에게는 그야말로 낯설기만 하다. 일상적 문제가 자주 언급되지만 설명이 불충분하여 그 의미가 제대로 파악되지 않는다. 홀릭이 가진 식견과 그가 제공하는 설명은 근대 이전의 중국을 쉽고 부담 없이 소개하며, 중국인과 우리, 중국 사회와 우리 사회가 어떻게 다르고 때로는 얼마나 비슷한지를 보여 준다. 무엇보다도 이 소설들은 내용적으로 흥미진진하며, 바로 그 점 때문에라도 충분히 찬사를 받을 만하다.

―도널드 F. 래시

지은이의 말

'머리 없는 시신' 사건은 13세기 중국의 소송 사례집에 수록된 사건과 관련이 있다. 판결 및 수사에 관한 지침서라고 할 수 있는 그 책을 나는 『당음비사(*Parallel Cases from under the Pentree*)』라는 제목으로 번역한 바 있다(Sinica Leidensia Series, Vol. X, E. J. Brill, Leiden, 1956). 그 책의 예순네 번째 사건은 서기 950년경 여행에서 돌아온 한 상인이 목이 잘린 부인의 시체를 발견하는 내용이었다. 부인의 친정 식구들은 남편의 짓이라고 강변했다. 현명한 수사관이 의문을 품고 그 고장의 모든 장의사를 상대로 특이한 매장 사례가 없었는지 조사한다. 한 장의사가 그런 사례를 보고한다. 돈 많은 집의 하녀가 죽어 묻었는데 하녀가 들어 있던 관이 유난히 가벼웠다는 것이다. 수사관은 관을 열게 했다. 관에는 잘린 머리만 들어 있었다. 주인이 하녀를 죽이고 시체의 목을 잘라 출타 중인 상인의 집에 옮겨 두고 그 상인의 처를 남몰래 정부로 맞아들였음이 드러났다. 이 단순한 이야기는 상상력에 지나치게 의존하고 있으며 개연성이 낮은 대목이 군데군데 박혀 있다. 나는 이 소설의 기본 줄거리를 이 책 『쇠못 살인 사건』에 차용하면서 이러한 문제점을 없애려고 노력했다.

쇠못 살인은 중국의 범죄 문학에서 가장 빈번하게 등장하는 모티프다. 앞서 언급한 『당음비사』에서는 가장 오래된 쇠못 살인 사건이 열여섯 번째 사건으로 인용되는데 그것을 해결한 사람은 옌 춘이다. 이런 이야기들은 늘상 비슷한 문제에 봉착한다. 옌 춘은 여러 가지 정황으로 보아 부인을 강하게 의심하지만 남편의 시체에서 이렇다 할 흔적이 발견되지 않는다는 사실 앞에 당혹한다. 마지막에 쇠못이 발견되는 방식은 각양각색이다. 가장 오래된 이야기에서는 옌 춘이 죽은 남자의 두개골 정수리 어느 지점에 파리가 바글바글 꼬이는 것을 보고 쇠못을 발견한다. 가장 최근의 이야기는 내가 『디 공안: 디 판관이 해결한 세 가지 살인 사건』이라는 제목으로 영역 출판한(도쿄, 1949) 18세기 중국의 추리 소설 『무즉천 사대 기안(武則天四大奇案)』 안에 실려 있었다. 여기서는 디 공이 의심 가는 미망인 앞에서 지옥의 한 장면을 연출하여 여자로 하여금 자기가 염라대왕 앞에 와 있다는 착각을 하게 해 자백을 이끌어낸다. 이런 방식의 해결은 오늘날의 독자에게 먹혀들기 어렵기 때문에 나는 다른 이야기를 택했다. 그것은 스텐트(G. C. Stent)가 1881년 《차이나 리뷰(China Review)》 10호에다 「이중 쇠못 살인(The Double Nail Murders)」이라는 제목으로 짧게 소개한 이야기였다. 희생자의 시신에서 가혹 행위가 있었다는 흔적을 찾아내는 데 실패한 검시관에게 아내가 쇠못을 찾아보라고 귀뜀한다. 그 중거를 토대로 죽은 남자의 미망인이 범인임을 밝힌 디 공은 검시관의 아내도 출두시킨다. 그런 식의 교묘한 살인 방법을 여자가 알고 있다는 점이 의심스러워 보였던 때문이었다. 검시관은 그녀의 두 번째 남편인 것으로 드러난다. 첫 남편의 시신이 파헤쳐지고 두개골에서 쇠못이 발견된다. 두 여자는 처형된다.

  앞서 발표한 나의 '디 공' 소설들에서 주인공은 자기 앞에 끌려 온 범인보다 항상 한 수 위에 있는 전지 전능하며 결코 오류를 범하지 않는 인물로 나온다. 그러나 이『쇠못 살인 사건』에서는 그것을 뒤집어 실수를 저지른 디 공이 맞닥뜨리는 위기를 두드러지게 했다. 디 공이 백성 앞에서 누리는 절대 권력과 우월적 지위는 단지 위임받은 권위에 지나지 않는다는 사실, 그의 개인적 능력이 아니라 그에게 잠정적 통치권을 부여한 정부의 권위에서 비롯된다는 사실을 강조하였다. 법은 신성불가침이었지만 법을 집행하는 디 공은 그렇지 않았다. 디 공은 업무와 관련하여 면책권을 주장할 수도, 일체의 특권을 주장할 수도 없었다. 관리라 하더라도 무고하게 타인을 고발한 사람은 그 고발이 거짓으로 판명되었을 경우 피고가 되어야 한다고 규정한 중국 전래의 형법 원칙인 반좌(反坐)의 적용을 받았다. 루 부인 사건에서 이 점을 부각하기 위해 나는『쇠못 살인 사건』에서도 몇 가지를 차용했다. 또한 나는 디 공의 생활에서 남녀 평등이 좀 더 비중 있게 다뤄져야 한다는 일부 독자의 근거 있는 요구를 수용하려고도 노력했다.

  위캉, 랴오 소저의 일화에서 중국인은 남자의 혼전 성관계에 대해서는 대단히 관용적 입장을 취하지만 아내 될 사람과의 혼전 관계는 금기시했다는 점을 부각했다. 그 이유는 창녀라든지 누구에

개 소속되지 않은 여자와의 관계는 개인의 사사로운 일로 취급한 데 반해 결혼은 가족 전체가 관여되는 일로 보았기 때문이었다. 그 가족 중에는 돌아가신 집안 선조도 포함되었다. 중국인은 엄숙한 예를 갖추어 조상에게 신성한 혼례를 치르게 되었다고 보고하는 것이 법도였다. 조상 앞에 공식적으로 보고를 드리기에 앞서 두 사람이 육체 관계를 맺는 것은 조상을 욕 되게 하는 행위로 지탄받았다. 예로부터 중국인은 부모가 살았건 죽었건 부모에 대한 불효를 '패덕'이라 하여 엄벌에 처했다. 심한 경우 사형까지 내렸다.

　조상 숭배가 중국인에게는 곧 종교였다. 집집마다 사당이 있어서 나무로 된 위패를 그 안에 모셨다. 위패에는 돌아가신 선조의 넋이 머물러 있다고 중국인은 생각했다. 집안 어른은 집안에 중요한 일이 생길 때마다 이 위패 앞에서 보고했고 기일에 맞추어 제사를 지냈다. 이처럼 죽은 사람은 산 사람의 생활에 계속 관여했으므로 생과 사의 장벽을 넘어 집안의 화합이 이루어졌다. 이 소설 '무관이 긴급 서신을 갖고 오고 디 공은 조상을 모신 사당에서 보고한다.' 장의 내용은 그런 배경으로 이해하면 좋겠다.

　중국에서 무덤을 파헤치는 사람을 엄벌에 처한 이유도 바로 이 조상 숭배 때문이다. 1911년 중화민국이 들어서기 전까지 시행된 『대청율례』는 이렇게 못 박고 있다.

　　타인의 매장지를 파헤치고 허물어 그 안에 들어 있던 관이 노출되는 경우 그런 행위를 저지른 자는 곤장 백 대에 일만 이천 리 밖으로 영구 추방한다. 이런 혐의점에 더하여 관을 열어 본 자는 보통 투옥을 거쳐 교수형에 처한다.

란타오쿠이라는 인물을 그리면서, 중국의 권법은 아주 오랜 역사를 갖고 있으며 적을 무찌르는 것보다는 개인의 신체적 정신적 수양에 주안점을 둔다는 사실을 강조하였다. 17세기 무렵 중국 망명객이 일본에 소개한 이 무예는 일본의 유명한 호신술인 유도로 발전한다.

부서진 과자를 둘러싼 분쟁과 그 해결책은 앞서 언급한 『당음비사』의 서른다섯 번째 사건에서 따온 것이다. 그 책에서는 명쾌한 판결로 이름이 높았던 쑨 파오 판관이 해결한 것으로 되어 있다.

칠반은 특히 16세기와 17세기에 성행한 중국 고래의 놀이이다. 당시 유명한 학자들은 칠반으로 만들 수 있는 갖가지 모양을 책으로 펴내기도 했다. 금세기 초 서양에도 소개된 칠반은 지금도 장난감 가게에 가면 쉽게 눈에 띈다.

—로베르트 반 훌릭

 밀리언셀러 클럽을 펴내면서

지난 수백 년 동안 소설은 기묘하면서도 교양 넘치고, 자유로우면서도 현실에 뿌리 박고 있으며, 흥미진진하면서도 감동적인 이야기로 독자들의 사랑을 독차지해 왔다.

민담이나 전설 등에 비해 비교적 최근에 탄생한 이야기 형식인 소설이 순식간에 이야기 왕국의 제왕으로 올라선 것은 현대인들이 살아가면서 느끼는 희망과 절망, 불안과 평화 등 온갖 삶의 양상들을 허구 속에 온전히 녹여 내어 재창조함으로써 이야기를 읽는 기쁨과 더불어 삶을 재발견하는 즐거움을 주어 온 까닭이다.

사실 이야기를 읽음으로써 삶을 다시 생각하고, 삶을 생각함으로써 이야기를 다시 만들어 온 것은 인간이라면 피할 수 없는 숙명이다.

그런데도 최근 이야기의 제왕이라는 소설의 위기를 말하는 목소리가 점점 늘어나고 있다. 만약에 이 말이 사실이라면, 그리하여 사람들이 소설을 점차 외면하고 있다면, 핏속에 스며들어 있으며 뼛속에 들어박힌 이야기 본능이 무언가 다른 것에 홀려 있음에 틀림없다.

사람들은 이제 이야기를 소설이 아니라 거리에서, 인터넷에서, 영화에서, 드라마에서, 광고에서, 대중가요에서 즐기고 있는 것이다.

'밀리언셀러 클럽'은 이러한 소설의 위기를 넘어서려는 마음에서 기획되었다. 국내 뿐만 아니라 전 세계 각국에서 독자들의 사랑을 한껏 받은 작품들을 가려 뽑아 사람들 마음을 다시 소설로 되돌리고 이야기를 한껏 즐길 수 있도록 배려하였다.

'밀리언셀러'라는 이름을 단 것은 소설이 다시 사람들의 마음을 끌어 널리 읽히기를 바라기 때문이고, '클럽'이라는 이름을 단 것은 소설을 사랑하는 독자들이 이 작품들을 가운데 놓고 오랫동안 이야기를 나누기를 바라기 때문이다.

앞으로 '밀리언셀러 클럽'에는 예로부터 오늘날까지, 동양에서 서양까지 시대와 장소를 가리지 않고 널리 독자들의 사랑을 받아 온 작품들 중에서 이야기로서 재미에 충실할 뿐만 아니라 인간 본연의 모습을 확인시켜 줄 수 있는 소설들이 엄선되어 수록될 것이다.

이 작품들이 부디 독자들을 소설의 바다로 끌어들여 읽기의 즐거움을 극대화함으로써 이야기 본능을 되살려 주어 새로운 독서 세대를 창출하기를 바라는 마음 간절하다.

옮긴이 **이희재**

1961년 서울 출생. 서울대 심리학과를 졸업하고
성균관대 대학원에서 독문과 수학. 전문 번역가.

1판 1쇄 펴냄 2004년 7월 19일
1판 4쇄 펴냄 2012년 4월 10일

지은이 | 로베르트 반 훌릭
옮긴이 | 이희재
펴낸곳 | **황금가지**

출판등록 | 1996. 5. 3. (제16-1305호)
주소 | 135-887 서울 강남구 신사동 506 강남출판문화센터 6층
전화 | 영업부 515-2000 / 편집부 3446-8773 / 팩시밀리 515-2007
홈페이지 | www.goldenbough.co.kr

ⓒ 황금가지, 2004. Printed in Seoul, Korea

ISBN 978-89-8273-834-0 03840